zeitreisekörperwechsledichdingens

Die Geschichte:

Aramis & Simara berühren Hand in Hand gegenüberliegende Steine eines Tores in den Ruinen von Tiwanaku in Bolivien. Daraufhin finden sie sich in den Körpern der Atlantenerin Sania und des Arseaners Ayman wieder und das in einer Zeit vor der Sintflut, als diese Alien Völker mit den frühzeitlichen Menschen experimentierten. Ayman soll den Anschlag auf Ino, ein Forschungsmitglied der Atlantenen unter Leitung von Sania, auf Terraqua untersuchen. Mehrere Sabotagen sind dem Mordversuch bereits vorausgegangen, es droht ein schwerwiegender Konflikt. Planeten und die gesamte Menschheit stehen auf dem Spiel. Können sich die Beiden in den unbekannten und noch dazu auf gegnerischen Seiten stehenden Personen wiederfinden? Die Sabotagen und den Anschlag klären? Zurück in ihre eigenen Körper und ihre eigene Zeit kommen?

Der Autor:

Thomas Pizzini, drei Wochen vor der ersten Mondlandung in Linz geboren, ist unter scharfen Messer und Schwerter, im 1889 gegründete Familienbetrieb, aufgewachsen. Science-Fiction und der Wunsch die Sterne zu bereisen, begleiten ihn von frühester Kindheit an, genauso wie seine Leidenschaft für Micky Maus. In jungen Jahren dem Degenfechten, Taekwondo und Wasserskifahren zugetan, bemüht er sich heute beim Golfen und ist froh, dass Tiger die Frage des entweder Sex oder Golf, geklärt hat.

Thomas Pizzini

AramiS & SimarA
in
Puma Punku

Science-Fiction / Prä-Astronautik

Bibliografische Information der Deutschen Nationalbibliothek:
Die Deutsche Nationalbibliothek verzeichnet diese Publikation in
der Deutschen Nationalbibliografie; detaillierte bibliografische Daten sind im Internet über http://dnb.dnb.de abrufbar.
© 2022 Thomas Pizzini
Grafiken: Thomas Pizzini
Bild-Lizenzen: istockphoto.com

Herstellung und Verlag: BoD – Books on Demand, Norderstedt
ISBN: 978-3-7562-5650-1

Inhalt

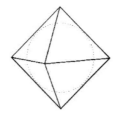

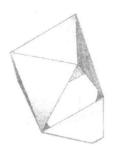

Vorwort

Wäre die Erde zwölf Stunden alt, gebe es den Menschen gerade mal eine Minute, Säugetiere zehn Minuten, Pflanzen und Tiere an Land eine Stunde und im Wasser eineinhalb Stunden. Wobei der uns bekannte moderne Mensch nur zwei bis drei Sekunden alt wäre.

Ist es nicht vorstellbar, dass sich bereits mehrere fortschrittliche Zivilisationen entwickelt haben konnten, die bereits wieder verschwunden sind. Sei es durch Zerstörung und/oder Auswanderung zu anderen Planeten? Jedwedes Zeugnis ihrer Existenz könnten inzwischen leicht zu Staub zerfallen oder einfach noch nicht gefunden worden sein. Oder wir haben es gefunden und nicht als solches erkannt.

Viele rätselhafte Spuren, Bauwerke und Mythen, die auf unserer Erde bestehen verbergen ihr Geheimnis um ihre Entstehung und Sinn der Existenz. Sie sind auf der ganzen Welt verteilt – Pyramiden, Monolithe, Nazca-Linien, Sintflut, Atlantis, Aliens ... Wer hat sie wozu gebaut? Wie sind sie entstanden? Gab oder gibt es sie überhaupt?

Meine Geschichte, die ich hier erzähle, beantwortet viele dieser Fragen.

Meine Geschichte handelt auch von einem Pärchen, das sich findet und fortan von ihrer Seelenverwandtschaft überzeugt sein wird.

Meine Geschichte berichtet von einem Anschlag und Intrigen die zwei Völker in den Krieg treiben sollen.

Meine Geschichte ist erfunden, aber sie hätte auch genauso passieren können.

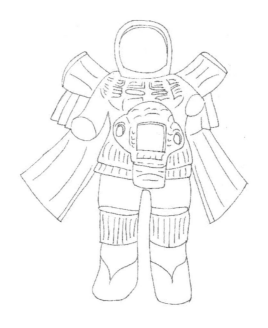

1. Erstes Kennenlernen

Die Fahrstuhltür öffnete sich. Im Heraustreten sehe ich in ein Augenpaar und eine unsichtbare Kraft bindet mich sofort. Es ist mir unmöglich meinen starr werdenden Blick wieder abzuwenden, ich kann das weiten meiner Pupillen geradezu spüren. Meine Haare stellen sich kribbelnd auf. Vom Nacken aufwärts bis ganz nach oben meldet sich jede einzelne Haarspitze, selbst meine Augenbrauen machen mit und ganz besonders die feinen Härchen auf den Ohren – wie tausende kleine Stiche. Mein Kopf, einem Nadelkissen gleich, fühlt sich statisch aufgeladen an.

Die Zeit blieb rundherum stehen, ich schwebte – jedenfalls registrierte ich keine aktive Bewegung meinerseits und auch der Rest der Welt schien nicht mehr vorhanden. Es rührte sich nichts, gefangen in diesen beiden Augen war alles andere grau und unscharf geworden. Stille, ich hörte nichts außer einem Hintergrundrauschen. Aus diesem Rauschen kommend, ein schwaches Pochen, ein Klopfen, immer lauter werdend. Mein Blut pulsierte merklich den Hals herauf, angetrieben von meinem Herzen das schneller und schneller schlug.

Dann, wie ein losgelassenes, zuvor von der sich unbeeindruckt weiterdrehenden Erde gehaltenen Gummiband, schnalzte die Realität im Zeitraffer auf mich. Meine Gedanken wurden hektisch. Erkannte ich da eine ähnliche Reaktion auf mich? Haben ihre Augen nicht auch gerade etwas aufgeblitzt? Erstarrte sie kurz? War das der Anflug eins Lächelns? Was konnte ich nur rasch sagen? Einfach kurz Hallo oder Guten Morgen? Sollte ich sie zum Frühstück einladen? Schnell einen netten Scherz machen? Aber was für einen? Irgendetwas anders Geistreiches? Hilflos hallten die verzweifelten

Fragen in meinem völlig leeren Kopf wie Pingpongbälle hin und her.

Ich bemerke, dass meine Lippen fest zusammengepresst sind. Schnell öffne ich meinen Mund, hole kurz Luft, um wenigstens mal ein Hallo von mir zu geben, oder Servus, oder Hi, egal was. Hauptsache sie bleibt stehen, bevor sie an mir vorbei ist. Aber es kommt nichts raus, nicht einmal ein Krächzer, kein Ton – nada, niente, nix, null. Dafür laufen meine Beine immer noch, ganz von selbst, Schritt für Schritt – von wegen, keine aktive Bewegung. Dabei will ich das doch gar nicht. ›Bleib endlich stehen du feiges Huhn!‹, schreie ich mich innerlich an. Ich versuche die Kontrolle über meine selbstständig agierenden Gliedmaßen wiederzuerlangen und nach zwei, drei stockenden Beinbewegungen bleibe ich endlich stehen, drehe mich um und erblicke sie noch kurz im Lift, während sich die Türen schließen.

Mit den verschiedensten Selbstgeißelungsvorstellungen im Kopf starrte ich auf die längst geschlossene Aufzugtür. Hatte ich mal wieder zu lange überlegt, zu lange geschaut – doof wahrscheinlich auch noch. Die Lichter über der Tür gaben die Stockwerke an. Es gab nur zwei Etagen, wo sie hätte aussteigen können. Sollte ich schnell die Treppe hinunterlaufen und … Ja was und? Ihr hinterherlaufen? Nein, ›der‹ Augenblick war vertan. Wenn es sein soll, kommt noch eine Gelegenheit, sie wohnte ja scheinbar auch hier im Haus.

Belog ich mich jetzt selbst – zum Trost? Suchte ich eine Ausrede für mein erneutes Zögern? Hatte sie mich überhaupt bemerkt? Wahrscheinlich hat sie sowieso einen Freund. Wie soll man(n) bei so einer spontanen flüchtigen Begegnung reagieren? Wie kann man reagieren? Das klappt doch nur im Film, mit vorgegebenem Text und einigen Wiederholungen! Oder bei denen, die einfach ›jede‹ mit ihrem eingeübten

Standardspruch anquatschen, nach dem Motto irgendeine wird schon hängenbleiben. Mein Blick wechselte noch ein paar Mal zwischen Lift und Treppe hin und her, dann drehte ich mich zerknirscht um und ging in Richtung Speisesaal, wo das Frühstück serviert wurde.

Ich hatte dieses neue höherpreisige Hotel gewählt aufgrund der schönen Architektur, der bolivianischen Kunst in den Räumen und Gängen sowie der angepriesenen lokalen Küche. Der Speisesaal, die Bar und auch der Indoor-Pool waren im obersten Stock des Hotels Atix im Süden von La Paz untergebracht. Ein hoher Raum an drei Seiten von oben bis unten verglast und einer beeindruckenden Aussicht über die Stadt und die nahe Cordillera Real Gebirgskette. Die noch tief stehende Sonne warf schräge Lichtstrahlen durch die Fenster, Staubflankerl tanzten darin. Es roch nach Kaffee, gebackenen Salteñas, frischem Maisbrot und man hörte Tassen und Besteck klirren. Der Chlorgeruch vom Pool her störte mich ein wenig, aber meine Nase war, wie ich oft feststellen musste, feiner als die von anderen.

Im Vorbeigehen bediente ich mich gleich an den herrlich angerichteten Tischen, auf denen das Frühstücksbuffet dargeboten wurde. Nachdem ich mich an den ersten paar Tagen für typisch bolivianische Gerichte, wie Salteñas, das sind Football-Förmig herzhaft gefüllte Gebäckstücke oder Pastel, frittiertes Brot aus Maismehl und Api, ein dickflüssiges Getränk aus Mais mit Zimt, entschieden hatte, wollte ich heute wieder auf gewohntes setzen. Etwas vom Rührei, dazu kross gebratener Speck, etwas Maisbrot und ein Glas Orangensaft, der aromatische Kaffee wird am Platz serviert. Damit beladen steuerte ich meinen Lieblingstisch an. Dieser war etwas abgelegen an der Seite mit der weniger schönen Aussicht, aber von da aus sah man auf ein paar einfache Häuser, deren Dächer, Balkone und Hinterhöfe. Dort konnte man das wahre Leben hier beobachten. Es interessierten mich in fremden Ländern die Straßen abseits der Touristenströme genauso wie die viele Attraktionen, die es zu besichtigen galt. Hier beim Frühstücken dem morgendlichen Treiben der Bevölkerung zuzusehen fand ich interessanter als die Nase in eine Zeitung zu stecken.

Mit meinem Teller in der einen und dem Glas Saft in der anderen Hand, sowie meinem kleinen Stadtrucksack, der mir schon fast von der Schulter rutschte, bei meinem bevorzugten Tisch angekommen, sah ich dort schon eine Schüssel Müsli und Kaffee und Saft stehen, alles gerade mal halb leer. War da jetzt frei und noch nicht abgeräumt oder holte sich schnell mal eben jemand Nachschub? Ich warf einen Blick zurück zum Buffet – da war niemand, es lag auch nichts auf dem Tisch oder einem der Stühle, woraus man auf die Anwesenheit von jemanden hätte schließen können. Also setzte ich mich auf die freie Seite, das Geschirr störte mich nicht wirklich. Der Kellner war auch schon flugs mit meinem Kaffee zur Stelle und ich machte mich über mein Rührei her. Während ich die Leute unten auf der Straße beobachtete, wie sie emsig den neuen Tag begannen, schwankte mein Blick immer wieder zu der halbleeren Müslischüssel und beschloss mir davon anschließend auch eine Portion zu holen. Sah doch sehr gut aus, warum wurde da so viel stehengelassen?

»Entschuldigung!«

Ich schaute auf und da waren sie wieder, diese Augen. Überrascht starrte ich sie an, nahm meine Serviette vor den Mund und würgte rasch ein Stückchen Speck hinunter. Dann saß ich, wie das Kaninchen vor der Schlange, regungslos mit fragenden großen Augen da, unfähig etwas zu sagen. Was ist nur los mit mir?

Sie wieder:»Entschuldigung«, und fügte hinzu,»ich war hier noch nicht ganz fertig mit Frühstücken«.

Bekam ich tatsächlich eine zweite Chance und musste sie dazu noch nicht einmal in eindeutiger Absicht ansprechen? Diesmal gehe ich nicht so einfach weg!

Endlich stellte ich mein Geschaue ein und machte den Mund auf.»Oh, sorry, ich dachte hier an meinem Lieblingstisch sitzt keiner mehr. Am Buffet sah ich auch niemanden der sich eventuell noch etwas holen könnte.« Ich machte Anstalten aufzustehen – zögerlich und ganz langsam. Wenn sie tatsächlich alleine hier ist, wird sie mich sicher nicht vertreiben wollen.

Sie lächelte mich freundlich an und als sie meine zaghafte und auch vorgetäuschte, Weggeh-Gestik registrierte sagte sie rasch.»Nicht doch, sie können gerne sitzenbleiben und mir Gesellschaft leisten. Ich hatte nur etwas im Zimmer vergessen und wollte hier aber auch nichts liegenlassen. Dem Kellner sagte ich aber, dass ich gleich wiederkomme.«

Zu den Augen passend hatte sie auch noch ein hübsches Gesicht, lange dunkle Haare und eine sportliche Figur. Optisch genau mein Typ.»Er hat mir gegenüber nichts erwähnt«, halbentschuldigte ich mich noch einmal und fügte hinzu,»für seine Nachlässigkeit wird er von mir ein schönes Trinkgeld bekommen.«

Sie stutzte kurz beim Hinsetzen und lächelte dann amüsiert. Während sie sich am Stuhl zurechtrückte und zwei Haarbänder auf ihr Handgelenk schob, schaute sie mich neugierig an.»Ihr Lieblingstisch? So abgelegen und ohne die schöne Aussicht?«

»Die Aussicht über die Stadt und die Berge ist am Abend, wenn die ganzen Lichter leuchten, viel schöner«, entgegnete ich.

Dann erklärte ich ihr meine Vorliebe für das lokale Leutebeobachten und dass ich daher die paar Tage, die ich jetzt schon hier war, immer mein Frühstück an diesem Fenster einnahm.

Sie lachte kurz auf. »Ja, deshalb habe ich mich auch hierhergesetzt – Leutebeobachten.« Sie löffelte weiter am Müsli. »Ich bin erst gestern angekommen. Die Kunst, die hier überall im Haus hängt, sowie die Architektur des Hotels gefällt mir ausgesprochen gut. Design und Gestaltung ist neben Geschichte ein Hobby von mir.«

»Von mir auch«, erwiderte ich und nahm einen Schluck Kaffee, um mein Schaukelpferd ähnliches Grinsen wieder loszuwerden, welchem ich mir gerade bewusst geworden war. Sie duftete angenehm und ihre weißen Zähne ließen jedes Lächeln noch strahlender erscheinen, selbst wenn ein Stückchen vom Müsli daran klebte.

Wir plauderten eine Weile über die Architektur des Hotels und die quirlige Stadt. Die vielen Häuser aus Ziegelstein die gemischt mit den bunten, teils von Künstlern entworfen oder bemalt, über die Hügel verteilt lagen. Zwar gehässig, aber doch scherzhaft und natürlich, ohne dass er es hörte, feuerten wir gemeinsam einen Lieferanten unten im Hinterhof an, der sich mit der aufgestapelten Menge eindeutig übernommen hatte und nur durch akrobatische Einlagen ein Umkippen verhindern konnte. Es war ein Vergnügen sich mit ihr zu unterhalten. Wir hatten, wie es scheint, dieselbe Wellenlänge. Es konnte meinetwegen ewig so weitergehen. Ich musste nur aufpassen nicht in Ihren Augen hängenzubleiben, darin zu versinken und Gefahr zu laufen, dass sie sich dann dabei angestarrt vorkommen könnte. Mein überbordendes Lächeln vermag ich sowieso nicht mehr zu verhindern, nur dank meiner Ohren wurde es wenigstens begrenzt. Andererseits, aus dem Augenwinkel meinte ich zu bemerken, dass sie auch öfters ungewöhnlich lange hersah, den Blickkontakt suchte aber dann wieder wegschaute. Sie hatte auch Interesse an mir, da war ich mir sicher – naja, fast. Oder bildete ich mir das nur ein? Vielleicht war sie ja bloß freundlich.

Dann fiel mir ein, dass ich noch nicht einmal ihren Namen wusste. »Mein Name ist übrigens Aramis, Aramis Schwarz.«

Sie nippte am Saft und musterte mich kurz. »Simara Alba, freut mich dich kennenzulernen.«

Jeder von uns machte eine winkende Handbewegung über den Tisch hinweg und lächelte den anderen an. Gegenseitige Sympathie lag in den Blicken. Sie freute sich mich kennenzulernen, wie mich das freute, besonders da es sich nicht wie die allgemeinübliche Floskel anhörte.

Als ich über ihren Namen nachdachte, ihn verinnerlichte und mir sicher war, dass komme was wolle, er von nun an wichtig für mich sein würde, fiel mir auf, dass er, in gewisser Weise, schon immer in mir war. »Bedeutet das lateinische Wort Alba nicht weiß?«

»Ja genau.« Ihrem Blick nach wusste sie bereits, worauf ich hinauswollte.

»Unsere Nachnamen sind also Gegensätze. Aber noch besser die Vornamen, die kann man von hinten lesen – wie heißt das noch?«

»Palindrom, zumindest eine Art davon«, erwiderte sie grinsend und grüßte mich herausfordernd. »Hallo Aramis.«

»Simara Hola.« Ich betonte das A am Schluss vom spanischen Hallo etwas länger damit ein bisschen H zu hören war, um diesem Palindrom-Scherz nachzuhelfen. Das H am Anfang ist ja sowieso stumm.

Ein kleines Funkeln in ihren hinreisenden Augen zeigte mir die Freude, dass ich ihrer sprachlichen Scherz-Vorlage prompt nachgekommen war, dann schaute sie mich etwas frech an. »Sind deine Eltern Dumas Fans oder mögen sie das Parfüm?«

Die Frage nach meinem, einerseits seltenem, andererseits populärem Vornamen hörte ich öfters. Meistens erklärte ich nur lapidar, ja, Eltern sind Fans seiner Romane, oder kommt von Ari, der Löwe. Ganz selten, und das auch nur im Freundeskreis, weil es niemandem was angeht, kam von mir die wahre Geschichte. Ich trank den Rest meines Kaffees aus und überlegte. Sollte ich einfach ›Parfüm‹ sagen, oder ihr doch die richtige Geschichte anvertrauen. Sie würde ihr sicher gefallen, aber wollte ich, einer Frühstücksbekanntschaft, überhaupt eine so persönliche Geschichte erzählen? Da ich mich, trotz der kurzen Zeit, die wir uns kannten, schon sehr zu ihr hingezogen fühlte und ich bereits hoffte, dass es nicht bei einer Bekanntschaft bliebe, stütze ich mich mit verschränkten Armen auf den Tisch, schaute kurz einmal aus dem Fenster und dann zu ihr. »Ich würde jetzt gerne sagen, mein Name kommt von Henri d'Aramitz, der Aramis genannt wurde, tatsächlich Musketier war und auch Dumas zu der Figur inspirierte. Aber, wie es meiner Mutter einmal entschlüpfte, lief gerade der Film ›Die drei Musketiere‹ nebenbei im Fernsehen – als ich gezeugt wurde.«

»Nein«, sie kreischte leise auf und ihre wunderschönen Augen wurden noch größer und strahlten vergnügt, während sie den letzten Müslirest von ihrem Löffel ableckte.

Damit konnte ich bei ihr punkten, also fuhr ich fort. »Doch – und anscheinend wurde gerade nach Aramis gerufen, als, naja, meine Zeugung ihren, ausnahmsweise, gleichzeitigen Höhepunkt hatte.«

Sie klopfte mit der Hand auf den Tisch, dass das Geschirr wackelte, riss den Mund genauso wie die Augen auf, unterdrückte aber Lachen in der Lautstärke, die man beim Anblick ihres überrascht, freudig und gleichzeitig schockiertem Gesicht, angenommen hätte.»Nein, das gibts nicht«, entfuhr es ihr unterdrückt krächzend, eigentlich mehr quietschend.

Nun konnte ich noch einen draufsetzen und überprüfen, ob wir tatsächlich die gleiche Wellenlänge hatten. Ich erzählte es bisher eher zurückhaltend, wurde nun aber ernst.»Das findest du lustig?« Dabei schaute ich peinlich betreten nach unten in meine leere Kaffeetasse, die ich mit beiden Händen auf der Untertasse stehend herumwippte.

Sie hielt kurz inne, unsicher mich durch ihr Gelächter beleidigt zu haben.

Daraufhin, ohne den Kopf zu heben, sah ich direkt in ihre Augen.»Na wenn du erst gesehen hättest, wie ich mit den Fingern in den Ohren, laut ›lalala‹ schreiend weggerannt bin, als sie mir das erzählte.«

Konnte Sie in meinen Augen lesen? Den Schalk darin erkennen? Ihrer Mimik war anzusehen, dass sie erst noch überlegte, ob mir das jetzt tatsächlich unangenehm war, schließlich schaute ich immer noch ernst drein. Nach meinem Blick und dem darauffolgendem verräterischen angespanntem schließen meiner Lippen damit ich nicht zu grinsen anfing, atmete sie sichtbar kurz ein, während ihre Mundwinkel auseinander gingen und dann wie aufs Stichwort, lachten wir beide lauthals los, wobei der Lautstärkepegel weit über unseren Tisch hinausging. Mein hochroter Kopf war mir dabei genauso egal wie die Blicke der anderen Gäste, die teils auch belustigt, weil lachen ansteckend ist und nicht, weil sie

mithörten, was ich nicht hoffte, teils betreten zu uns herüber-
schauten. Überhaupt hatte ich jetzt erst wieder registriert,
dass wir nicht alleine waren.

Wir beruhigten uns wieder und ich holte mir jetzt auch
eine Portion Müsli und noch einen Saft, sie sich noch etwas
Obst und einen Api. Übers Buffet lächelten wir uns immer
wieder zu. Sie war wirklich ausgesprochen nett, genauso wie
ich mir ›die Eine‹ vorstellen würde und sie mochte mich ganz
offensichtlich auch.

Zurück am Tisch. »Hat dein Name auch etwas mit deiner
Zeugung zu tun?« Ich steckte einen Löffel Müsli in den
Mund, schaute erst sie an und dann unschuldig durchs Fens-
ter raus.

Sie merkte, dass ich mir jetzt eine ähnliche Geschichte wie
die meine von ihr erhoffte und überlegte kurz mit schelmischem Blick. »Tatsächlich heißt die Stadt so in der meine Eltern zu der Zeit wohnten, irgendwo im Süden Nepals und
meine beiden Brüder heißen Paris und Dallas nach den Städ-
ten, in denen sie gezeugt wurden.«

»Im Ernst?« Ich lehnte mich nach vorne und zog die Augenbrauen zusammen. Irgendwie war ich mir unsicher, ob sie
mich jetzt beschwindelt hatte oder nicht.

Sie lachte, wahrscheinlich auch über meine Unsicherheit.
»Nee, ich habe gar keine Brüder. Wobei, die Stadt gibts schon
und vielleicht wurde ich auch nach ihr benannt, aber meine
Eltern haben nie dort gewohnt, auch wenn sie viel unterwegs
sind. Ich habe sie bisher nicht nach meinem Namensursprung
gefragt und nach deiner Geschichte jetzt, werde ich das vermutlich auch nie tun.«

»Ja, die intimen Vorkommnisse während meines Entste-
hens erzähle ich sonst eigentlich nicht so schnell, wenn

überhaupt.« Ich schaute ihr in die Augen, die mich nach wie vor magisch anzogen.

Nach ein paar schweigenden Momenten, in denen nur unsere Blicke sprachen, sah sie fast schamvoll nach unten. Ihr wurde wohl bewusst, dass wir uns gerade indirekt über das Sexleben unserer Eltern – eigentlich nur meiner Eltern – unterhalten hatten, und wollte zu einem anderen Thema kommen. »Was hat dich nach La Paz verschlagen? Ist nicht gerade der typische Urlaubsort.«

Mir kam der Wechsel in die Gegenwart ganz recht, auch wenn ich mit einer weiteren Geschichte aus der Vergangenheit antworten musste. Wieder mit meiner Mama – bald hält sie mich für ein Muttersöhnchen. »Nun ja, als ich so um die zwölf Jahre alt war trafen meine Mutter und ich zufällig den Mann meiner Lehrerin aus der Volksschule. Sie unterhielten sich, irgendwie kam er auf Bolivien zu sprechen und er fragte, ob sie die Hauptstadt wisse. Ich hatte ein paar Tage vorher gerade einen Film über dieses Land gesehen, oder hatte er auch nur hier gespielt, weiß ich nicht mehr, jedenfalls antwortete ich ihm sofort und sagte ›La Paz‹. Er sah mich an, in seinen Augen die Überraschung, dass der kleine Junge etwas über dieses für die meisten unbekannte Land wusste. ›Ja genau‹, sagte er und meine Mutter war auch so überrascht, wo sie doch nicht einmal das Land kannte.«

»Aber die Hauptstadt ist doch Sucre?!«, warf Simara ein und sah mich teils fragend teils belustigt an.

»Ja, das weiß ich inzwischen auch, habe kurz darauf einen Atlas konsumiert«, antwortete ich leicht zerknirscht. »Ich frage mich seit damals, ob er es selbst nicht wusste; hatte er tatsächlich ›ja genau‹ gesagt; oder der Blick doch eher einem kleinen dummen Jungen galt, der sich ungefragt ins Gespräch einmischte? Na, jedenfalls hat sich das in mein Gedächtnis eingebrannt. Ich mag aber auch den Namen – La Paz – der klingt so, na ich weiß auch nicht – La Phaaaszz.« Ich zog das Wort etwas in die Länge, betonte es anders und fuhr mit meiner Hand nach vorne und oben als unterstützende Geste.

Sie kicherte und verdrehte wortlos die Augen.

»Ja ist komisch, aber seither wusste ich, da muss ich einfach mal hin und jetzt bin ich endlich da.« Ich sah durch die großen Fenster auf der anderen Seite des Raums über die Stadt und deutete mit dem Finger hin. »In den letzten Tagen bin ich fast mit jeder Seilbahnlinie gefahren, das sind Aussichten. Dazwischen habe ich die Indiomärkte besucht, die ganz konträr zu den Staatsgebäuden gegenüber im spanischen Viertel aussehen. Ein Stück weiter wechseln sich Hochhäuser mit prachtvollen Kolonialhäusern ab. In einer Nebengasse habe ich mir eine klassische Tucumana, also eine Empanada und ein Zimteis gekauft. Mir gefällt die Stadt.«

Sie hörte sich meine Stadtwerbung interessiert oder auch nur höflich an, dann deutete sie auf meinen Stadtrucksack, der auf dem Stuhl neben mir lag. »Und deine getarnte Männerhandtasche, hast du immer mit?«

Ich schaute zu meinem Rucksack, dann sah ich sie fragend an und deutete mit dem Kopf auf ihren am Stuhl liegenden. »Getarnte Männerhandtasche? Du hast doch auch einen?«

Sie nickt, diese Gegenfrage wohlwissend erwartet zu haben. »Na mir gehen diese Scherze über die Tiefen der Handtasche einer Frau auf den Geist, noch dazu wo viele Männer in ihren Männerhandtaschen«, das Wort betonte sie, »viel mehr mit sich herumschleppen. Daher habe ich meist einen kleinen Rucksack und keine Handtasche dabei und bei Männern schaue ich nicht nur auf den Hintern sondern auch ob sie Rucksackträger sind oder nicht.«

»Hintern und Rucksack«, murmelte ich, spitzte die Lippen und nickte ein paar Mal leicht, nicht wissend wo ich diese Information jetzt einordnen sollte. »Aber in deinem befindet sich jetzt auch alles drinnen was man in den Tiefen einer Damenhandtasche üblicherweise zu erwarten hätte?«, fragte ich sie mit provozierendem Unterton.

Sie verzog den Mund. »Na klar – ich bin ja auch eine Dame!«. Lachend öffnete sie ihn und schaute hinein. »Ja, übliches Damenzeugs, aber jetzt auf Reisen noch eine dünne Fleecejacke, Verbandszeug, Wasserflasche, Schweizer Taschenmesser und ach siehe da, ein Aramis Parfüme.«

»Im Ernst?« Ich hob mich etwas aus dem Stuhl, um über den Tisch in die Tasche schauen zu können.

»Nein, ist nur ein normales Deo.« Sie winkte damit und sah mich verschmilzt an. »Und jetzt dein Taschen-Striptease.«

Ich griff rüber, machte auf und mit etwas höherer Stimme: »Ja, da ist aber nur das Allernötigste drinnen.« Ein Blick aus den Augenwinkeln zu ihr – na das kam nicht so besonders gut an, war auch doof, daher fuhr ich normal fort. »Ein Poncho aus Alpakawolle hier aus dem Marktviertel, mein Schweizer Taschenmesser, eine Flasche Wasser, eine kleine Box mit Feuerstahl, Pflaster und dergleichen, ein Monokular und ein paar Müsliriegel. Die habe ich hier nach der Ankunft noch am Flughafen gekauft, von denen fühlte ich mich irgendwie so angelacht in der fast spiegelnden Aluverpackung, oder sind es Energieriegel, ich kann es nicht lesen aber dem Bild nach ist Schokolade drinnen, das genügt mir.« Ich winkte mit einem und nach erneutem Blick auf das Bild, steckte ich ihn wieder zurück.

Gemütlich am Stuhl zurückgelehnt nahm sie einen Schluck Saft und prostete mir zu. »Dann kann dir ja nichts mehr passieren.«

»Habe ich deinen Rucksack-Test bestanden oder ist zu viel drinnen? Bedenke aber, ich bin auch auf Reisen und da muss man etwas mehr bei sich tragen. Willst du dir auch noch meinen Hintern ansehen?« Ich stützte meine Hände auf den Tisch und erhob mich, auf halbem Weg setzte ich mich wieder. »Obwohl, den hast du sicher vorhin schon begutachtet als wir uns am Buffet Nachschub holten. Ich habe es zumindest.«

Ob das jetzt zu viel war, zu vertraut, zu persönlich? Anscheinend nicht, denn sie zwinkerte mir mit den Augenbrauen zu. Ich zwinkerte zurück.

»Ich habe mir ein Auto gemietet, um auch was von der Umgebung zu sehen. Ursprünglich wollte ich mir San Vincente ansehen, du weißt schon, das Ende von Butch Cassidy und Sundance Kid, aber das sind über achthundert Kilometer von hier, da pfeife ich dann doch drauf. Ich werde wohl eher zum Titicacasee fahren«, verriet ich ihr meine weiteren Pläne und hoffte, dass sie vielleicht mitfahren möchte. »Was hast du so vor?«

Sie stellte das Glas Saft wieder hin und widmete sich den Obststückchen. »Ich bin eigentlich hauptsächlich wegen Puma Punku in Tiwanacu hier.«

Ich lehnte mich nach vorne. »Puma Punku, dort wo dieser Haufen Steine herumliegt, so H-Förmige Stempel und andere die ganz präzise geschnitten sind?«

Sie lehnte sich auch vor. »Ja genau, dort muss eine Anlage gewesen sein. Keiner weiß von wem oder wozu und wie genau das damals gemacht wurde. Tonnenschwere Steine, die an die zehn Kilometer herbeigeschafft wurden und kleinere aus neunzig Kilometer – und das vor Jahrhunderten. Die Form der Steine ist schon bemerkenswert aber dann auch noch die präzisen Löcher und Nute in verschiedenen Formen. In manche sind Aussparungen geschnitten in die Bronze oder

Kupfer eingegossen wurde, um sie miteinander zu verklammern. Die Steine der Mauer von Puma Punku halten ohne Mörtel. Andere, Puzzle-Förmigen Steine, passen so gut zusammen, dass kein Blatt Papier dazwischenkommt. Viele sind auch aus so akkurat geschnittenen Blöcken, dass man sie beliebig austauschen könnte, wie bei einem Baukastenspiel oder am Fließband produziert.«

Ich lauschte interessiert ihrem Redeschwall, fasziniert darüber wie sie sich begeistern konnte. Ihre Augen blitzen immer wieder auf und mit den Händen formte sie Gebilde oder zeichnete mit den Fingern auf dem Tisch, um ihre Worte optisch zu unterstützen.

»Irgend so eine Doku im Fernsehen habe ich mal darüber gesehen. Aber da wird der Zweifler in mir wach. Wer sagt mir denn, dass die wirklich so alt sind, die kann doch jeder irgendwann mal in dieser Einöde gemacht haben. Vielleicht war da im Krieg eine Basis und das sind die Überbleibsel, oder sie wurden aus einem anderen Grund für irgendwas hergestellt, ganz modern. Beim Wiederentdecken hat sich einer im Alter verschätzt oder verrechnet, so wie mit dem Eisengehalt im Spinat, und dann hat man es halt gelassen, weil es gut für die Wirtschaft ist. Als Tüpfelchen auf dem i werden noch Gerüchte über ein paar Außerirdische drübergestreut – für die Touristen.« Ich deutete in den Raum. »Wenn jetzt einer mit Beweisen für eine jüngere Entstehung käme, würde es keiner glauben, keiner glauben wollen.«

»Bist du immer so misstrauisch?« Sie sah mich skeptisch an. »Deine Eltern hätten dir den Namen Thomas geben sollen, der ungläubige Thomas.«

Jetzt war sie etwas enttäuscht von mir. »Ja, ich muss alles selber sehen, um es zu glauben, besser gesagt, zu wissen, denn wer nichts weiß muss alles glauben.« Ich zog meine rechte Augenbraue hoch und schaute skeptisch zurück. »Hast du keine Spur von Zweifel? Nimmst du alles als gegeben hin, nur weil es irgendwer, den du wahrscheinlich nicht einmal kennst, sagt.«

Sie blickte mit schrägem Kopf nach oben und überlegte kurz. »Alles glaube ich sicher nicht, aber manches wäre doch einfach schön, wenn es wahr wäre, und ich möchte mich auch nicht neuem gegenüber verschließen. Ich bin sicher es gibt vieles das wir uns gar nicht vorstellen können.«

»Ja, das denke ich auch«, erwiderte ich, »misstrauisch bleibe ich trotzdem. Wie geht das Sprichwort – ah ja, höre alles, glaube nichts. Was erhoffst du dir von dem Steinhaufen?«

Sie rückte sich am Stuhl zurecht, schaute einmal in den Raum und überlegte sichtlich, ob sie es erzählen sollte. »Ein Film im Fernsehen, den ich als Kind gesehen habe. Ich kann mich nur noch an ein paar Bruchstücke erinnern. Er spielte auf den Osterinseln. Eine Gruppe von Freunden, die gemeinsam zu der Insel reiste. Einer aus der Gruppe, er wollte da nicht wirklich hin, er ging zu einer der Statuen dort, wurde regelrecht von ihr angezogen und legte seine Hand darauf. Und nicht einmal das Folgende weiß ich noch genau. Entweder ging da irgendeine geheime uralte Tür in der Statue auf, die zu einem unterirdischen Raum führte oder er wurde an einen anderen Ort transportiert«, bei dem Wort machte sie Gänsefüßchen mit den Fingern. »Er erlebte dort etwas das sein Weltbild für immer veränderte, denke ich, wie gesagt weiß ich nicht mehr, worum es wirklich ging. Am Ende des Films fanden ihn die anderen am Fuße der Statue liegend, wie er gerade wieder zu sich kam.«

Ich blickte sie schulterzuckend und fragend an.

»Seit ich von Puma Punku erfahren habe«, fuhr sie fort, »geht es mir genauso wie dem Kerl in dem Film. Ich fühle mich davon angezogen und will dort meine Hand auf die Steine legen.«

»Du willst deine Hand dort auf die Steine legen!?« Nach einem kurzen Moment der Sprachlosigkeit musste ich anfangen laut zu lachen. »Du willst Handauflegen mit den Steinen spielen und hoffst auf eine Reaktion, eine Energie-Antwort oder dass dich ein Raumschiff hochbeamt.« Dazwischen musste ich immer wieder kichern und grinste ihr ins Gesicht.

Sie grinste nicht zurück. Jetzt hatte ich es übertrieben dachte ich bei mir und tatsächlich steckte sie sich rasch die zwei letzten Obststückchen in den Mund und stand auf.

»Das hätte ich mir von dir jetzt nicht gedacht!« Sie schnappte sich ihren Rucksack, im Vorbeigehend stützte sie sich kurz mit der Hand am Tisch auf und beugte sich zu mir. »Viel Spaß noch in La Paahhszz!«

2. Puma Punku

Jetzt saß ich da. Zweite Chance auch vertan. Hatte ich wohl verdient, warum lachte ich sie auch so aus, sie kennt mich und meine unverblümte, aber sicher nicht gehässige Art noch viel zu wenig. Sie fährt hierher, um den Steinen die Hand aufzulegen, ist doch lustig. Ich bin da, weil mir der Name gefällt, da hätte sie genauso drüber lachen können.

Ich verließ das Hotel und machte mich auf den Weg zum Autoverleih. Der Lag gleich neben dem Flughafen an der Schnellstraße Eins die direkt zum Titicacasee führte. Unterwegs schlenderte ich noch ein wenig durch die Viertel, kaufte mir ein Zimteis und ein paar Tucumanas zum Mitnehmen für unterwegs.

Als ich mit meinem Mietwagen losfuhr war ich froh damit nicht durch den chaotischen Verkehr der Stadt zu müssen. Die Straße sah auf der Landkarte, mit dem dicken gelben Strich gezeichnet, zwar bedeutend aus tatsächlich war es aber nur ein Streifen Asphalt mitten durch die karge Landschaft auf der Altiplano-Hochebene. Bis zu den fernen Bergen konnte man links und rechts fast nur Steppengras sehen. Die augenscheinlich grüne Gegend machte wegen der vielen braunen Flecken aber einen vertrockneten Eindruck. Vereinzelt dastehende Bäumen verstärkten dieses Gefühl genauso wie die selten vorkommenden Rinder oder Schafe. Die großzügig verteilten, meist ebenerdigen Gebäude oder Hütten, schienen teilweise verfallenen oder zumindest stark renovierungsbedürftig zu sein.

Nach nicht ganz einer Stunde kam ich an einem großen Schild, einer Werbetafel gleich, vorbei, darauf begrüßten mich zwei Herren in Tiawanacu, gleich darauf noch ein

Schild mit Willkommensgrüßen in Tiahuanacu, auf diesem waren Bilder von Puma Punku zu sehen. Hier ging es rechts anscheinend zu dieser Ausgrabungsstädte. Ich fuhr geradeaus weiter, wollte ja zum See.

Nach ein paar Minuten Fahrt, in denen ich vor mich hin grübelte, drehte ich um. Der Haufen Steine hatte mir alles bei Simara vertan, und mein Gelächter natürlich, aber jetzt musste ich sie mir wenigstens auch ansehen. Nach der Abzweigung Richtung Tiawanacu kam dann ein kleiner Parkplatz, ein Maschendrahtzaun mit einem weißen angerostetem Türl, darüber ein Schild ›Puma Punku‹.

Durch die Tür spaziert, zahlte ich an einer kleinen Hütte aus Lehmziegel Eintritt. Dahinter ging ein Weg in Richtung einer leichten Erhebung. An der ersten Abzweigung ging ich nach rechts, das führte mich um diese herum. Rund um diesen grasbewachsenen Erdhaufen schauten immer wieder Mauerstücke, Steinbruchstücke und Erdwälle raus. Ein Teil hätte der Ansatz einer breiten Treppe sein können. Für mich sah es wie eine verlassene Baustelle aus die schon ein paar Gewitter hinter sich hatte.

Einmal rundherum war ich oben angekommen und mir bot sich ein Steinfriedhof dar. Große flache Steinbrocken die halb in der Erde lagen, als Boden, wenn man so will. Andere kleinere lagen oder standen in Reih und Glied herum, teilweise nur Bruchstücke. Ein gespanntes blaues Seil gab einen Weg vor, dem ich nun folgte.

Die Steine waren teilweise eben und profiliert geschnitten, manche hatten sehr präzise gebohrte Löcher, auch in verschiedenen eckigen Formen. Am interessantesten zweifellos die H-Förmigen. Sie sahen von vorne wie der Buchstabe H aus und hatten an den Kanten auch noch sehr genaue Fräsungen. Anderen rechteckige ebene Blöcke hatten vorne ein

Kreuz drauf, zusammengesetzt aus einem dicken senkrechten Balken, gekreuzt von einem dünnen kurzen – ein Kreuz mit Stummelärmchen. Der Senkrechte war nicht ganz so dick wie die H-Lücke und könnte sogar in eine Hälfte von so einem H passen. Einige hatten völlig gleichmäßige teils komplizierte Ornamente in den verschiedensten Formen ausgefräst. Rechtecke, Kreuze, Rauten von tief und klein, stufenweise immer breiter werdend. Das war schon beeindruckend anzusehen, aber auch nichts was man nicht schon im Schaugarten eines Steinmetzes gesehen hätte. Man denkt sich noch ein paar Jahre Unwetter dazu und fertig.

Somit verließ ich diesen für mich endtäuschenden Ort wieder. Simara, nach der hatte ich natürlich insgeheim Ausschau gehalten, war entweder schon wieder weg oder hochgebeamt worden. Während ich auf dem gatschigen Parkplatz bei meinem Auto stand und überlegte, ob ich nun noch zum See oder doch wieder zurückfahren sollte, sprach mich einer der Einheimischen aus der Hütte an und wies mich auf Tiwanaku hin. Das lag ein paar hundert Meter weiter nordöstlich. Angeblich eine der wichtigsten archäologischen Ruinenstädte Boliviens und gehörte auch zum Weltkulturerbe. Also was solls, das konnte ich mir jetzt auch noch ansehen.

Ich fuhr das kurze Stück, eigentlich nur um die Ecke, auf der festgetretenen Schotterstraße mit zahlreichen Schlaglöchern bis zum Parkplatz beim Museum. Das besuchte ich vielleicht nachher noch, jetzt steuerte ich aber den schräg gegenüber liegenden Maschendrahtzaun mit weißer halbverrosteter Tür an, der dieses Stück Kultur umzäunte.

Dieses Mal ging ich bei der ersten Gabelung links. Vorbei an einem Hügel, bei dem unten drei glatte Mauern, stufig nach oben, zum Vorschein kamen, dazwischen eine

Steintreppe. Das sollte die Akapana-Pyramide sein. Danach kam eine Mauerecke, wo eine neue Treppe etwa drei Meter hinaufführte. Oben angekommen eröffnete sich mir ein großer Platz, nicht ganz 150 Meter im Quadrat, wie ein riesiger Sandkasten mit Erde gefüllt und gleich an dieser Ecke stand eine Figur, ›Monolito Fraile‹ wies die Tafel hin. Ich ging am Rand entlang weiter. Rechts war die Weite des Platzes und links über den Mauerrand konnte ich Steinbrocken und Mauerreste einer Anlage, wie herausgestochen aus der Graslandschaft, überblicken. Einige hundert Meter dahinter erschien das beschauliche Dörfchen Tiawanacu. Die flachen Gebäude ragten höchstens ein Stockwerk empor. An der nächsten Ecke stand dieses berühmte Sonnentor. Das hatte ich mir größer vorgestellt, war es doch gerade mal etwa drei Meter hoch und nicht um viel breiter. Oben in der Mitte war eine Figur mit Maske und zwei Stecken in den Händen. Irgendwie wirkte es hier fehl am Platz, als ob es einfach mal in die Ecke gestellt wurde.

Ich ging weiter in Richtung der Mitte, immer wieder sah man einige Steine und Platten. Ab der Mitte wurde der Platz abschüssig und zu beiden Seiten kam eine Mauer zum Vorschein die einige Meter parallel zur Außenmauer zu verlaufen schien. Das hatte was von einer großen Ausfahrt die zur Mauer an der gegenüberliegenden Seite der Treppe, die ich hier rauf bin, zulief. Ein Tor führte hinaus, kurz vorher war noch eine weiter Statue platziert. Der Ponce Monolith, er blickte in Richtung dieses Ausgangs und war großzügig von den blauen Absperrbändern umgeben. Daran ging ich vorbei und sah mir diesen, im Gegensatz zum Sonnentor, doch einige Meter tiefen Durchgang an. Er war aus glatten gleichmäßigen Steinblöcken, so wie die Mauern links und rechts davon. Große Blöcke zwar aber, bis auf die, die den

Durchschlupf überdeckten, nichts Besonderes. Durchgehen konnte ich nicht, eins von diesen blauen Begrenzungsseilen verhinderte es. Ein Blick hindurch verriet mir aber, dass auf der anderen Seite dieser in den Boden eigelassene Platz war, wo in die Mauer am Rand Steinköpfe angebracht waren. Den fand ich von dem ganzen hier noch am interessantesten. Sollen die Köpfe doch die Form von den verschiedensten auf der Erde befindlicher Ethnien aufweisen. Um dahin zu kommen, blieb mir wohl nichts anderes übrig als wieder zurück zu der Treppe und außen herumzugehen. Als ich auf Höhe des Ponce war tauchte sie dahinter auf, Simara. Sie trug ihre Haare jetzt zu zwei Zöpfen gebunden, vielleicht hatte ich sie deshalb vorher übersehen. Die Figur konzentriert begutachtend ging sie rundherum.

Ich ging näher hin, sie hatte mich noch nicht bemerkt. »Soll ich schmiere stehen und aufpassen, ob einer der Aufseher kommt, damit du rasch über die Absperrung hüpfen und dem lieben Ponce die Hand geben kannst.«

Sie fuhr herum. Den Anflug eines Lächelns gleich wieder unterdrückend sah sie mich kurz an und fast trotzig, mit schwingenden Zöpfen, drehte sie sich sogleich zurück um sich erneut der Statue zu widmete. »Ich dachte du wolltest zum See? Oder gibts dort nichts, worüber du lachen kannst?«, sagte sie in gelangweiltem Ton über die Schulter geworfen.

Ja, sie war noch beleidigt, aber der kurze Lächler machte mir Hoffnung. »Hör mal, das tut mir wirklich leid. Und du hast es ja auch gleich ganz richtig pariert, ich bin genauso bescheuert wegen des Klangs von La Paz hierher zu kommen.«

»Ich bin also bescheuert?!«, sagte sie forsch aber nicht wütend, eher gleichgültig.

Bescheuert war vielleicht ein zu hartes Wort, auch wenn ich mich selbst mit einbezogen hatte, aber ich würde mich jetzt sicher nicht verstellen. So bin ich nun einmal. Meine Art musste sie genauso vertragen wie ich die ihre. Sonst würde das niemals was auf Dauer und ich wollte nur etwas das längerfristig Sinn machte. Da konnte ich noch so sehr in ihren Augen versinken.

»Sagen wir – wir haben beide den gleichen Patschen.«

Sie sah mich mit ernster Miene an, dann verzog sie den Mund und zuckte mit den Schultern. »Ja, du hast ja recht. Ist echt bescheuert hier die ganzen Steine anzutatschen. Einige der anderen Besucher tuscheln schon, wenn ich in ihre Nähe komme.«

Ich ging ganz zu ihr, wir blickte die Figur an und ich fragte mich innerlich, sprach es aber laut aus. »Hat der da eine kleine Golftasche mit zwei Schlägern in der einen Hand und eine Puppe mit Zöpfen in der anderen?«

Kurze Stille, ich spürte richtig, wie sie überlegte, sah steif zur Figur und wagte gar nicht zu atmen. Nicht das sie wieder dachte ich würde mich lustig machen wollen.

Dann machte sie einen überraschten ›ha‹ Laut und schaute zu mir. »Ja, mit viel Fantasie sieht es tatsächlich so aus.«

Als ich sie ansah lief eine Träne über ihre Wangen. Dann immer mehr, nein, keine Tränen, eine dunkle Wolke war von uns unbemerkt aufgetaucht und öffnete sich über uns. Bevor wir uns versahen, standen wir im Starkregen, mitten im offenen Gelände. Kurz um uns blickend wetzten wir beide los Richtung des Tores. Das blaue Absperrband ließen wir sportlich unter uns und konnten uns gerade noch vor dem Durchnässen retten. Wir ließen beide unsere Rucksäcke zu Boden gleiten und sahen uns um. Der Durchgang war etwas über zwei Meter breit, so an die fünf Meter lang und Zimmerhoch. Erinnerte stark an eine Unterführung, die man nicht im Dunkeln durchschreiten möchte, aber trocken. Ich ging zum anderen Ende und blickte hinaus auf den Patio Hundido, den versunkenen Hof mit den Steinköpfen. Das Tor sah von dieser Seite nicht wie ein Loch in der Wand aus. Es gingen Stufen herauf die mindestens dreimal so breit waren wie die Öffnung und von der Außenmauer flankiert wurden. Die Sicht vom Hof hierher musste großartig sein, auch weil der Ponce scheints direkten Blickkontakt hinunter hatte.

Nun lehnte ich mich Simara gegenüber an die Wand. »Bist du schon den ganzen Tag hier?«, fragte ich.

»Ja, ich bin gleich nach dem Frühstück mit dem Bus gekommen«, und fügte selbstironisch hinzu, »seither habe ich mich an den Steinen hier vergangen.«

Ich schwieg und sah sie teilnahmslos an, das Zucken in den Wangen versuchte ich zu ignorieren, um ja nicht zu Lachen. Dann fasste ich meinen Rucksack und holte zwei der Tucumanas heraus von denen ich ihr einen anbot. Sie zögerte kurz bevor sie ihn annahm und ihrem Blick nach zu urteilen, war ihr mein Kampf mit den Gesichtsmuskeln nicht entgangen. Während sie die Verpackung entfernte, grinste sie, meiner überrücksichtsvollen Zurückhaltung wegen, in sich hinein. Sie hätte mir ein Lächeln sicher nicht übelgenommen, nein eher sogar erwartet.

»Danke – ich habe heute Morgen etwas überreagiert. Nachdem ich jetzt den halben Tag hier herumgelaufen bin und zu erspüren versucht habe welchen Stein ich anfassen soll, komme ich mir selbst lächerlich vor. Dein Gelächter hat mich aber auch an meinen Ex-Freund erinnert, der hat alles was ich tat immer ins Lächerliche gezogen und mich ständig ausgelacht. Von ihm kamen auch die Handtaschen-Witze, während er selbst immer einen Rucksack mit allem möglichem Zeugs herumgeschleppt hat, so auf Prepper-Art. Jetzt bin ich Handtaschengeschädigt.« Sie streckte die Zunge etwas heraus, riss die Augen weit auf und wackelte mit dem Kopf hin und her, um ihrer Selbstdiagnose Nachdruck zu verleihen.

Einmal von meinem Teigtäschchen abbeißend beobachtet ich sie und konnte mir nicht vorstellen wie sie sich von irgendjemanden, schon gar nicht vom eigenen Freund, je erniedrigen lassen konnte, so einen selbstbewussten Eindruck hatte ich von ihr und selbst wenn sie Grimassen schnitt, war sie bezaubernd. »Ich hatte das nicht als Auslachen gemeint. Ich fand es nur lustig, aber sicher nicht lächerlich. Es hat mir sogar gefallen. So einem Gefühl nachzugeben ist doch besser als sich ewig zu fragen ›was wäre, wenn‹. Du bist beeindruckend und dein Ex-Freund hat das wahrscheinlich aus Unsicherheit gemacht. Manche fühlen sich eben nur selbst besser, wenn sie andere runtermachen können.«

Simara sah mich erfreut aber fast etwas unsicher an, das Kompliment ging ihr runter wie Öl. »Ich weiß auch nicht, warum ich mir das so lange habe gefallen lassen. Tut mir leid, wenn du Nachwehen davon abbekommen hast.«

Nach einer kurzen Pause sprach ich weiter. »War auch meine Schuld, wir kennen uns ja erst kurz, aber ich habe einfach so ein vertrautes Gefühl mit dir zusammen. Wenn ich bei sowas lache, dann meine ich das höchstens neckisch, aber sicher nie herablassend. Ist wohl noch zu früh gewesen, aber es kommt mir halt so vor als könnte ich mit dir über alles reden und lachen, als ob wir uns schon ewig kennen würden und dir meine Eigenarten bereits vertraut wären. Gehört wohl zu meiner Art von bescheuert sein dazu, sich ohne vernünftigen Grund jemanden nahe zu fühlen, irgendwie seelenverwandt.«

Sie sah mich mit überraschtem Blick an, kaute den Bissen langsam fertig und sagte dann leise: »Ich mag deine Art von bescheuert sein.«

Wir hockten inzwischen an die Wand gelehnt gegenüber da, aßen still auf und blickten uns an, hin und wieder kam ein Lächeln auf. Es regnete immer noch heftig und das Wasser ran mittlerweile auch über den Boden in den Durchgang. Das schräg einfallende Licht wurde vom dahinfließenden Wasser an Wände und Decke reflektiert. Es schimmerte ringsum, wie wenn man so eine Lampe mit sich drehendem Schirm einschaltete.

»Hast du hier schon dein Glück mit dem Handauflegen versucht?«

Sie schüttelte nur den Kopf.

»Da«, deutete ich auf meine Wand, »wenn ich so schräg von hier unten hinsehe, sieht es wie der Abdruck einer Hand aus, liegt sicher auch an den ganzen Lichtspiegelungen.«

»Ich kann nichts erkennen.«

»Du musst von hier schauen. Der Steinblock sieht auch etwas anders aus.« Ich rutschte zur Seite, die Rucksäcke hatte wir inzwischen wieder halb geschultert damit sie nicht nass wurden.

Sie kam mit einem wehe du verscheißerst mich Gesichtsausdruck herüber und schaute nach. »Hm, ja, mit viel Fantasie könnte das ein Handabdruck sein, mit sehr viel Fantasie.«

Sie hockte jetzt vor mir, die Wand musternd. So nahe waren wir uns bisher noch nicht gekommen. Ich sah ihren Hinterkopf und die sauber geflochtenen Zöpfe. Ein Duftschwall ihres Parfüms erreichte mich und ich war versucht an ihr zu schnuppern. Als sie den Kopf drehte und mich ansah sagte ich. »Na worauf wartest du noch, kann doch nicht schaden.«

Etwas widerwillig ging sie zu dem Stein und drückte ihre Hand drauf. Nichts geschah, sie sah mich achselzuckend an.

»Einen Versuch war es wert.« Ich war inzwischen aufgestanden und blickte herum.

»Sie mal, auf der anderen Seite ist auch ein Stein in derselben Art. Auch wenn ich hier keinerlei Abdruck erkennen kann.« Ich schaute mir den Block aus den verschiedensten Winkeln an. »Probiere es mit beiden, drücke den links und rechts gleichzeitig.«

Sie sah mich wieder schweigend und mit zweifelnder Mine an, scheinbar unsicher, ob ich es ernst meinte. Sie legte die linke Hand wieder auf den ersten Stein und versuchte den gegenüberliegenden zu erreichen. »Die kann ich nicht gleichzeitig berühren, sind zu weit auseinander.«

»Warte ich helfe dir.« Ich legte meine rechte Hand auf den Stein und fasste mit meiner linken Hand ihre rechte, während wir uns in die Augen sahen. Ein unglaubliches Kribbeln durchfuhr meinen Körper, wir hatten zum ersten Mal Kontakt miteinander. Ein wunderbares Gefühl, aber es wurde schlagartig dunkel, der Himmel hinter dem Ponce war schwarz geworden, die Sterne leuchteten und begannen bogenförmige Streifen zu ziehen, so wie man es bei diesen langzeitbelichteten Fotos sehen konnte. Dann war alles schwarz.

3. Commander Ayman

Finsternis, ein Gefühl des Schwebens, aber ich vernahm deutlich den Boden unter meinen Füßen. Simaras Hand war weg und ich spürte auch den Stein nicht mehr. Ich stand frei auf festem Untergrund, irgendwie drehte sich alles, aber mir war nicht schwindelig. Der matschig feuchte Modergeruch war verschwunden und ich konnte den leichten Durchzug nicht mehr wahrnehmen. Angestrengt lauschte ich der Stille und starrte in die Dunkelheit. Kein noch so schwacher Lichtschein oder auch nur der kleinste Funke war zu erkennen und nur durch mehrmaliges aktives Blinzeln konnte ich mich selbst davon überzeugen, dass meine Augen überhaupt offen waren. Die absolute Ruhe wandelte sich schließlich immer mehr in lautes Rauschen und mir schien als könnte ich meinen eigenen Herzschlag hören. Nach endlos erscheinenden Minuten, oder waren es doch nur Sekunden, wurde es allmählich lichter, aber nicht im Sinne von Sonnenaufgang, das mich umgebende Schwarz wurde grau, erst dunkel und dann immer heller. Gleichzeitig kamen Stimmen auf und wurden aus der Ferne kommend immer lauter.

»Commander Ayman!«

»Commander Ayman!« Zwei unscharfe Gestallten vor mir.

Mit einem Schlag war alles um mich herum wieder klar. Simara war nicht zu sehen. Ich befand mich in einem Raum, nicht besonders groß, eine Seite, die schräg wie in einer Dachgeschosswohnung war, bestand nur aus dunklem Glas, in der Mitte ein ovaler Tisch, an dem ich saß. Die beiden, ein Mann und eine Frau, blickten mich besorgt an und hatten Uniformen an. Eine figurbetonende Jacke ohne sichtbare Knöpfe in dunklem Grün mit langen Ärmeln und sie reichte fast bis zu den Knien. Der handbreite V-Ausschnitt endete in einem Stehkragen, darunter kam ein schwarzer Rundkragen zum Vorschein. Im Jackenkragen und auf Brusthöhe war eine Linie aus lauter kleinen silbernen Pyramiden gezogen, die sich auch über die Ärmel erstreckte. Der breite Gürtel verstärkte den Uniform-Touch. Darunter enge Hosen und elegante aber bequem wirkende Schuhe, beides schwarz wie der Gürtel.

»Commander, ist alles in Ordnung?«

»Danke Leutnants, mir geht es gut, ich war nur in Gedanken«, sagte ich.

Wieso sagte ich das? Woher wusste ich wer die beiden waren? Leutnant Bea und Leutnant Thole wurden mir bei meiner Ankunft für mein Untersuchungsteam zugewiesen. Woher wusste ich das nun wieder und wer war ich? Wie hatten die mich genannt? Commander? Ayman? Mein Blick schweifte durch den Raum und blieb an der Spiegelung des Glases hängen – das bin doch nicht ich?! Ich stand auf und begutachtete mich – oder ihn. Groß, sportlich, gutaussehend und eindeutig athletischer als ich mich sonst wahrnahm, was aber an der Uniform liegen könnte die er – ich – auch anhatte. Allerdings in blau und mit goldenen Pyramiden, die auch dichter zusammenstanden. Am meisten verwirrte mich aber das Gesicht, es war nicht meines! Da konnte ich noch so oft mit dem Finger an die Nase fassen. Immer weiter beugte ich mich vor, näher an das Spiegelbild heran und tatschte mir ins Gesicht, oder ihm, oder uns.

»Möchten sie gerne hinaussehen Commander?« Leutnant Bea wischte mit der Hand kurz vor dem Glas hoch.

Die Verdunkelung löste sich wie Nebel auf und gab den Blick nach draußen frei. Da stand eine Pyramide, direkt vor mir, in voller Größe, und dahinter noch eine. Wie die in Ägypten, aber in Modern. Der Anblick erschlug mich fast, erst mein fremdes Gesicht und jetzt das. Sie glänzten, als ob sie mit Glas überzogen wären, die Spitzen schimmerten golden und hoben sich wunderschön vom azurblauen Himmel ab. Die sich darin spiegelnden Sonnenstrahlen erzeugten eine Aura um die Gebäude, dass man meinen konnte sie trugen einen Heiligenschein. An der einen schien seitlich etwas zu hängen, es sah aus wie zwei kleine Pyramiden aus acht gleichseitigen Dreiecken, die an der Grundfläche zusammengeklebt waren – ein Oktaeder, dann flog es weg. Ein Shuttle?! Wo bin ich hier? Wann bin ich hier? Doch Ägypten aber früher? Kann doch nicht sein, abfliegende Shuttles und hier ist auch alles grün. Wiesen, Bäume, Palmen, Sträucher, bunte Blumen und Pflanzen, ein blauer Fluss schlängelt sich etwas entfernt durch die Landschaft – keine Wüste in Sicht. So könnte ich mir den Garten Eden vorstellen, fehlte nur noch der Regenbogen. Ich musste in der Zukunft sein und die Pyramiden wurden restauriert und die Landschaft hatte sich verändert oder wurde mit Zukunftstechnik umgestaltet. Aber wahrscheinlich bin ich gar nicht in Ägypten, sondern irgendwo in einem zukünftigen Nachbau, wie das österreichische Hallstadt in China oder in einem Themenpark – gleich kommt Micky Maus herein. Ich blickte nach unten und konnte die Wand, die breiter wurde, durch das geschlossene Fenster sehen. Wie es schien, war ich auch in einer Pyramide, fast ganz oben sogar. Ratlos setzte ich mich wieder hin.

»Sollen wir mit der Besprechung nun beginnen Commander?« Leutnant Thole sah mich fragend an. »Oder möchten sie sich doch noch etwas erholen? Die Reise von zu Hause hierher zum Stützpunkt vierter Planet im Tri-System war sicher anstrengen.«

Tri-System – ich sah Bilder vor meinen Augen ablaufen wie ein Film, eine Erinnerung. Jemand gibt mir eine flache

Platte, glasähnlich, aber weicher, ein Bildschirm, scheinbar so etwas wie ein Tablet-PC. Ich betrachte darauf ein Sonnensystem, drei der Planeten sind als bewohnbar markiert, der dritte, vierte und fünfte. Mit einem Tipp auf den dritten erscheint eine Info, allerdings hebt sie sich hologrammartig vom Bildschirm ab, wie ein Zettel, der darüber schwebt. Terraqua – der Name und Daten. Einziger Planet in diesem System, wo sich bereits Säugetiere entwickelt hatten, bevor jemand in dieses System kam. Die Größe und dass die Oberfläche zu einer Hälfte aus Landmasse und zur anderen aus Salzwasser besteht. Ich tippte auch auf die anderen beiden. Der vierte, Arsean, war der kleinste, in etwa halb so groß wie Terraqua und der Fünfte, Atlan, war etwa ein Drittel kleiner und dient den Atlantenen als Stützpunkt. Das Wasser-Land-Verhältnis war bei allen gleich. Die Erinnerung verblasste und ich konnte den Raum wieder scharf wahrnehmen, tatsächlich hatte es sicher nicht länger als einen Augenblick gedauert. Ich war also nicht im alten oder neuen Ägypten, sondern auf Arsean im Tri-System, wo auch immer das sein mochte.

Und woher wusste ich das jetzt?! Wie kam es zu diesem ›Tagtraum‹? Anscheinend weil mein Wirtskörper daran dachte als er – ich – wir – den Namen dieses Systems hörte. Wer hatte so etwas noch nicht erlebt? Wurde man mit etwas konfrontiert, woran man persönliche Erfahrung knüpfen konnte, dachte man automatisch daran. Jemand spricht von seinem Passwort für irgendwas, man denkt sofort an sein eigenes. Als von der ›Reise von zu Hause‹ gesprochen wurde, kamen Erinnerungen an Alnitak, einem System aus dem Oriongürtel auf. Arseaner bewohnen Planeten in den drei Gürtelsystemen, neben meiner – seiner – Heimat Alnitak, noch Alnilam und Minitaka.

Ob er auch meine Gedanken mitbekommt? Ich sah mich selbst – ihn – im Spiegelbild fragend an. Aber hier wäre nichts an das ich mich erinnern könnte. Hört er jetzt Stimmen, also das was ich gerade denke, und meint er wird verrückt? Vorhin aufzustehen und mein – sein – Gesicht zu fühlen war mein Wille. Habe ich die Kontrolle und als Bonus sein abrufbares Wissen? Bin ich in einer Parallelwelt und wir sind oder waren immer irgendwie verbunden? Ist es das was man unter Seelenverwandtschaft vermutet? Wie komme ich hierher, wo ist hier, wann ist hier und was soll ich hier eigentlich tun?

Mein suchender Blick blieb an Thole hängen und mir wurde bewusst, dass mein fragendes Herumschauen für die beiden einen ziemlich verwirrten Eindruck machen musste. Das spiegelte sich auch in deren verlegenem sich gegenseitigem Ansehen wider. Daher wäre es fürs erste sicher gut mit der Besprechung fortzufahren, bevor die mich in die Klapse schicken.

Ich setzte mich also vermeintlich souverän hin und deutet auf Thole. »Bitte fangen Sie an Leutnant, ich bin schon gespannt für was sie mich hier benötigen. Seit meiner Ausbildung bin ich nicht mehr hier gewesen, daher war ich etwas abgelenkt von den Veränderungen.«

»Ja, inzwischen haben unserer Bauspezialisten von Minitaka die Bauarbeiten für das Planetenenergiesystem hier schon eine Weile abgeschlossen. Falls Sie Fragen dazu haben, auf Terraqua befindet sich gerade Marik, der bei der Planung und Ausführung der Energiesysteme dort dabei war und heute für deren Ausbau und Instandhaltung verantwortlich ist. Da er zu der kleinen Gruppe von Personen gehört, die während des Vorfalles im Gebäude waren und wir sie sowieso alle befragen müssen, wird sich sicher die Gelegenheit dazu bieten.«

»Das werde ich sicher machen. Kommen wir zum Vorfall.«

Leutnant Bea: »Es hat einen Anschlag auf ein Teammitglied der Atlantenen gegeben. Es steht ein neues Linien-Treffen bevor und dieses Attentat, ausgerechnet jetzt, wird die Zwietracht, die in der letzten Zeit zwischen uns aufgekommen ist, noch verstärken.«

»Anschlag? Zwietracht zwischen uns und den Atlantenen?«, wiederholte ich und zwinkerte ein paar Mal für eine ›Erinnerungs-Update‹, »Wir hatten doch immer ein gutes Verhältnis mit den anderen in diesem System, was hat sich jetzt geändert?«

Leutnant Bea: »Es hat mit Gerüchten angefangen. Yanis berichtete immer öfter von einer Splittergruppe unter den Atlantenen, die das Ziel hat uns von Terraqua zu vertreiben, damit die Energieforschung gänzlich an sie fällt. Aus den Gerüchten sind Sabotagen an der atlantenischen Forschung geworden, die sich immer mehr häufen.«

»Habe ich sie recht verstanden?«, warf ich ein, »die stören die atlantenischen Forschungen, also ihre eigenen, um es uns anzulasten, aber keine Arseanischen? Wenn man jemanden vertreiben will, sabotiert man da üblicher Weise nicht die der Gegner?«

»So ist es«, fuhr sie fort, »das macht die Situation ja so prekär. Die Gruppe hat den Vorteil die Sabotagen auf eigenem Terrain viel leichter durchführen zu können und gleichzeitig wird nicht nach ihnen, sondern nach der bösen anderen Seite gesucht. Wie wenn man sich selbst ins Bein schießt und sagt es war jemand anderes. Wer glaubt dem anderen schon ohne Beweise. So stehen die Atlantenen als Opfer und zusätzlich als die armen von den bösen Arseanern auch noch verleumdeten da. Würden die Extremisten unsere Forschungen angreifen, würden Arseaner und Atlantenen nach ihnen suchen. So suchen nur wir sie und werden dabei weder unterstützt noch richtig ernstgenommen.«

»Und ihr seid sicher, dass sie es auch selbst sind und wir nicht tatsächlich ein paar Abtrünnige in den eigenen Reihen haben?«

»Laut Yanis, der die Spuren aufnimmt, ja. Bisher waren es nur Störungen, die zwar Zeit und Material gekostet haben, aber jetzt sind sie offenbar noch einen Schritt weiter gegangen. So ein Anschlag, wäre der perfekte Vorwand, um uns endgültig loszuwerden. Wer glaubt denn schon, dass sie einen der ihren körperlich angreifen würden?«

Leutnant Thole: »Die Chef-Wissenschaftlerin Sania, auf ihre Assistentin Ino wurde der Anschlag verübt, fordert immer lauter von ihrer Regierung im Heimatsystem den Vertrag mit uns aufzulösen. Sie beschuldigt uns der Sabotage an ihrer Forschung und meint wir hätte diese Gruppe nur erfunden, um uns rauszureden und sie unfähig dastehen zu lassen. Sie meint ›wir‹ wollen die Atlantenen vertreiben um unsere Wissenschaftler aus Alnilam anstatt der ihren hier einzusetzen. Als sie hörte, dass ausgerechnet jemand von uns den Anschlag untersuchen wird, ist sie Yanis zufolge ausgerastet. Sania soll uns lauthals verflucht haben und immer wieder ›Arseaner sollten nicht ermitteln, wenn sie selbst zu den Hauptverdächtigen gehören‹ geschrien haben. Aus ihrer Sicht kann er sie auch gut verstehen und denkt nicht, dass sie etwas mit der Splittergruppe zu tun hat. Wie allseits bekannt ist sie mit Ino sehr vertraut und hätte ihr sicher nicht schaden wollen. Wenn Sie Sania befragen können Sie sich auf einiges gefasst machen Commander. Die ist von unserem Verband, sie nennt uns laut Yanis gerne Horde, nicht sonderlich begeistert.«

Die Beiden starrten mich nun erwartungsvoll an. Anscheinend lag es an mir den hier aufkommenden Konflikt zu klären. Bruchstücke von Erinnerungsfetzen blitzen in mir auf. Wie es für uns Arseaner von Alnitak üblich war, sorgten wir uns um den Frieden und eine fruchtbare Kommunikation zwischen allen Beteiligten. Von wegen Horde, ich sah mich und meine Einheit beim Schlichten von Streit, wir klärten Unstimmigkeiten und ahndeten Verstößen gegen Abkommen. Dabei bemühten wir uns die Zusammenarbeit zu fördern und wenn möglich alles auf einen gemeinsamen Nenner zu bringen. Erinnerungen an viele geklärte Situationen wurden wach. Leute schüttelten zuerst dem Kontrahenten und dann uns, dankbar für unsere Hilfe, die Hände. In einigen Fälle leider auch nicht, da fielen böse Worte, sogar Drohungen. Nichtsdestotrotz waren wir der erste Ansprechpartner für jedes Mitglied unserer Allianz. Meine Beteiligung an Erkundungsflügen im ganzen Universum huschte an meinen Augen vorbei. Unsere Gruppe führte in regelmäßigen Abständen Suchen nach neuen Kandidaten durch. Dazu beobachteten wir Planeten deren Bewohner einen gewissen Grad an Fortschritt erreicht hatten, egal ob von selbst oder von uns angestupst. Wie ich in meiner Ausbildungszeit vereinzelt aufgeschnappt hatte, wurde auf Terraqua allerdings dauerhaft an den Bewohnern geforscht, nicht nur initiiert. Da von den hier Forschenden nur wir und die Atlantenen über einen eigenen Stützpunkt im System verfügten, hatte es zwischen uns noch nie Streit zu schlichten gegeben. Die Aquanten, die nicht zu unserer Union gehören und sich auf diesem Planeten schon vor uns angesiedelt hatten, fallen eher im Ignorieren unserer Anwesenheit auf.

»OK, dann machen wir uns auf den Weg.« Ich klopfte mit den Handflächen auf den Tisch und wir standen gemeinsam auf und verließen den Raum.

Es fühlte sich unglaublich an wie mein Geist Verbindungen von gehörtem mit dem bereits erlebten von Ayman herstellte und alles Flashbackartig vor meinem inneren Auge ablaufen ließ, so als ob ich selbst dabei gewesen wäre. Zum Glück gingen meine Leutnants jetzt voran, ich hatte nämlich keine Ahnung, wohin es nun ging, denn das Problem mit dieser Art der Wissensvermittlung war, wenn mir keiner was sagte oder sonst wie eine Erinnerung angestoßen wurde, hatte ich auch keine Ahnung davon. Klar, wir machten uns auf den Weg nach Terraqua, aber wie kamen wir dahin?

Wir gingen durch ein paar Gänge, trafen dabei andere Uniformierte und grüßten uns artig gegenseitig im Vorbeigehen. Wenn sich das alles nicht so echt anfühlte, würde ich sagen uns hat da in dem Durchgang der Blitz getroffen und ich liege im Koma oder bin tot. War das das nächste Leben? Sollte man da nicht als Baby anfangen?

Alsbald kamen wir in einen weiteren kleinen Raum, allerdings halbkugelförmig. Na klar, ein Shuttle, wie das von mir zuvor gesehene, welches an der Wand gegenüber hing. Wir nahmen Platz und flogen los. Das oktaederförmige kleine Schiff, tatsächlich innen eine Kugel, bot bis zu sechs Personen Platz. Diese Shuttleklasse ausgestattet mit Plasmaantrieb und Gravitationskraftfeld war das bevorzugte Transportmittel auf den Planeten und im System. Die Konstruktionspläne kamen mir in den Sinn die ich während meiner Flugausbildung studierte. In der einen Hälfte, in der wir jetzt saßen, war das Kommandoteil untergebracht. Die zylinderförmige Konsole in der Mitte diente als Besprechungstisch oder wenn man die Bildschirme aktivierte, als Arbeitsplatz. Rundherum standen, nein hängten, Stühle in der Luft. Damit konnte man an die Wand schweben, um die ausschwenkbaren Konsolen dort zu bedienen oder einfach nur aus dem Fenster zu sehen. Am gewünschten Platz angekommen rastete der Sitz magnetisch ein. Die obere transparente Halbkugel, konnte abschnittsweise je nach Wunsch verdunkelt oder als Konsolenbildschirm verwendet werden. Das äußerlich eckige Shuttle war von innen, bis auf die Kanten, durchsichtig, sodass man, wenn es keine verdunkelten Stellen gab, mehr das Gefühl hatte in einer Pyramide zu sitzen. Die nur einseitig, von außen, sichtbare Beschichtung, auf Kugel und Pyramide, diente dem Strahlenschutz und die Form, um bequemer an unseren Gebäuden anzudocken. Im unteren Kugelteil war der Antrieb und ein Lagerraum. Beim Wechsel der Flugrichtung, was ohne Verzögerung auch in die Gegenrichtung möglich war, blieb der Oktaeder immer in gleicher Position, aber die Kugel im inneren richtete sich nach einer Weile gemächlich in Flugrichtung des Piloten aus.

Ich schwebte mit meinem Sitz ans Fenster, dazu musste ich nur an den Armlehnen in die gewünschte Richtung drücken und sah neugierig hinaus. Unter uns waren tatsächlich drei Pyramiden, so wie die in Ägypten, nur gläsern glänzend und rundherum alles grüne Wiesen und Palmen. Sogar eine Sphinx stand da, auch wenn sie wie ein Hund aussah. Dem Ayman in meinem Kopf zufolge ist so ein Tier das arseanische Symbol für Ausdauer oder auch Energie. Wir flogen im leichten Bogen nach oben und da sah ich, dass auf der gegenüberliegenden Seite der Pyramiden noch so eine Hunde-Sphinx stand. Vereinzelt konnte ich in der näheren Umgebung noch Gebäude ausmachen, aber die Haupttätigkeit, die Hauptzentrale, war zweifelsohne auf diesem Plateau. Leutnant Thole wies mich noch auf verschiede Energiebauten auf zwei anderen Kontinenten hin. Die konnte ich zwar nicht sehen, waren seiner Beschreibung nach, wie die meisten unserer Bauten auch pyramidenförmig. Ich fragte mich wie es wohl dazu kam, dass ausgerechnet eines der sieben Weltwunder der Erde als Vorlage für arseanische Bauten herhalten musste. Wobei die bessere Frage wohl wäre, ob die auf der Erde nicht auch von Arseanern errichtet wurden. Ob sie früher schon in meinem Sonnensystem waren?

Dann durchbrachen wir die Atmosphäre und ich konnte zum ersten Mal den Weltraum sehen. Nur von der Schwerelosigkeit bekam ich, dank oder besser gesagt wegen, des Schwerkraftbodens und Gravitationskraftfeldes, leider nichts mit.

Da flog ich nun im Weltraum, mitten im Tri-System – unfassbar! Diese Erfahrung und die Sicht aus dem All auf den Planeten weckten wieder Erinnerungen an die Anfangszeit in diesem System. Es wurde von uns und den Atlantenen gleichzeitig entdeckt. Damals waren die Aquanten schon geraume Zeit hier und hatten sich in den Meeren auf Terraqua angesiedelt, die sich entwickelnden Lebewesen an Land störten sie nicht und sie hatten auch kein Interesse an ihnen. Da sie sich nur im Wasser aufhielten und wir uns nur an Land aufhalten konnten, gab es ein einfaches Abkommen. Sie blieben im Wasser, wir an Land.

Mit den Atlantenen trafen wir folgendes Abkommen zur Zusammenarbeit. Sie nahmen den fünften Planeten als Stützpunkt, wir den vierten. Den dritten Planeten, Terraqua, teilten wir für unsere Forschungen auf. Sie machten wissenschaftliche Versuche mit den sich entwickelnden Terraquanern, um ihre relativ kurze Lebensdauer zu verlängern und ihre geistigen Fähigkeiten zu steigern. Im Gegenzug erhoffte man sich bei diesen DNA-Experimenten ein Mittel gegen unsere Salzempfindlichkeit zu finden, die uns in vielen Systemen behinderte. Wir Arseaner bauten mit unseren Experten von Minitaka das Energienetz auf und konnten deren Verbesserung erforschen. Die Ergebnisse wurden bei Regelmäßigen Linien-Treffen vorgestellt, miteinander besprochen und mit Erkenntnissen von anderen Planeten verglichen. Linien-Treffen finden auf Terraqua immer statt, wenn die drei Planeten in einem Bogensektor von bis zu fünfzehn Grad in einer Linie stehen.

Mittlerweile sind noch kleine Gruppen von Persiden, Dromeden, Cassiniden und Zentauer im System eingetroffen die sich an eigenen Forschungen in abgesprochenen Gebieten versuchen. Die drei ersteren sind schon immer freundschaftlich verbunden gewesen und teilen ihre Ergebnisse auch regelmäßig mit uns. Nur mit den Zentauern gab es aber immer wieder mal Streit, was die Gebiete oder das Teilen der Ergebnisse angeht. Dass es jetzt ausgerechnet zwischen uns und unseren alten Freunden den Atlantenen Zerwürfnisse, ja sogar einen Anschlag, geben soll ...?! Ich fühlte den Unglauben darüber tief in mir – in Ayman.

»Möchten sie gerne fliegen Dom?« Leutnant Bea machte Anstalten die Steuerungskontrolle in Richtung meines Fensters zu wischen. »Ihre Flugkünste sind hier oft Gesprächsthema.«

Ich schaute sie kurz an – dieses ›Dom‹ erklärte Ayman mir als geschlechtsneutrales ›Sir‹ oder ›Madam‹ – und es juckte mich in den Fingern. Wie gerne würde ich jetzt ja sagen und zum ersten Mal tatsächlich ein Shuttle im Weltraum fliegen. Erstmalig für mich, zum zig-tausendsten Mal für Ayman. Es rauschten Flugmanöver vor meinem geistigen Auge auf und ab. Viele bei Trainings-Wettbewerben und vereinzelt in Kampfhandlungen. Aber die meisten bei Rettungseinsätzen oder wenn es um das Erforschen anderer Zivilisationen ging, die technisch noch nicht weit genug fortgeschritten waren, um sich uns anzuschließen aber schon weit genug entwickelt, um uns näherzukommen. Es war herausfordernd sie unauffällig zu beobachten und im Falle einer Entdeckung, die leider immer wieder einmal vorkam, elegant zu verschwinden. Nicht dass sie eine Chance gehabt hätten, aber wenn Raketen aus verschiedenen Richtungen auf einen zukamen oder sie mit ihren Fluggeräten auf Abfangkurs gingen – da galt es geschickt auszuweichen, auch den verschiedensten Ortungssystemen oder Aufzeichnungsgeräten. Und das Ganze, ohne die anderen zu gefährden oder zu viel von sich selbst preiszugeben. Eine Arbeit, die Fingerspitzengefühl erforderte.

»Nein danke, fliegen Sie nur.« Erwiderte ich und verbarg meine Enttäuschung, indem ich mich scheinbar müde von der Anreise mit dem Schwebesessel zurücklehnte und weiter aus dem Fenster sah, aber ich durfte nicht riskieren auf etwas zu treffen von dem bisher nicht die Rede war und ich somit nicht wissen oder tun konnte. Ich war noch zu unsicher, wie dieser Gedankenaustausch zwischen mir und Ayman tatsächlich funktionierte.

Keine Stunde später drehte sich Thole zu mir. »Ihre Gepäckbox haben wir gleich nach ihrer Ankunft hier ins Shuttle bringen lassen. Sie liegt unten im Lager, falls sie vor unserer Ankunft noch etwas benötigen. Ihre Handschuhe zum Beispiel.«

»Danke«, antwortete ich und registrierte, dass beide, im Gegensatz zu mir, schwarze Handschuhe am Gürtel hängen hatten, »ich hole sie mir gleich.«

Bei dieser Gelegenheit konnte ich mein Gepäck, von dem ich bis jetzt nichts wusste, begutachten, vielleicht fand ich darin noch etwas, was mir weitere Informationen über mich und diese Situation verriet. Bevor ich unsinniger Weise aufstand, um nach unten zu gehen, wiesen Aymans Erinnerungen mir zum Glück den Weg. Wie ich beim Einsteigen schon feststellen musste, war ja keine Treppe oder Lift in dem kleinen Schiff ersichtlich. Wie also in den unteren Teil gelangen? Mit meinem Schwebesessel vom Fenster zurück zur Mittelkonsole, dort war ein Symbol, ein Oktaeder wie die Form des Shuttles, da drückte ich auf die untere Pyramide. Hinter mir im Boden ging ein Loch auf, mein Stuhl kippte nach hinten, sodass ich quasi auf dem Boden lag, rutsche nach unten und drehte sich gleichzeitig um die eigene Längsachse. Dann richtete er sich wieder auf und ich saß wieder an einer Konsole, an derselben Konsole genaugenommen nur im unteren Teil. Unser Oktaederförmiges Schiff war nichts anderes als zwei Pyramiden, die am Boden zusammengeklebt waren oder wenn man den Innenteil hernahm, zwei Halbkugeln zu einer ganzen Kugel. Im Boden, den beide Hälften miteinander gemeinsam hatten, war der Schwerkraftgenerator. Von außen im Querschnitt musste es lustig aussehen, wenn ich nun im unteren Bereich mit den Füßen nach oben stand, aber hier konnte ich keinen Unterschied zur oberen Hälfte bemerken, nur als sich der Stuhl drehte machte sich einen Augenblick lang die Schwerelosigkeit bemerkbar.

Etwa ein Drittel der unteren Kugelhälfte nahm der Maschinenraum ein, abgetrennt durch eine Wand, die leises, irgendwie beruhigendes, Brummen von sich gab. Die Maschine schnurrte, wie ein Kätzchen, wenn ich das so sagen darf. Davon gegenüber waren ausklappbare Liegen angebracht. Eine Toilette und ein Lagerraum mit verschieden großen Abteilen standen einer Luke wie im oberen Schiffsteil gegenüber. Ich ging zu den Abteilen uns sucht meine Box, die eigentlich wie ein mir bekannter Hartschalenkoffer aussah, aber dicker und eckiger und er war nicht liegend zu öffnen, sondern aufgestellt. Es war alles sehr übersichtlich, wie in Regalen an der Wand einsortiert. Außer Ersatzwäsche konnte ich nichts finden das mir weitergeholfen hätte. Ich schnappte mir meine Handschuhe die ledern aussahen sich aber gummiartig anfühlten und ging wieder nach oben, besser gesagt, schaukelte hinauf.

Wir schwenkten gerade in die Atmosphäre von Terraqua ein. Im Überfliegen konnte ich ihn noch teilweise bewundern. Er sah fast aus wie die Erde, nur weniger Wasser. Wir überflogen eine längliche Landmasse ostwärts und der nächste Kontinent war scheinbar unser Ziel. Leutnant Bea ging tiefer und ich konnte eine abgeflachte Pyramide mit ein paar ungewöhnlichen Ecken erkennen. Drei Ecken waren normal, aber anstelle der vierten gingen zwei Ecken nach innen. Daneben ein quadratisches Gebäude und davor ein Platz im Boden, wie ein Swimmingpool ohne Wasser. In der näheren Umgebung waren noch einige Tempel und Häuser. Ein paar hundert Meter davon entfernt, direkt neben einem großen See, stand ein Gebilde, welches mich an eine Hochgarage erinnerte. Es hatte ein rechteckiges mehrstöckiges Skelettgerüst, das so glänzte wie die Pyramiden auf dem vierten Planeten. Die Wände dazwischen waren anders, die sahen matt milchig aus. Wir steuerten darauf zu und in der Milchwand öffnete sich ein Loch – das waren also Kraftfelder zwischen den glänzenden Gerüstteilen – und wir flogen hinein.

Die große Halle war fast leer, drei unserer Oktaederförmigen Shuttles hingen an der einen Wand, zwei Scheibenförmige an einer anderen. Wir setzten auf dem glasigen Boden auf und Leutnant Thole öffnete die Luke. Es war mir beim Einsteigen gar nicht aufgefallen, dass es sich dabei um eine der dreieckigen Seiten des Oktaeders handelte. Die musste bei der angedockten Pyramide im Boden versenkt gewesen sein. Als sie ganz unten war ging auch die Kugel auf, indem sie sich wie eine klassisch Schiebetüre öffnete. Erst da bemerkte ich die Schräglage des Kugelbodens. Da wir hier nicht an einer Pyramidenwand andockten, sondern auf ebener Erde aufsetzten standen wir gewissermaßen schief. Beim Aussteigen machte es wegen des Schwerkraftbodens im Schiff keinen Unterschied. Es war nur äußerst merkwürdig, erst den Außenboden im Blick, optisch abwärtszugehen, obwohl man das Gefühl hatte geradeaus zu laufen und dann auch nach dem Knick ganz normal weiterzugehen.

»Vergessen Sie ihren Handschutz nicht Dom, das ist einer der salzigsten Planeten, den wir kennen.« Thole reichte mir meine Handschuhe, die ich vorhin auf die Konsole gelegt hatte. Erst einmal übergestreift schmiegten sie sich bequem an die Hand an und störten überhaupt nicht.

Als wir ausgestiegen waren bewegte sich unser Shuttle in Richtung der einen Wand, die mittig einen glasigen Stein mit ausgefräster Rautenform hatte und dockte an. Ich musste an die Steine in Puma Punku denken. Dann schob sich der Stein mit Shuttle der Wand entlang zu den anderen Fahrzeugen und naja, ›parkte‹ daneben. In den milchigen Wänden waren lauter solcher Steine nur mit den verschiedensten Ausfräsungen. Ich ging näher an eine Wand und sah mir die glänzende Gebäudestruktur an. Der Rahmen des Baus war fix und mehrere Stockwerke hoch. Die Wände dazwischen bestanden nur aus Kraftfeldern, daher so milchig. Rasterförmig ›schwammen‹ in den Energiefeldern glänzende Steine, wie der an dem sich unser Fahrzeug anhängte. Während ich schaute, bildete sich ein erstes Zwischendeck über den vorhandenen Shuttles, einfach, indem sich die Steine links und rechts in der Wand nach vorne schoben und das Kraftfeld wie eine Decke ausbreiteten. Als ich mir die Steine an den Kreuzungspunkten mit den Stockwerken genau ansah traute ich meinen Augen nicht. Das waren H-Steine.

4. Puma Punku Neu/Antik

Liegende H-Steine, um genau zu sein und die Kreuz-Steine lagen in einer Linie oder steckten an einem Enden drinnen. Von ihnen ging ein dickes Kraftfeld für die Zwischendecke aus. Mit den kurzen Kreuzärmchen, die nun rauf und runter zeigten, konnten dünneren Zwischenwände gebildet werden. Wurde eine andere Raumgröße benötigt, verschoben sich die Kreuze einfach seitwärts. Wenn erst einmal alle Teilnehmer eingetroffen waren, ähnelt die Halle sicher einer der mir bekannten Hochgaragen, nur halt nicht mit Autos. Ich blickte mich erstaunt um. Kann es denn sein, dass diese glänzenden, glasartigen Steine dieselben sind, die ich gerade erst noch als Trümmerhaufen besichtigt hatte? War ich in Puma Punku? Auf der Erde, der dritte Planet? Aber hier sah doch alles ganz anders aus, das war nicht die Erde deren Aussehen ich schon als Kind in unzähligen Atlanten studiert hatte.

Neugierig beobachtete ich rundherum alles, als an einer der Wände eine Tür aufging, wenn man das so bezeichnen will. Eigentlich öffnete sich ein türgroßes Loch, so wie es auch beim Hereinfliegen geschah, und ein älterer Mann kam herein. Sein bodenlanger Mantel war im Stil unserer Uniformen gemacht, aber in weiß mit blauen Abzeichen und ohne Gürtel ganz geschlossen. Er stützte sich auf einen schulterhohen dickeren Stab der im oberen Viertel eine zur Spitze hin konisch verlaufende Verdickung mit ein paar Längsschlitzen hatte. Mein erster Gedanke war, dass jetzt der Zauberer Merlin seinen Auftritt hatte, nur ohne Bart und spitzem Hut. Leutnant Thole stelle ihn mir als Marik vor, der für die ganzen Bauten verantwortlich war. Ich bat die beiden schon vorauszugehen, um mich noch etwas über die Gebäude informieren zu können.

Ich begann mit dem Naheliegendsten, denn so sehr ich auch in mich ging, Ayman verriet mir nichts darüber. »Diese Art der Unterbringung für die Shuttles kommt mir sehr ungewöhnlich vor. Gibt es diese Struktur auf vielen Planeten?«

Marik schaute hoch, nach rechts, nach links. »Die gibt es nur hier.«

Ich jubelte innerlich. Unfassbar, ich war tatsächlich auf der Erde! Diese Steine bewiesen es und ich musste in der Vergangenheit gelandet sein, in Puma Punku, wie sonst wären diese speziellen Steinformen, die ich jetzt ganz neu und glänzend vor mir sah, erklärbar. Das war die Gelegenheit mehr darüber zu erfahren. »Aber wozu ein Gebäude für unsere Schiffe? Die benötigen doch sicher keinen Unterstand.«

»Hören sie junger Mann«, fuhr Marik fort, »anfangs gab es das hier auch nicht. Aber dieser spezielle Ort hat sich zu einem Treffpunkt des Wissensaustausches entwickelt. Die regelmäßigen Linientreffen waren erst nur für die paar hier forschenden Gruppen, dann kamen auch aus anderen Systemen Forschungsgruppen, um sich miteinander auszutauschen. Die Bevölkerung vor Ort entwickelte sich und wurde durch unsere Anwesenheit auch angelockt. Von daher war es dann angebracht die Schiffe nicht so öffentlich auszustellen.«

Ich deutete auf die angedockten Shuttles. »Und hier werden sie auch gleich geladen und durchgecheckt?«

Er zeigte mit dem Zeigefinger nach oben, krächzte zwei »He, He« um listig dreinblickend fortzufahren, »das war meine Idee. Wenn sie hier schon ihre wissenschaftlichen Forschungen vergleichen, kann man doch auch gleich noch die technischen Fortschritte im Flugverkehr teilen. Daher wurde dieses Gebäude zur Unterbringung und als Ladestation von Shuttles konzipiert. Dazu wurden die Energie-Monolithen in Gitterform gestaltet mit eigenen Knotenpunkten, um

Energiewänden zu formen. Die technischen Details hätten sich bei der Analyse sonst vermischen können. Weiters musste für die an diesem Austausch teilnehmen wollenden Spezies, alle haben unterschiedliche Konstruktionen, für jedes Shuttle-System ein passender Anschluss hergestellt werden.«

»Und die nicht teilnehmen wollen?«, warf ich ein.

»Die haben keinen Schnittpunkt und stellen die Schiffe einfach normal ab. Die Energiewände schützen sie dann davor ihre kostbaren Daten ungewollt weiterzugeben – natürlich auch davor welche zu bekommen«, er zwinkerte mir zu, »das kommt aber ganz selten vor. Diejenigen die herkommen sind am Teilen von Wissen interessiert.«

»Sie sprachen von Energie-Monolithen, ich habe auf Arsean vorhin schon das fertige Planetenenergiesystem gesehen. Ist das hier auf Terraqua anders vorgesehen?«

Er sah mich komisch an, so als ob ich mich bei etwas das ich natürlich wissen müsste vertan hätte. »Natürlich nicht!« sagte er fast erbost, »unser Pyramiden-Form ist einfach der beste Energieabnehmer! Die Monolithen sind kleine Ergänzungen, Nebenstellen und auch ideal zum Weiterleiten der Energie. Fertig sind wir hier auch schon, es wird nur noch ergänzt und gewartet.«

»Und wie fangen sie das eigentlich an? Ich meine, wo beginnen sie? Werden einfach ein paar Pyramiden gebaut und dazwischen kleinere Monolithen gepflanzt?« Ich fragte absichtlich naiv.

Er sah mich mit zusammengekniffenen Augen an, seine weißen buschigen Augenbrauen senkten sich wie eine Sonnenbrille davor. Durch meinen unbedarften Ton war er unsicher, ob ich tatsächlich so unwissend war oder ein Spielchen mit ihm treiben wollte.

»Ich war viel und lange unterwegs und hatte früher kein Interesse an diesem Thema«, fügte ich rechtfertigend hinzu. Meine Ahnungslosigkeit schien im verdächtig, aber ich wollte es ausführlicher erklärt bekommen und da ich von Ayman nicht wirklich viel dazu erfuhr, schien das nicht einmal gelogen zu sein.

»Nun gut,« sagte er und hob den haarigen Sichtschutz wieder, »wichtig ist es bei jedem Planeten die richtigen Orte zu finden. Dazu werden einige kleine Drohnen ausgesetzt, die den Planeten lange Zeit umkreisen und alle Energie, die immer natürlich vorhanden ist, finden und aufzeichnen. Meist legt sich diese netzartig um den Planeten mit einigen stärkeren Kreuzungspunkten. An diesen Stellen beginnen wir und überlegen uns welches das beste Material für die Abnehmer wäre. In diesem System kommen hauptsächlich verschiedene Kalksteine und Basalt zum Einsatz. Wenn das einmal geschafft ist, kann man mit dem Aufbau eines Energieabnehmernetzes um den Erdball beginnen. An den starken Punkten werden fast immer Pyramiden gebaut, dazwischen setzen wir die verschiedensten Monolithen. Es gibt sogar Punkte an denen so einer schon natürlich vorkommt. Aber erst nachdem die Bauteile unseren amorphen Überzug, der hier hauptsächlich aus Silizium besteht, erhalten haben, kann die Energie zu fließen beginnen. Das beginnt an kleinen konzentrierten Stellen oder Orten wie hier und verbindet sich nach und nach durch das natürliche Magnetfeld untereinander auf dem ganzen Planeten oder auch nur in Teilen davon.«

Ich hörte erstaunt zu. Wenn das so manch Archäologe, die ich im Fernsehen oft von den gefundenen Ruinenstädten berichten hörte, wissen würde. Die würden das nicht glauben wollen, aber he, vor mir steht der Typ, der alles errichtete, besser gesagt errichten ließ.

Wir gingen während seines Vortrages in dieser Garage herum und mir fielen im Boden eingegossene Metallstücke auf. Nun deutete ich darauf. »Diese Teile, die da durch den Überzug durchschimmern sehen mir metallen aus. Wozu sind die gut?«

Er bleib stehen und beugte sich leicht vor, um besser sehen zu können was ich meinte. »Ah ja, das war eine Idee meines Vaters. Der hatte zwar andere Interessen und nicht die typische Bauleidenschaft, die uns Minitaker eigen ist, aber damit konnten wir die Nutzung der Energie in Bauten wie diesem steigern und auch spezifizieren. Um die Leitung der Energie bei größeren Bauteilen zu verbessern und auch um sie bei Bedarf in der Fließrichtung zu beeinflussen, wurden sie mit eingegossenen Klammern aus einer Metalllegierung zusätzlich verbunden.«

Ich sah ihn fragend an. »Wie spezifizieren?«

Er grinste in sich hinein. »Ja mein Vater war schon praktisch veranlagt. Wenn wir irgendwo temporär Energie benötigen, setzen wir einen passenden Monolithen in die Nähe solcher Klammern und können damit eine Maschine, die wir kurzfristig betreiben möchten in Gang setzten. Die Linientreffen hier zum Beispiel. Die werden aufgezeichnet und in den Trägermonolithen gespeichert. Damit sind sie für alle Zeiten einfach abrufbar. Früher musste dazu ein Shuttle in der Nähe sein und die Daten weitergeben, was auch manipulierbar war. Und erst hier drinnen, ohne könnten wir einzelne Schiffe nicht vom Datenaustausch ausnehmen oder überhaupt direkt zwischen den Analysegeräten hin und her schalten. Der einzige Nachteil eines Planetenenergiesystems war immer – die Energie konnte nur in eine Richtung laufen.«

Er strahlte bei der Erinnerung an die Erleuchtung seines Vaters. Mir kam nur eine vertraute Steckdose in den Sinn und ein einfacher Umschalter wie es ihn an vielen Maschinen gibt. Meine Bohrmaschine zum Beispiel, die konnte ich von rechts auf linkslauf schalten. Aber wahrscheinlich hatte ich es nicht richtig verstanden, die können schließlich durchs All fliegen, wir nicht.

»Was gibt es den nun noch hier zu tun für sie Marik? Dieser Ort muss doch schon geraume Zeit fertig sein bei den vielen Treffen, die schon stattgefunden haben?«, fragte ich ihn neugierig.

Sein begeisterter Gesichtsausdruck schwand und er entsann sich seiner, wie es schien für ihn lästigen, Aufgabe wieder. Er zeigte abwechselnd und hektisch mit den Händen rundherum an Wände, Boden und Decke. Dazu sagte er in klagendem Ton. »Der amorphe Überzug übersteht gut tausend Jahre und mehr bevor er erneuert werden muss, aber an diesem Ort, der nur zum gelegentlichen Informationsaustausch genutzt wird, ist es vor jedem Treffen notwendig. Zumindest seit sich eine hier dauerhaft lebende Bevölkerung gebildet hat. Die geben die Geschichten der Treffen von einer Generation zur nächsten weiter und um sie bildlich zu untermalen, bauen sie manches dazu, verzieren es mit eingemeißelten Bildern und verschonen dabei leider auch unsere Energieträger nicht.«

»Ach deshalb sind Sie zum Zeitpunkt des Anschlages auch hier gewesen?«

»Ja«, antwortete Marik. »Ich war im selben Gebäude, in der AQA-Pyramide, wo die Quartiere für alle sind. Aber bis diese Sania laut um Hilfe rief ist mir nichts aufgefallen. Ich habe auch niemanden gesehen. Außer den vier Atlantenen, meinen drei Assistenten, Yanis der Wächter mit seinen drei Helfern, die nur vor den Treffen hier aushelfen, ist zurzeit auch keiner da. Die Einheimischen sind immer hier, kommen aber nicht durch die DNA-Sperren in unsere abgegrenzten Bereiche. Zentauer, die gerne mal Ärger machen, sind noch keine eingetroffen, jedenfalls nicht offiziell. Hier ist alles offen und weitläufig, kein Problem ungesehen reinzukommen.« Er kreiste mit seinem Zeigefinger durch die Luft.

Ich sah mir die paar geparkten Shuttles an. »Denken sie es gibt noch eine andere Möglichkeit hierher zu kommen? Teleportation oder so etwas ähnliches?«

Er stockte und sah mich verwundert an, dann bekam er so einen gequält lächelnd mitleidigen Gesichtsausdruck. »Gehören sie etwa auch zu diesen fantastische alte Technik Spinnern? Die irgendwo ein altes halb verwaschenes Bild gesehen haben und sich einbilden genau zu wissen was es darstellen soll. Diese ›Wissenschaftler‹ haben doch nur Unsinn im Kopf! Man sollte sie zurück in die Schule schicken. Teleportation! Also wirklich!« Er musterte meine Uniform und fragte misstrauisch. »Sind sie tatsächlich Commander?«

Ich fühlte mich zwar nicht wirklich als Commander, für mich selbst – als ich – war das noch zu neu, zu ungewohnt, seine kritische Nachfrage hatte aber doch irgendwie mein Selbstwertgefühl verletzt. Wurde ich jetzt rot? Ich hoffte nicht! Bevor ich weitersprach, musste ich mich aber erst räuspern, um ja nicht zu stottern. »Ich bin nur gründlich und muss alle Möglichkeiten in Betracht ziehen. Es gibt nun mal Wissenschaftler, die daran forschen«, sagte ich bestimmt und ins Blaue, denn nicht einmal Ayman wusste etwas davon.

»Pff, Fantasten!«

Meine Hoffnung von Marik eine Erklärung für mein Erlebnis zu erhalten und vielleicht sogar die Möglichkeit der Rückkehr war damit auf null gesunken. Anscheinend gehörte mein Zeitreise-Körper-Wechsle-Dich-Dingens nicht zu den hier bekannten Fortbewegungsmitteln. Bedauerlich fand ich auch, dass es selbst in dieser technisch fortschrittlichen Zivilisation immer noch Leute gibt oder besser gab, die anderer Leute Meinungen oder Ansichten ins Lächerliche ziehen oder verurteilen, wenn sie sie selbst nicht teilten. Das wird sich wohl nie ändern – hat sich nie geändert – verdammt, dieses Vergangenheit-Science-Fiction macht mich fertig.

Ich verbarg meine persönliche Enttäuschung, auch über seine Engstirnigkeit und machte weiter. »Wo waren sie denn genau und wissen Sie, wo ihre Assistenten waren?«

Marik sah mich mürrisch, aber verständnisvoll an. »Ich ging gerade ins Gebäude rein. Meine drei Leute hatte ich vorher zu meinem aktuellen Projekt am Kontinent westlich von hier geschickt. Die sind vor meinen Augen alle im Konstruktor abgeflogen und können daher nichts damit zu tun haben.« Zur Bekräftigung stampfte er einmal mit seinem Stock am Boden auf – so als Punktum.

»Im Konstruktor?« fragte ich neugierig. »Solche Schiffe habe ich schon ein paar Mal gesehen, aber leider konnte ich nie einen bei der Arbeit beobachten oder damit fliegen.«

»Ja die sind ja auch für uns Minitak-Arseaner, die etwas erschaffen, gebaut worden.«

Ich hörte da leichte misstöne heraus. Meine Fragen hatten ihn trotz Verständnis verstimmt. Dass ich Jungspund ihn, trotzt seines hohen Ansehens und Alters, jetzt Befragte ging ihm gegen den Strich, selbst wenn er wusste, dass es nur meine Arbeit war und von mir auch nett in ein Gespräch über seine Arbeit verpackt wurde. Na, und launisch war er sowieso. »Das weiß ich und schätze ihre Tätigkeiten sehr«, fuhr ich beschwichtigend fort, »uns liegt sehr viel am reibungslosen Miteinander, auch um diese Bauten zu schützen.«

Er fuhr fort. »Ja, ja, ich weiß schon, alles für den Frieden, Kompromiss um jeden Preis. Ist sehr ehrenwert, aber wir haben hier alles aufgebaut. Die Atlantenen könnten hier nichts erforschen ohne unsere Energieversorgung und trotzdem sehen sie uns von oben herab an. Dabei gäbe es genügend Arseaner die sich hier gerne betätigen würden und wahrscheinlich schon mehr und bessere Ergebnisse vorzuweisen hätten. Seit Sania von den Atlantenen die Forschungen übertragen bekommen hat geht fast nichts mehr weiter. Unsere Salzempfindlichkeit hat sich nicht weiter verbessert und die Einheimischen werden im besten Fall gerade einmal fünfzig bis sechzig Jahre alt. Dass sie klüger werden liegt viel eher an der natürlichen Evolution und dass wir sie vieles lehren. Also was tut diese Sania da in ihrem Labor die ganze Zeit? Geniest sie die Aussicht? Der westliche Kontinent muss von ihrer vereinnahmten Bergspitze aus sicher prachtvoll anzusehen sein. Nur auf ihren speziellen Wunsch hin haben wir die regionalen Vulkane als autarken Energieversorger für ihre Anlage verwendet. Und im Gegensatz zu ihrer Arbeit hatten wir damit Erfolg. Sie will unabhängig vom Planetenweitem System sein.« Dann spitze er seine Lippen, veränderte die Stimme, hob eine Hand und hielt aristokratisch den kleinen Finger weggestreckt. »Das ist ihr zu unzuverlässig.« Er mimte sie scheinbar nach, besser er äffte sie nach, wobei mir der kleine Finger doch übertrieben vorkam. »Nur diesen Gottglauben, also das sie uns für Götter halten, lassen sich die Terraquaner nicht nehmen. Ich vermute das bekommen sie von diesen hochnäsigen DNA-Pfuschern eingeimpft«

Marik hatte sich etwas in Rage geredet, ein paar Mal bekam ich sogar seine Spucke ab. Seine Missbilligung den Atlantenen gegenüber war eindeutig zu spüren, daher musste ich nun doch deutlich nachfragen. »Denken viele so? Ist es vorstellbar, dass die Forschungen Sanias von arseanischen Extremisten sabotiert werden?«

»Hören sie mal«, sagte er eindringlich und erhob mahnend den etwas zittrigen Zeigefinger, »Sabotagen unsererseits sind doch gar nicht notwendig. Einige Male kamen solche Vorwürfe zu einem Zeitpunkt, wo ich sicher sein konnte, dass niemand von außerhalb in die Richtung ihres Labors unterwegs war. Alles frei erfunden, um eigenes Versagen zu vertuschen.«

»Wie können Sie da so sicher sein?«

»Wie ich bereits sagte arbeite ich an einem Projekt auf dem westlichen Kontinent und dort befindet sich auch deren Forschungsstation. Mit dem Konstruktor werden aus Vulkangegenden Basaltsteine abgebaut, die für die Aufstockung einer großen bestehenden Anlage benötigt werden. Um magnetische Differenzen zwischen den alten Bauten und den neu hinzugefügten zu vermeiden, ist es notwendig, um die Magnet- und Energiefeldschwankungen genau Bescheid zu wissen. Daher werden diese Daten schon geraume Zeit aufgezeichnet, schon lange bevor mit den Arbeiten begonnen wurde. In schwankungsfreien Perioden ist es eindeutig zu erkennen ob da jemand hin oder weg fliegt, selbst wenn der halbe Kontinent dazwischen liegt.« Er war sichtlich erfreut damit den Atlantenen allgemein und Sania im Besonderen, eines auswischen zu können. Das Verhältnis zwischen uns war hier anscheinend schon länger nicht mehr so freundschaftlich geprägt wie von mir angenommen.

Für mich war seine Aussage sehr aufschlussreich und da sonst niemand von diesen Aufzeichnungen zu wissen schien, konnte ich damit die kommenden Befragungen ganz anders bewerten. »Danke Marik, das war eine sehr hilfreiche Information. Darf ich sie aus persönlicher Neugierde noch nach dem Konstruktor fragen, wie arbeitet er so und was für Möglichkeiten birgt er?«

Er beruhigte sich langsam wieder und man merkte, dass er meine Fragen nun nicht mehr für eine Verhörtaktik hielt. Es kam die Freude für das Interesse an seiner Arbeit zum Vorschein.

»Unter Ihren Vorfahren befindet sich wohl ein Minitaker?«, fragte er augenzwinkernd. »Condore ist ein vielseitiges Schiff um im Handumdrehen Mauern, Häuser, Tempel und vieles mehr zu errichten.«

»Condore?«, unterbrach ich ihn fragend.

»Ja, es ähnelt in der Form einem hier ansässigen großen Vogel, deshalb riefen die Terraquaner immer ehrfürchtig und leicht verschreckt ›Condore‹, wenn wir damit ankamen. Uns gefiel der Name und nennen die Konstruktoren nun selbst so. Die Bevölkerung in Muria, wo wir gerade bauen, nennt ihn allerdings nach einer Art Huhn, welches dort vorkommt.«

Ich nickte belustigt, denn Mariks Gesichtsausdruck zufolge war ihm der Hühnername mehr als zuwider.

Er schüttelte den Gedanken an das Geflügel wieder ab und führ fort. »Mit dem ›Schnabel‹«, er hielt seinen gekrümmten Zeigefinger vor die Nase, »kann Gestein abgebaut und auch grob in Form gebracht werden. Die Füße tragen mühelos mehrere ganz Brocken an Ort und Stelle«, er formte mit einer Hand eine Faust, so als ob er kräftig zupacken würde, »und dort angekommen ist es mittels Gravitationsstrahlen, die aus den ›Augen‹ kommen, möglich sie genau anzuordnen.«

Ich erwartete eine Geste für die Strahlen, aber er kniff nur ganz leicht und eher unterbewusst die Augen zusammen.

»Falls die Bauteile noch präziser ausgerichtet werden müssen oder andere Feinheiten zu erledigen sind, steigt der Pilot aus und verwendet dazu unseren handlichen Gravitations-Stab.« Er wackelte einmal mit seinem ›Zauberstab‹.

Ich nickte beeindruckt und dachte er sei fertig.

»Das ist aber noch nicht alles, Condore kann noch mehr«, führ er stolz fort. »Die verschiedensten Gesteinsarten können ›geschluckt‹ und im Inneren zu präzisen Steinen mit passgenauen Kanten und Fräsungen verarbeitet werden. Oder wir zermahlen sie und formen daraus, unter Hinzufügung unseres Bindemittels, teigige Brocken, die noch etwas weich sind, wenn sie aneinandergepresst werden.«

»Aha, kommen daher diese Rundungen an den Steinkanten, die manche Mauern aufweisen?«

»Ja genau«, sagte er und nickte freudig zustimmend, »außerdem kommt so eine Wand zustande die sehr dicht ist.«

Wir waren inzwischen rausgegangen und ich konnte die Gegend überblicken. Hinter uns ein großer See mit einem fast verfallenen Gebäude im Wasser nahe dem Ufer. Musste der Titicacasee sein, der wohl tatsächlich früher bis hierher reichte. Die Hochebene grün und blühend, die Berge in der Ferne durch die klare, nicht kalte, Luft schön anzusehen. Vor uns einige Tempel, die AQA-Pyramide und daneben das flachere quadratische Gebäude. Ich deutete hinüber. »Wurde das alles mit Condore gebaut?«

Er sah rüber. »Nein, nur die Quartiere und der Convenitor, also die flachere Anlage wo die Treffen stattfinden, sind von uns. Der Rest wurde in unserer Abwesenheit von den Einheimischen bewerkstelligt die, wie gesagt, von uns schon viel lernten. Im unteren Hof haben sie die verschiedensten Köpfe an den Mauerwänden nachgebildet. Ich denke so stellen sie unsere Treffen nach. Alles was sie jetzt mit eingemeißelten Symbolen vorfinden ist nicht von uns.«

»Warum wurde eigentlich dieser Ort für die Treffen ausgewählt? Er ist doch ziemlich abseits und soweit ich weiß, kamen die Einheimischen erst wegen unserer Bauten hierher. Oder war schon etwas da?«

»Hier gibt es sehr gute Eigenschaften für das Energiesystem. Nur an einer Handvoll anderer Orte auf diesem Planeten sind sie so ergiebig und die Treffen, auch wenn sie selten stattfinden, benötigen viel Energie. Dass keine Menschen in der Umgebung ansässig waren, war damals auch noch ein Kriterium.« Dann hob er die Augenbrauen hoch, als ob ihm eine Idee gekommen wäre und zeigte mit dem Finger in die Luft. »Und jetzt, wo sie fragen, fällt mir noch ein, dass hier bereits ein Tor stand. Ziemlich verfallen und mit ein paar Mauern Reste an den Seiten.«

»Ein Tor?«, fragte ich neugierig nach und die Vermutung, dass es der folgenreiche Durchgang von Simara und mir wäre, stieg in mir hoch.

»Ja«, erwiderte Marik, schaute in Richtung Convenitor und zeigte mit dem Stab-Werkzeug auch dahin. Wieder musste ich an die mir aus Sagen bekannte Beschreibung mystischer Magier denken. »Es führt jetzt aus der Halle zum versunkenen Hof. Es musste von den Aquanten sein, auch wenn ich da früher meine Zweifel daran hatte.«

»Warum das?«

»Die waren damals doch noch gar nicht so lange hier gewesen, um den fortgeschrittenen Verfall zu erklären und warum sollten sie an Land etwas bauen. Einige meiner älteren Kollegen lachten mich wegen meiner These von einer vorherigen Zivilisation aus und schoben den schlechten Zustand auf die Bauweise der Aquanten, die könnten das nur unter Wasser richtig. Na, was soll ich sagen, wahrscheinlich hatten sie recht, da ich mich vom Meer und allen Geschöpfen darin tunlichst fernhalte, bin ich nie dazu gekommen einen zu fragen.«

Ja, dachte ich, hättest du das mal getan, dann würdest du heute andere nicht so leichtfertig als Fantasten bezeichnen. Aber wahrscheinlich ist ihm damals, als junger neugieriger Wissenschaftler, von den älteren die Fantasie zusammengestutzt worden.

Ich deutete in die andere Richtung. »Ich nehme an das Gebäude im See war auch schon da?«

Marik drehte sich um. »Nein das hatten auch wir gebaut, für die Aquanten. Da sie im Wasser leben war das als Unterkunft gedacht. Wir wussten damals noch nicht, dass sie Salzwasser vorziehen. Aber auch wenn sie einige Stunden ohne Wasser auskommen, an unseren Treffen haben sie gar kein Interesse. Soweit ich weiß, waren sie ganz am Anfang nur ein oder zweimal da, deshalb sehe ich keine Notwendigkeit daran zu arbeiten und da es die Einheimischen auch nicht nützen können verfällt das Haus.«

Damit konnte ich die Möglichkeit dort Antworten zu finden auch begraben. Trotzdem interessant, wie lange es anscheinend dauert, bis so massive Steine fast schon zur Gänze zerfallen. Das muss schon unglaublich lange her sein, zumindest für meine menschlichen Begriffe. Ich blickte wieder in Richtung der Unterkünfte, die ganze Zeit schon verspürte ich eine sich in mir aufdrängende Frage, anscheinend von Ayman. »Haben Sie die Pyramide nach unserer alten Bezeichnung für Ruheräume getauft?«

Er blickte spitzbübisch. »Ja, ich bin eben ein sehr alter Mann und das war einfach passend. AQA – Arseaner Quit Action. Die Atlantenen störte es nicht, passt für sie ja auch, selbst für die Aquanten, wenn es sie interessieren würde. Andere waren damals noch keine da.«

Ich blickte noch eine Weile in die Runde. Unglaublich, dass ich hier stehe, wieder hier stehe, aber alles quasi neu betrachten konnte. Das musste eindeutig die Erde in der Vergangenheit sein. Puma Punku ist also doch keine Touristenfalle mit außerirdischem Touch, ich musste an meine Diskussion mit Simara denken. Ha, ich bin jetzt hier der Alien. Ayman scheint auch alles mitzubekommen. Wieviel Einfluss er wohl auf mein Handeln hat, wenn es darauf ankommt?

Dann wendete ich mich wieder Marik zu. »Danke für dieses informative Gespräch. Sie haben mir auch sehr geholfen, um meine weiteren Befragungen zu planen.«

»Ja dann freuen Sie sich schon mal auf Ihr Gespräch mit Sania, die ist nicht gut auf uns zu sprechen und wird mit allerlei Anschuldigungen aufwarten.« Dann ging er wieder hinein, um seinen Assistenten nach Muria nachzufliegen.

Ich wollte mich auf den Weg zum Convenitor machen da kam auch schon Leutnant Bea mit so einer Art fliegender Glocke um die Ecke der Garage. Sie war während meines Gespräches mit Marik an uns vorbei wieder hineingegangen, jetzt wusste ich auch warum. Dieses, anscheinend für den Nahverkehr gedachte Gefährt, hatte einen runden dicken Boden, vielleicht drei Meter im Durchmesser, mit Streben die glockenförmig nach oben gingen. Darin stand Bea und lenkte das Vehikel gestengesteuert mittels eines metallisch aussehenden Handschuhes, den sie übergestreift hatte. Kaum aufgestiegen schwebten, besser gesagt, taumelten wir dahin. Verkrampft hielt ich mich an den Stangen fest. So muss sich ein Vogel fühlen, der im Käfig getragen wird.

Ich sah dem Leutnant eine Weile beim Steuern zu und fragte dann: »Wie kommen wir zu dieser ›Flugschaukel‹? Das ist doch keines von unseren?«

Leutnant Bea sah mich erfreut an. Sie schien auf meine Frage gehofft zu haben. »Nein Dom, es wurde nach dem letzten Treffen von einer Gruppe Persiden hiergelassen und stand seitdem in einem abgeschotteten Raum der Garage herum. Da ich von Ihrem Interesse für alles Fliegende weiß, wollte ich es etwas bewegen und Ihnen vorführen.«

»Aha, Ok, sehr schön«, sagte ich und hielt mich noch stärker fest, »ich hatte bisher noch nicht viel mit Persiden zu tun, aber die müssen einen robusten Magen haben, nur gut, dass ich noch nichts gegessen habe.«

Sie wurde nun tatsächlich etwas rot und erwiderte kleinlaut: »Tut mir leid Commander, ich kann es leider nicht so ruhig fliegen, wie ich dachte. Beim letzten Treffen gehörte ich zu den Assistenten von Yanis und als ich die Gruppe damit habe ankommen sehen, schwebten sie ganz ruhig dahin.«

Jetzt hatte ich sie unbewusst in Verlegenheit gebracht und sagte lieber vorerst nichts mehr, ich wollte auch nur noch sicher auf festen Boden kommen. Leider steuerte sie direkt auf das Dach des Convenitors zu, dabei hoffte ich mir den Durchgang ansehen zu können, um vielleicht eine Spur von Simara zu finden.

Sicher gelandet war es mir ein Bedürfnis der beschämten Bea Trost zu spenden. »Fürs erste Mal haben Sie das gut hinbekommen und ich denke die Persiden ließen das Gerät nicht ohne Grund hier zurück, wahrscheinlich hat es einen Defekt.«

Sie war sichtlich erleichtert über meine Einschätzung, nickte aber nur tapfer mit einem sich selbst abringenden schwachem Lächeln. Sich vor mir zu blamieren, schien sie sehr getroffen zu haben. Vom Dach aus ging eine Treppe hinunter in den oberen Teil des zwei Stockwerke hohen Convenitors. Der obere Stock war als Galerie ausgelegt, die rundherum ging und zu jeder Seite nicht ganz ein Viertel hineinreichte. Hier oben wurden von den Einheimischen Tische und Stühle für das kommende Treffen hergerichtet. Die Luft fühlte sich geladen an, ionisiert. Mein Blick schweifte über die Brüstung nach unten. Der große quadratische Platz, auf dem ich gerade noch die verschiedensten Steinbrocken liegen sah war eine große Halle. Ungefähr dort wo der Ponce stand, steht nun ein glänzender Monolith und sorgt für Energie. Der wird wohl später wieder Opfer der Einheimischen mit Meißeln. In den Durchgang konnte ich von hier aus nicht hineinsehen.

5. Yanis der Wächter

Die seltenen Linien-Treffen fanden immer am selben Ort statt, hier in diesem Gebäude, das sich dann für ein paar Tage zum Nabel der Welt verwandelte. Die Gruppen stellten ihr Ergebnisse vor und tauschten Erkenntnisse aus. Einzig der Wächter war hier permanent stationiert. Der Einzige der in der AQA-Pyramide sein dauerhaftes Quartier hatte. Zu seinen Aufgaben gehörte die völlig unbeeinflusste Aufzeichnung aller Vorkommnisse, Fortschritte und Veränderungen. Daher war er ganz alleine und beobachtete von seiner Station aus den ganzen Planeten. Der Wächter hatte den wohl einsamsten Job im Universum.

»Hallo Ayman«, hörte ich von hinten und drehte mich um.

»Yanis, schön dich wieder zu sehen.« Leutnant Thole war mit ihm gekommen und wir zeigten uns gegenseitig die rechte Handfläche – Alien-Händeschütteln – und vollführten damit einen Halbkreis im Uhrzeigersinn, nur ganz klein und schlicht, aber mehr als ein Wackeln, wie ein schüchternes Winken.

»Diesen Mann habe ich seit der Fluganzug-Ausbildung nicht mehr gesehen.« Das war an die beiden Leutnants gerichtet. Er stand zwischen ihnen und fasste sie links und rechts mit den Händen an ihren äußeren Schultern, zog sie dann kumpelhaft mit den Unterarmen am Hals weiter zu sich, um ihnen in die Ohren zu flüstern und dabei gleichzeitig mit dem Zeigfinger auf mich zu deuten. »Er hält bis heute den Rekord im Figurenfliegen.«

Die beiden richteten sich überrascht auf und lösten sich bei dieser Gelegenheit auch aus seiner sichtlich unerwünschten Umklammerung. Leutnant Thole fragte neugierig und verwundert: »War das damals nicht noch verboten?«

Wir setzten uns an einen der Tische und Yanis holte einen Krug und vier Becher, die er sogleich füllte. Sah aus wie Wasser, roch nach nichts und schmeckte nach nichts. Anscheinend destilliertes Wasser, klar, die – wir – vertragen ja keinerlei Salze. Den Durst, den ich mittlerweile hatte, löschte es. Nachdem alle mal getrunken hatten, schaute sich Yanis verstohlen um, sah die beiden Leutnants an, zog den Kopf etwas zwischen die Schultern und beugte sich in Richtung Tischmitte, sodass man es ihm unweigerlich nachmachte und gespannt abwartete was jetzt wohl kommen würde.

»Ja«, sagte er leise und fuhr verschmilzt fort, »das war damals noch verboten«, dann klopfte er mit der Handfläche laut auf den Tisch, richtete sich wieder auf und sprach mit lauterer Stimme weiter, »aber junge Draufgänger, die wir damals noch waren, hielt das nicht auf.« In normaler Lautstärke, aber lehrerhaft, mit hochgestrecktem Zeigefinger, redete er weiter. »Ihr müsst wissen, die Fluganzüge waren zu der Zeit noch nicht so sicher wie heute, geschweige denn Weltraumtauglich. Der Anzug, auf dem der Antrieb montiert war, ging gerade mal bis zu den Knien. Die magnetische Abschirmung des Plasmaausstoßes endete auch dort und es war nur noch eine Luftdüse dazwischen, die wie der Ausstoß, vom Körper wegführte, ein völlig ausreichender Schutz für den normalen Fug.« Nach dieser Beschreibung der alten Anzüge, die den beiden Leutnants wahrscheinlich sowieso bekannt war, legte er eine theatralische Pause ein und fuhr erst fort als sich Bea anschickte zu fragen. »Die Wüste im Trainingsgelände ist oberflächlich mit andersfarbigem Gestein bedeckt. Irgendeiner kam einmal auf die Idee knapp über dem Grund in den Rückenflug zu gehen. Die Düse, die jetzt auf den Boden strahlte, legte die untere Schicht frei und so konnte man in die Landschaft zeichnen. Als der Anzug dann auch noch mit einem Gravitationskraftfeld ausgestattet wurde, konnte man im vollen Flug die Richtung um 180 Grad ändern, was ganz neue Zeichnungen möglich machte. Allerdings musste man die Beine unbedingt in der Mitte, über der Luftdüse halten, da die nur dort gerade noch ausreichend Schutz im Rücken-flug bot und das Kraftfeld eher großzügig berechnet wurde. War man ein bisschen unkonzentriert bei den Richtungsän-derungen und schwankte damit in den Strahl – die Beine be-kamen schwere Verbrennungen. Darum wurden diese klei-nen inoffiziellen Wettbewerbe unter den Flugschülern verboten. Dass sich die wenigsten daran hielten war wieder was anderes, aber sicher ein Grund für die stetige Verbesse-rungen des Anzuges. Mittlerweile hat er sechs Flügel, die bei-den unteren sind länger, was ihm eine bessere Stabilität und Flugkontrolle beschert, der Körper ist nun vollständig ge-schützt, daher kann er jetzt auch im Weltraum verwendet werden. Man könnte damit zum vierten und fünften Planeten fliegen, allerdings nur hin, vor dem Rückflug müsste man ihn wieder aufladen. Das Figurenfliegen ist heute zwar immer noch ein inoffizieller Wettbewerb, aber gerne gesehen, weil es die Jungs anspornt und herausfordert besser zu werden.«

Bea und Thole hörten gebannt zu, ich auch und gleichzei-tig sah ich es vor meinem geistigen Auge.

»Wie hast du es geschafft bis heute den Rekord zu hal-ten?«, die Frage von Yanis war an mich gerichtet. »Heute sehe ich sie deine Figuren mit den besseren Anzügen zwar nach-zeichnen, aber keiner bekommt es, ohne mit den Beinen zu wackeln hin. Sie schlenkern tölpelhaft herum, ohne die ele-gante Körperhaltung, die von dir dabei an den Tag gelegt wurde. Sehen sie sich Aufzeichnungen deiner Flüge an kön-nen sie es nicht glauben, dass das Gravitationsfeld damals nicht auch schon verstellbar war. Einige versuchen es erst gar nicht. Wozu auch? Es besteht keine Verletzungsgefahr mehr. Sie stellen das Kraftfeld einfach enger, sodass sie nicht mehr unkontrolliert schlackern können und nützen den Anzug mehr wie ein Shuttle. Die Zeichnungen sehen zwar schön aus und sie geben dabei keine lächerliche Figur mehr ab, aber wo ist denn da die Herausforderung? Wie hast du das damals gemacht?« Er sah mich ratlos an. »Wie hast du das gemacht?«, wiederholte er etwas leiser.

Ich war mächtig stolz auf so viel Ehrerbietung meiner Leistung gegenüber. Naja, Aymans halt. In einen richtig guten Körper war ich da scheints hineingekommen. Und kreativ noch dazu, wenn ich über die Antwort, die mir vor Augen geführt wurde, nachdachte.

So blickte ich ihn verschmilzt an und fragte: »Soll ich dir wirklich mein Geheimnis verraten Yanis?« Eine rhetorische Frage klar, aber ich wollte es ähnlich spannend machen wie er vorhin. Ich sah auch die beiden Leutnants an, die begierig nickten. »OK, ich hatte an dem einen Stiefel eine kleine Öse und am anderen einen kleinen Haken. Vor dem Abheben hängte ich ein Bein am anderen ein und konnte so übermäßige Schwenker verhindern.« Ich sah die drei triumphierend an und fügte erklärend und vielleicht eine Spur angeberisch hinzu. »Natürlich war es trotzdem nicht einfach und erforderte viel Konzentration, das schwierigste war damit aber das Starten. Mit geschlossenen Beinen abzuheben, musste ich einige Tage üben, bevor es überhaupt gelang und war jedes Mal eine neue Herausforderung. Hat denn nie einer meine bereits zusammengehefteten Beine vor dem Start bemerkt?«

Thole, Bea und Yanis blieben eine Weile still und ließen die Antwort sichtbar sacken, bis Yanis schließlich reagierte. »Das ist alles?« Er sah mich ungläubig an, warf die Arme in die Höhe und ließ sie wieder auf den Tisch fallen, sah die

75

beiden anderen an und dann wieder mich. »Eine Öse und ein Haken? Ich frage mich das seither fast jeden Tag auf meinem superspannenden Posten hier.«

»Ja, Öse und Haken«, wiederholte ich, »für eine magnetische Vorrichtung, die man erst nach dem Start aktivieren könnte und die Beine aneinanderhielt, hatte ich damals, als es mir spontan einfiel, nicht das nötige Material und später war ich es dann schon gewohnt. Ich habe die Idee aber schon vor geraumer Zeit an die Flugentwickler gesendet. Ich bin gespannt, wie lange die noch benötigen um das Umzusetzen. Vielleicht halten sie es heutzutage, mit den sicheren Anzügen, aber auch gar nicht mehr für nötig.«

Damit wollte ich die alten Geschichten abschließen, nahm als unterstützende Geste noch einen Schluck und stellte den Becher lauter auf den Tisch. »Wie ich hörte, soll es in letzter Zeit ja nicht langweilig gewesen sein, mit einem Anschlag als Höhepunkt und die Gefahr unsere guten Beziehungen mit den Atlantenen zu verlieren.« Ich sah ihn direkt an. Einerseits bemühte ich mich es nicht vorwurfsvoll klingen zu lassen, andererseits, er war Alnitaker und hätte es nicht so weit kommen lassen dürfen, daher war vermutlich unterschwellig schon ein gewisser Tadel herauszuhören. Gut, er hatte sich meiner Einheit nicht angeschlossen und war lieber einsamer Wächter, aber bei solchen friedensgefährdeten Entwicklungen konnte, nein durfte, er sich einfach nicht auf seine neutrale Beobachterrolle rausreden.

»Nein, in letzter Zeit nicht«, sagte er still, fast schon in sich gekehrt, erwiderte aber meinen Blick. »Meine Aufgabe hier besteht hauptsächlich darin zu beobachten und die Treffen vorzubereiten. Ich überbringe an alle Teilnehmer die Einladungen und seit sich die Einheimischen zu Bevölkerungen entwickelt haben, werden auch dort die Anführer

76

eingesammelt und hergebracht. Die dürfen zwar nicht an allem teilhaben und kapieren vieles auch gar nicht, aber es ist ›Das‹ Ereignis für sie. Danach kann ich wieder von neuem zusehen, wie sie ihre Geschichten in die Felsen hauen, auch wenn sie damit des Energiefeld stören. Daraufhin kann ich mir von Marik jedes Mal seine Enttäuschung über unsere Untätigkeit in Bezug auf die Aufklärung der Bevölkerungen anhören.«

»Marik beschwert sich?«

»Marik will den Einheimischen aktiv etwas beibringen und tut es, egal wo er hinkommt, auch immer wieder, weil er den DNA-Forschern Unfähigkeit vorwirft. Sania von den Atlantenen beschwert sich dann, dass er damit ihre Arbeit untergräbt. So geht das hin und her.« Er schwankt mit den Armen und verzieht das Gesicht.

»Denkst du er sabotiert ihre Arbeiten?«

»Sabotieren? Marik? Er nimmt sie nicht ernst. Er hilft nicht dabei. Er wünschte sich auch, sie würden verschwinden. Aber sabotieren, nein, ich denke nicht das er aktiv etwas dazu beitragen würde, um Sanias Forschungen zu stören.« Er winkte den Gedanken energisch mit der Hand weg.

»Wie hast du und deine drei Assistenten vom Anschlag erfahren und wer denkst du würde so weit gehen und sogar die Assistentin der Chef-Wissenschaftlerin körperlich anzugreifen?« Ich schaute ihn ernst an und rückte näher zur Tischmitte.

Er rückte auch näher. »Wir kamen mit unseren Shuttles fast gleichzeitig zurück, nachdem wir ein paar Einladungen überbracht hatten und gingen zusammen in Richtung der Quartiere. Meine Helfer gingen weiter zum Convenitor, um sich wieder um den Aufbau zu kümmern. Gerade als ich meine Unterkunft betreten wollte schrie Sania alles zusammen. Sie erzählte mir was geschah und während ich und ihre beiden herbeigeeilten Assistenten uns um Ino kümmerten, machte Sie einen riesigen Wirbel, fluchte, schimpfte und drohte mit Konsequenzen. Auch Marik, der dazugekommen war bekam sein Fett ab. Sie hatte Ino gefunden und gerade noch rechtzeitig wiederbelebt.« Beim Gedanken daran wurde Yanis tatsächlich etwas blass. »Du bist der Meinung ich hätte schon früher etwas unternehmen sollen, nicht wahr?«

Er schien sich selbst schon genug Vorwürfe zu machen, daher verbarg ich mein gedachtes Ja, indem ich nur kurz mit den Schultern zuckte und die Mundwinkel sinken ließ.

»Ich hatte schon ein paar Mal nach Hause berichtet, dass es einige Extremisten darauf abgesehen haben uns von hier zu vertreiben, indem sie die Störungen an ihren Forschungen uns anlasten. Dass sie aber so weit gehen würden einen ihrer eigenen Leute anzugreifen hätte ich mir nie gedacht.«

Ich sah ihm an, dass ihn der körperliche Anschlag auf Ino richtig mitnahm. Sein Blick ging ein paar Mal ins Leere und augenscheinlich überlegte er wie es nur geschehen konnte. »Wie läuft das ab mit den Sabotagen?«

»Jedes Mal nach so einer angeblichen Sabotage werde ich in Sanias Labor zitiert, fliege hin und finde nichts, keine Spur. Sie denkt inzwischen ich schaue nicht genau nach und will gar nichts finden. Es gab schon mehrere Protestschreiben an ihre Heimatregierung, worin sie uns für die Störungen und gleichzeitige Vertuschung verantwortlich macht.«

Ich musste nachhaken. »Und, gab es tatsächlich keinerlei Spuren?«

Er klopfte energisch mit der Hand auf den Tisch. »Nein! Wovon auch? Die wollen uns doch nur loswerden. Wahrscheinlich vertauscht sie absichtlich irgendwas, um einen

Fehler zu erzeugen und schreit dann laut los. Wenn wir erst einmal weg sind, wird alles ganz reibungslos funktionieren, aber nicht, weil wir nicht mehr da sind – außer sie ist tatsächlich so unfähig, aber das glaube ich nicht.«

»Und der Anschlag auf Ino? War sie das auch?«

Er richtete sich schnell auf und warf die Hände wieder in die Luft und verzweifelte Ratlosigkeit spiegelte sich in seinem Gesicht wider. »Diesen Angriff kann ich mir beim besten Willen nicht erklären. Nein, sie war das sicher nicht. Die beiden sind eng miteinander befreundet.«

Ich lehnte mich zurück. Er war sich so sicher, dass die Sabotagen falsch sind aber völlig ratlos was den Anschlag betraf. Der Angriff auf Ino schien ihn tief zu treffen. Einen Schluck geschmacklosen Wassers später begann hinter mir jemand zu singen. In der Halle hatte sich eine Kugel geformt, die beide Stockwerke ausfüllte. Das war sowas wie ein überdimensionaler Fernseher, eine Hologrammkugel, darauf konnte man rundherum in der Galerie einen Einheimischen sehen, der ein Lied zum Besten gab. Ich ging zum Geländer, weiter in die Mitte der Halle und sah hinunter. Es war nun noch ein Monolith sichtbar, anscheinend der Fraile, der an der anderen Seite des Platzes stand, also in den Ruinen dieses Platzes. Nur stand er jetzt weiter in der Mitte und bildete mit dem Ponce eine Lichtkugel, zwischen Kugel und Monolithen sah man kleine Bitze aufzucken, wie man sie von Tesla-Bildern her kannte. Der Hologramfernseher hing in einem Netz aus elektrostatischen Fäden. Der Sänger war auf jeder Kugelhälfte, oben und unten, rundherum gut sichtbar. Tatsächlich stand er unten in der Mitte des Platzes an einem Pult, da wo die Lichtkugel den Boden berührte. Einige seiner Kollegen standen noch zaghaft daneben und hielten einen ängstlichen Respektsabstand, den Funken gegenüber, ein. Sie hatten in den Geschichten ihrer Ahnen davon gehört und sahen ihren Freunden nun dabei zu, hörten die Stimmen in vollendetem Raumklang, mystisch – so mag es sich mancher vorgestellt haben, wenn Gott zu einem Spricht. Über kurz oder lang verflog die Furcht und jeder wollte drankommen. Sie sangen einzeln oder in Gruppen und erzählten dazwischen kurze Geschichten – wahrscheinlich Witze, denn alle lachten daraufhin, auch wenn sich mir der Humor darin verbarg. Wer verstand schon Scherze einer spezifischen Gruppe mit eigener Geschichte und Wissen, wenn man die Gemeinschaft nicht kannte.

Yanis kam rüber und lachte, er schien den Gag verstanden zu haben. »Ja die können da nie widerstehen und geben immer alles, um die Präsentationsanlage ausführlich zu testen, bevor die ganzen Teilnehmer eingetroffen sind. Zwischen den Treffen kommen sie auch immer wieder her und singen, tanzen, geben die Geschichten an die folgende Generation weiter, aber ohne die Anlage ist es weit nicht so imposant. Eigentlich würde es hier nie langweilig werden, aber ich darf mich, im Gegensatz zu den Wissenschaftlern, ja nur mit den hier ansässigen unterhalten, wenn ich die Treffen vorbereite. Die übrige Zeit muss ich beim Beobachten bleiben, auch zu denen aus den anderen Zonen habe ich nur persönlichen Kontakt, wenn ich sie herbringe. Damit keine persönliche Bindung meine Berichte verfälschen kann. Manche Terraquaner von hier scheinen trotzdem genau zu wissen, oder zumindest fest zu glauben, dass ich die ganze Zeit da bin, denn hin und wieder finde ich kleine Geschenke im Gang vor meinem Quartier. Bis direkt vor meine Unterkunft kommen sie nicht wegen der DNA-Sperre, für sie sieht der Gang wie eine Wand aus.« Er überlegte kurz und winkte mit dem Kopf in Richtung der Einheimischen. »Die kannst du als Verdächtige alle ausschließen.«

»Ja, darauf hat mich Marik schon hingewiesen.«

Yanis machte einen überdrehten Eindruck. Das lag sicher am außergewöhnlichen Trubel, der ihn aus seiner Einsamkeit riss. Einigen seiner verbittert klingenden Worte zufolge hätte ich sogar gesagt er ist einsam, aber schließlich hatte er sich für den Posten entschieden und sogar noch verlängert.

Wir hörten noch ein paar Minuten zu, bis ich mich zu ihm wendete. »Wo finde ich denn jetzt Ino und Sania?«

Er lehnte vorgebeugt mit den verschränkten Unterarmen an der Brüstung und antwortet während er weiter den Sänger beobachtete. »Sania hat Leibwächter von Atlan angefordert die bald ankommen müssten, da sie hier keinem mehr vertrauen kann, wie sie lauthals und wiederholt jedem ungefragt erzählt. Das sind auch vier ihrer ältesten Freunde. Die kommen aus der kriegerischen Ecke des Atlantenischen Systems, Maia. Wahrscheinlich wartet sie schon bei den Shuttles. Die wird dir erst einmal einiges an den Kopf werfen, bevor du sie befragen kannst – hoffentlich nur Worte. Sicher aber einige Verschwörungstheorien von Arseanischen Extremisten, die sie vertreiben wollen und Spuren, die verschwunden sind, hat sie bei mir auch schon gemacht«, er schmunzelte kurz, »Ino hat sie geraten unter unschuldigen Leuten zu bleiben. Ich glaube sie ist unter uns und sieht bei den Vorbereitungen zu. Kommt mit, ich stelle euch ihr vor.«

Wir nahmen eine Seitentreppe nach unten und tatsächlich saß sie fast genau unter uns und beobachtete die Sänger.

6. Ino

Ino hatte beide Ellenbogen auf dem Tisch und stützte Ihren Kopf mit dem Kinn auf den verschränkten Händen auf, ihre Lippen bewegten sich verhalten, sie schien mitzusingen. Wir näherten uns seitlich und als wir in ihrem Blickfeld aufschienen hörte sie auf, sah uns an und steckte ihre Hände in die Seitentaschen als sie sich wie ein rebellischer Teenager zurücklehnte, gerade halt, dass sie ihre Füße nicht auf den Tisch legte. Ihr abschätziger Blick sprach Bände, nur wegen Yanis, der uns vorstellte, blieb sie scheinbar überhaupt sitzen.

»Darf ich Ihnen zuerst mein Bedauern über den Vorfall ausdrücken« fing ich an und wir setzten uns an den Tisch. »Wir werden alles tun, um herauszufinden wer Ihnen das angetan hat und damit auch unsere langjährigen freundschaftlichen Beziehungen zu zerstören versucht.«

Inos Gesichtsausdruck schien im ersten Augenblick fast amüsiert ob meiner, wie ich selbst zugeben muss, politisch entschuldigenden Floskel. »Sie müssen jetzt nicht so tun, als ob es ihnen leidtäte«, kam es dann doch ziemlich unfreundlich zurück. Sie beugte sich schnell, fast schon angriffslustig vor. »Wie bei den ganzen anderen Untersuchungen werdet ihr nichts herausfinden und es dann auf eine angebliche Extremistengruppe aus unseren eigenen Reihen schieben. Denkt ihr die würden einem von uns schaden? Ihr wollt uns doch schon lange von hier vertreiben und anscheinend ist euch dazu jedes Mittel recht.« Dann lehnte sie sich wieder zurück und sah angewidert zur Seite.

Ich presste meinen Mund zusammen, während ich dezent mit dem Kopf nickte. Die war geladen. Erneut versuchte ich zu beschwichtigen. »Ganz egal wer es war, ich werde alles tun, um ihn zu finden« sagte ich nachdrücklich mit fester

Stimme, »Würden Sie mir bitte den Angriff genau beschreiben.«

Sie sah mich genervt an und überlegte kurz, ließ sich dann aber doch dazu herab mir zu antworten. »Eigentlich habe ich nicht viel davon mitbekommen. Ich verließ gerade mein Quartier, drehte aber um, da ich etwas vergessen hatte. Im Zimmer stand ich mit dem Rücken zur offengelassenen Türe als ich ein Geräusch hörte, doch bevor ich mich umdrehen konnte, wurde ich von hinten gepackt und mit dem Kopf in mein Salzwasser-Aquarium gedrückt, bis ich das Bewusstsein verlor. Das nächste, an das ich mich erinnere ist, dass ich auf dem Boden liege, Wasser spucke und Sania neben mir kniet. Sie hatte mich gefunden und in Bauchlage auf den Boden gelegt. Dann drückte sie mir streifend den Rücken entlang, um das Wasser aus den Lungen zu bekommen. Als das scheinbar nichts half drehte sie mich um und wollte gerade mit Mund zu Mund Beatmung beginnen, da kam ich zu mir. Sie schrie um Hilfe und Yanis, Rhea und Leto waren rasch zur Stelle und kümmerten sich um mich. Marik kam noch dazu und die beiden führten eine ihrer üblichen hitzigen Diskussionen. Schließlich ging sie in ihr Quartier, um die Heimat zu informieren und endlich Konsequenzen einzufordern.«

»Rhea und Leto sind die beiden anderen Assistenten von Sania, richtig?«

Sie nickte kurz.

»Die waren schnell zur Stelle. Wissen Sie, wo die herkamen?«

»Die dürften in ihren Quartieren gewesen sein, wir haben angrenzende Zimmer.« Sie schaute mich misstrauisch an. »Die waren es sicher nicht. Auch wenn ich nicht sehr groß bin, aber die beiden hätten das nie mit mir machen können, auch nicht gemeinsam, also suchen sie sich einen anderen Sündenbock.«

An Yanis als Täter dachte sie anscheinend gar nicht und ich wollte sie auch nicht dazu ermutigen. »Ich suche keinen Sündenbock, ich will herausfinden wer für alles verantwortlich ist, auch für die Sabotagen«, erwiderte ich mit bestimmtem Ton. Dann beugte ich mich neugierig vor. »Wie kommt es, dass sie keine Probleme beim Atmen und Sprechen haben? Auch ihr Gesicht zeigt keinerlei Spuren, die durch das Salzwasser verursacht worden sein müssten. Beim letzten Mal, als ich einen Arseaner, der in Salzwasser gefallen war, sah, konnte der Mann drei Tage nicht sprechen und seine Haut war nach langem noch gerötet?«

Sie kam auch näher und schaute mir herausfordernd in die Augen. »Soll das eine plumpe Anschuldigung sein, dass alles nur vorgetäuscht wurde? Von uns bösen Atlantenen?«

Ich erwiderte den Blick. »Nein, aber wenn man den Angriff geschildert bekommt, wie sie in einem Salzwasserbecken fast ertränkt wurden und sie dann keine zwei Tage später hier hört und sieht, stellt sich einem diese Frage doch. Schließlich forschen Sie hier, um unser aller Empfindlichkeit dem Salz gegenüber entgegenzuwirken. Wie weit sind sie mit den Forschungen, die doch ständig sabotiert werden?« Provozierend ließ ich keinen Zweifel an meinen Gedanken und zog als unterstützende Geste sogar die Augenbrauen hoch.

Sie schmunzelte und lehnte sich zurück. »Die Forschungsergebnisse werden von Sania wie geplant und unserem Abkommen entsprechend beim kommenden Treffen hier vorgestellt. Was ich vorwegnehmen kann, auch um ihre Andeutungen zu widerlegen, ist folgendes. Wir experimentieren unter anderem mit einer Creme für die Haut und einer Art Schutzimpfung für die inneren Organe. Nach einigen

Tests tragen wir die Creme alle auch selbst auf, wobei sie meistens nur geringe Wirkung zeigt, auch ganz unterschiedlich bei jedem von uns. So gut wie jetzt bei mir hat sich das Ergebnis bisher noch nie dargestellt. Mein Gesicht wies nur am ersten Tag einige rote, juckende Flecken auf.« Sie hob den Kopf und wendete ihn lächelnd ein paar Mal hin und her, um ihn besser ins Licht zu rücken. Was für uns vollkommen sinnlos war, man sah ja nichts mehr und vorher hatten wir sie nicht gesehen. Das wurde ihr anscheinend erst durch unsere fragenden Blicke bewusst. »Yanis kann es euch ja bestätigen.« Sie deutete kurz auf ihn und fuhr rasch fort. »Die Impfung wäre für vorher gedacht gewesen, aber Rhea ist immer so besorgt um mich wegen des Aquariums in meinem Quartier. Sie gibt mir jedes Mal, wenn eine neue Mischung fertig ist, eine Dosis mit, sicherheitshalber, auch wenn bei Tests noch nie irgendeine Wirkung festzustellen war. Sie hatte sie in meinem Schreibtisch gefunden als ich keuchend am Boden lag und mir einfach gegeben, im Nachhinein und bisher mit keinerlei Nebenwirkung. Ich hatte nur für einige Stunden Probleme beim Atmen.«

Sie sah mich schadenfroh an und auch ziemlich überheblich. Jetzt weiß ich wie Marik das mit dem von oben herab meinte.

»So ein Salzwasserbecken haben also nur Sie im privaten Raum und ist nicht Teil der Forschung?«, fragte ich verwundert. »Wie kommt das?«

Jetzt mischte sich Yanis erbost ein. »Was soll dieses Verhör Ayman? Sie ist unser Opfer und du behandelst sie wie einen Verbrecher!«

Ich richtete mich auf und sah Yanis überrascht an. »Ich will herausfinden was passiert ist und wer infrage kommt. Das Becken ist quasi unsere Tatwaffe. Wusste der Täter das es in diesem Zimmer so etwas gibt oder war es Zufall? Wusste er auch von den experimentellen Heilmitteln, die zur Verfügung standen oder nicht? Schwer vorstellbar auch, dass er selbst beim Versuch sie zu ertränken nichts vom Salzwasser abbekommen hat, das sollte Spuren an ihm hinterlassen haben.«

Er sah mich verlegen an, hatte er mir doch gerade indirekt Schikane und einseitige Untersuchung vorgeworfen. Mit meinen logischen Begründungen, die Fragen betreffend, hatte er nicht gerechnet.

»Ich verstehe – aber ich höre mir das nicht länger an. Außerdem habe ich noch Vorbereitungen für das Treffen zu erledigen.« Er stand auf, sah jeden von uns noch einmal an, so als ob er noch etwas sagen wollte, wischte dann aber alles mit einer Armbewegung weg und ging.

Ich sah im nach. Er schien sich irgendwie verantwortlich für den Anschlag zu fühlen oder dass er ihn nicht voraussah, nicht verhindern konnte, er als Wächter, als Beobachter, als Alnitaker hier. Nun kompensierte er es wohl mit übertriebener Führsorge Ino gegenüber. Er war für mich sowieso nie ein Tatverdächtiger gewesen, aber nun konnte ich ihn ganz sicher als Attentäter ausschließen.

Somit wendete ich mich wieder Ino zu die augenscheinlich jetzt etwas mehr Verständnis für meine Fragen aufbrachte. Zumindest hatte sie ihr überhebliches Grinsen eingestellt. »Also Ino, weshalb das Salzwasserbecken in Ihrem Quartier?«

»Wie ich schon sagte, es ist ein Salzwasser-Aquarium mit wunderschönen bunten Fischen darin. Ich habe es von meinem seit längerem verschollenen Vater geschenkt bekommen und ist seither immer in meiner Unterkunft. Es ist dort wo ich bin und kommt immer mit, auch wenn es nur für einen Tag ist.« Sie schaute erstmalig etwas bedrückt.

»Verstehe«, antwortete ich, »aber warum hat ihnen ihr Vater so etwas Gefährliches geschenkt?«

»Mein Vater war damals im Verhandlungsteam der Atlantenen mit den Aquanten, als es darum ging unsere Bedingungen hier auszuhandeln. Die Verhandlungen fanden in einem extra für die Kommunikation konstruiertem Raum im Meer statt. Dort konnte er in den Pausen die wunderschöne Unterwasserwelt beobachten, er war dort unten so wie die Fische in meinem Aquarium hier oben. Er hat mir als Kind oft von dieser fantastischen Welt erzählt und wir haben dabei das Becken mit den farbenfrohen Fischen betrachtet. Seither war ich keinen Tag davon getrennt und jeder der mich kennt und viele andere, wissen das.«

Ino schaute traurig zur Seite, ihr Blick ging ins Leere, die Erinnerung an damals musste gerade vor ihren Augen ablaufen. »Ich verstehe«, antwortete ich und versuchte Bedauern mit auszudrücken, während ich mich zurücklehnte, »also wussten hier auf Terraqua alle davon.«

»Nehme ich an.«

Ich gab ihr noch etwas Zeit, dann beugte ich mich neugierig wieder vor. »Ich habe noch nie einen leibhaftigen Aquanten gesehen. Sie?«

Ino strahlte kurz begeistert auf als sie sich mir wieder zuwendete. »Ja, als Kind wurde mein Vater einmal von einem besucht als er wieder hier auf Terraqua war und ich mitkommen durfte.«

»Stimmt es, dass sie eine kurze Zeit an Land überleben können und die Haut dabei immer schuppiger wird?« Ich fragte betont naiv und hoffte auf eine ausführlichere Antwort.

Sie grinste verschmilzt und nickte. »Ein paar Stunden halten sie das aus, aber ihre Haut ist nicht schuppig oder verändert sich währenddessen. Sie ist vielmehr dicker und uneben, leicht grünbläulich. Die Nase ist flacher, die Augen größer und runder, dafür sind die Ohren ganz klein. Etwas unterhalb hinter den Ohren haben sie Kiemen die wie Einschnitte in der Haut aussehen. Die Haare sind auch deutlich dicker. Zwischen den Zehen und Fingern habe sie eine dünne Haut, die etwa bis über die Knöchel geht.« Sie hob eine behandschuhte Hand auf Augenhöhe und hielt sie zwischen unseren Blicken dann spreizte sie die Finger und strich mit dem Zeigefinger etwa ein Drittel unterhalb der Fingerspitze entlang.

»Sehr interessant.« Ich nickte sie dankend an. »Dürfte ich mir ihr Zimmer ansehen, da wo der Anschlag stattfand?«

»Natürlich, kommen Sie mit« sagte sie nun deutlich umgänglicher.

Wir standen alle auf und gingen hinaus in Richtung der AQA-Pyramide. Unterwegs befragte ich sie weiter.

»Wie ist das mit den Sabotagen? Was passiert da genau?«

»Es sind immer Kleinigkeiten, die aber große Wirkung auf unsere Ergebnisse haben«, fing sie an zu erklären. »Von den Testreihen die nötig sind werden viele zur selben Zeit gemacht. Wenn wir also nach dem Testzeitraum, der von Stunden bis mehrere Wochen, ja sogar Monate dauern kann, nachsehen, müssen wir feststellen, dass zum Beispiel eine Substanz hinzugefügt wurde, oder entfernt, oder die Testzeit verkürz oder etwas in der Art. Die Ergebnisse sind damit verfälscht und alles muss von Neuem begonnen werden.«

»Aber im Labor haben nur sie vier zutritt?« fragte ich sie bestimmt und auch auf die Gefahr hin, dass sie wieder unfreundlich wird.

»Ja«, antwortete sie mürrisch, »unsere Wohnungen liegen fast daneben, außer den Einheimischen ist niemand da, die kommen aber unmöglich ungewollt ins Labor und die Berggipfel sind außerdem ohne Shuttle nur schwer zu erreichen.«

»Hm«, ich überlegte kurz und deutlich sichtbar nach.

»Was ›Hm‹?«, fragte Ino genervt und fuhr gleich fort. »Ja, ich weiß schon was sie jetzt denken. Wir sind die einzigen die in Frage kommen. Aber warum sollten wir unsere eigene Arbeit sabotieren? Damit alles noch länger dauert? Wir unfähig dastehen, wie es Marik gerne möchte. Nein, es muss jemand sein der die technischen Mittel hat und ein Motiv. Also einer von euch! Nur ihr profitiert von unserem Versagen.« Sie sah mich ob ihres erbrachten Grundes für unsere Schuld wieder argwöhnisch an.

»Nun, wenn es tatsächlich ein Arseaner war, hat er jetzt das Gegenteil damit erreicht. Denn jeder der Sie nach dieser Attacke sieht, wird die großen Fortschritte ihrer Arbeit eingestehen müssen.«

Sie erwiderte nichts mehr, wir waren auch schon fast in ihrem Quartier angekommen. Vor der Tür legte sie ihre Hand auf den Öffner und sie ging auf.

»Wie ist Sania denn hier reingekommen als sie sie gefunden hat?« fragte ich.

»Weiß ich nicht.« Sie zuckte mit den Schultern. »Wahrscheinlich hat sie der Attentäter nicht ganz zugemacht. Es sind hier noch sehr alte Türen, die aufschwingen und man selbst ganz zudrücken muss damit sie schließen.«

Ich sah mich im Raum um. Nicht besonders groß, spartanisch eingerichtet mit Bett, Schrank und Schreibtisch. Eine weitere Tür, die führte vermutlich ins Bad. Ohne die paar Arbeitsutensilien, die auf dem Arbeitstisch lagen, deutete nichts in diesem fast schon sterilen Raum darauf hin, dass hier jemand wohnte, keine persönlichen Sachen lagen herum, nur das Aquarium stach heraus. Es stand dem Bett gegenüber und das Licht vom Fenster leuchtete darauf, es sah wirklich sehr schön aus, diese Farbenpracht. Für mich, als ich, eigentlich nichts neues, ich kannte ja Aquarien, aber wenn man noch nie im Meer war, musste das schon recht exotisch wirken. Es stand auf einem kleinen Sockel, der für meine Begriffe eigentlich zu niedrig war, der obere Beckenrand befand sich etwa in Inos Hüfthöhe, ich müsste mich nur vorbeugen, um einzutauchen.

»Der Täter muss den Deckel aufgeklappt haben, bevor er sie da reindrücken konnte.« Ich hob und senkte die Schutzabdeckung und sah Ino an. »Wie hat er das gemacht, während er sie gleichzeitig festhielt?«

Sie stutzt kurz und sah mir beim auf und zumachen zu, während sie den Datenkristall, welchen sie gerade von Schreibtisch genommen hatte, einsteckte. »Das war es ja was ich vergessen hatte, weshalb ich zurückkehrte. Ich hatte vorher die Fische gefüttert und nicht mehr zugemacht.«

»Ah ja genau.« Ich nickte, während ich den Deckel ganz aufmachte und dann wieder senkte.

Abschließend ließ ich meinen Blick noch einmal rundum schweifen und bedankte mich bei Ino fürs Umsehen lassen, während ich in Richtung der offenen Tür ging an der Bea und Thole warteten.

Sie blieb in ihrem Quartier zurück als wir gingen und verabschiedete mich mit der, für mich jetzt fast schon gewohnten, Prophezeiung des gar Schröcklichen ich beim Treffen mit Sania zu erwarten hätte. Als ich die Tür zudrückte, spürte ich einen deutlichen Widerstand, der von der Zugluft mit dem offenen Fenster herrühren musste. Ich bat Leutnant Bea und Leutnant Thole noch nach Rhea und Zeto zu suchen, um sie zu befragen. Dann ging ich wieder zurück zum Convenitor, um mir endlich das Durchgangsportal anzusehen und nach Spuren von Simara zu suchen.

Ich betrat die Halle an der Ecke, wo ich zuvor in den Ruinen die Stufen hinaufgestiegen war. Es herrschte gemäßigtes Treiben, die einen machten bei den Vorbereitungen mit, andere lauschten den sich abwechselnden Sängern und amüsierten sich. Yanis konnte ich nicht ausmachen, aber seine Mitarbeiter, also beschloss ich sie gleich zu befragen. Sie waren über den ganzen unteren Bereich verstreut und ich ging von einem zum anderen. Alma und Sujan konnten mir aber nur seine Aussage bestätigen. Kira auch, als ich mit ihr jedoch am Durchgang vorbei ging und neugierig reinschaute, sah ich uns. Also mich, Aramis und Simara wie wir dort Hand in Hand standen und die Seitenwände anfassten. Es sah aus, als ob wir Hollogramme wären, projiziert, schwach flackernd und durchsichtig.

Ich blieb abrupt stehen und starrte hin. Kira ging erst weiter, kam dann aber mit fragendem Blick zurück, sah auch hin, dann wieder zu mir. Sie schien nichts zu bemerken, sagte sie mir doch, dass dort hinten der untere Hof wäre, den die Einheimischen errichteten. Nachdem ich mich etwas gefasst hatte, bedankte ich mich bei ihr für die Befragung und blieb noch stehen, blickte mich um. Keiner der vorbeiging bemerkte etwas, manche gingen einfach durch. Vorsichtig ging ich auch in den Durchgang, zumindest versuchte ich es, denn keinen halben Meter innerhalb lief ich wie gegen eine Wand aus Gummi. Ich drückte mit dem Zeigefinger dagegen und es gab nach wie ein Luftballon. Je fester und schneller ich allerdings drückte umso stärker wurde es, als ich mit der Faust dagegen schlug war es wie gegen eine Wand zu schlagen. So ein dilatantes Verhalten in der Luft, das musste eine Art Kraftfeld sein, doch wieso nur bei mir, alle anderen gingen ganz normal durch? Vielleicht weil ich da schon bin und ich mich von mir selbst abstoße, wie zwei Magneten sich am selben Pol abstoßen. Das spräche dafür nicht tot zu sein, nicht meinen eigenen Geist zu sehen und dies auch kein Leben danach oder, in meinem speziellen Fall, davor wäre. Was ist es dann? Paralleluniversum? Ist das gar nicht meine Erde? Wie komme ich da wieder rein, in meinen eigenen Körper? Geht das überhaupt noch? Ich sah mir die halbdurchsichtige, flackernde Simara an. Wie kann ich sie finden? Ist sie hier oder, so wie ich, in einer entfernten Welt aufgewacht? Hat es sie auch in einen anderen Körper verschlagen und gibt jetzt diese Person? Wie könnte ich sie überhaupt erkennen?

Nachdem ich eine Weile verstohlen dort herumstand, kam ein Atlantene auf mich zu. Seiner Uniform zufolge, der Gürtel mit rotem Rand versehen, war er aus der Militanten Ecke Atlans, das musste einer der neue eingetroffenen Leibwächter Sanias sein.

Er sprach mich ohne Umschweife befehlstonartig an. »Sania wünscht Sie in ihrem Quartier zu sprechen. Folgen Sie mir bitte.« Drehte sich sofort wieder um und ging los.

OK dachte ich, wenn er schon so lieb bittet, tu ich ihm den Gefallen. Ich musste sie sowieso noch befragen und ob sie mir jetzt und hier oder in ihrem Zimmer den Kopf abreißt, mir Sachen an den Kopf wirft und was mir sonst noch alles bei einem Treffen mit ihr prophezeit wurde, ist auch schon egal. Vielleicht lässt sie ihn mir auch von ihrer netten Garde abreißen. Nach dem Anblick meines holografischen Ichs, für mich unerreichbar gefangen innerhalb dieses Kraftfeldes und die Aussichtslosigkeit Simara in diesem Universum zu finden, war mir alles egal. Auf dem Weg hoffte ich trotzdem meine beiden Leutnants zu treffen damit ich auch Verstärkung und vor allem Zeugen hätte. Zurück in den Unterkünften wurde ich in ihren Besprechungsraum geleitet und nachdem einer der dort wartenden Maias zur Seite trat, sah ich sie, Sania. Vor ihrem – nett ausgedrückt – ›Temperament‹ wurde ich mehrfach gewarnt. Dabei sah sie mit ihrer zarten Gestalt, umgeben von den anderen drei Leibwächtern, die alle mindestens einen Kopf größer waren, eher aus wie ein scheues Reh innerhalb einer Burg mit drei hohen Wachtürmen. Da stand ich, alleine auf weitem Floor und kam mir wie ein einsamer Hase mitten im abgeernteten Feld vor. Kam jetzt ein ›Fass‹ von ihr, mit dem sie mir, mit auf mich gerichtetem Zeigefinger, ihre Kriegerfreunde auf den Hals hetzte? Widererwartet schickte sie alle raus und kam dann auf mich zu. Ich war auf das schlimmste gefasst.

Sie sah mich an, dann lächelte sie doch tatsächlich und sagte: »Hallo Aramis!«

7. Sania

Alles war schwarz geworden und drehte sich, jetzt wo es wieder lichter wurde sah sich Simara um. Von Aramis keine Spur. Sie saß in einem Raum an einem Tisch, ein kleines rundes kristallenes Objekt in der Hand, auf dem Tisch einige technische Geräte die wie Tablets-PCs oder Smartphones aussahen und verstreut mehrere kleine durchsichtige Scheiben, die mit verschieden großen matten Kreisen bedeckt waren. So etwas in der Art hatte sie erst vor kurzem im Fernsehen in einer Dokumentation über neuartige Methoden der Datenspeicherung auf Kristallen gesehen. Gegenüber diesem Arbeitstisch standen feudale Loungemöbel in der einen Ecke und ein Tisch mit ein paar Stühlen in der anderen. Dazwischen eine Tür, die vom Gefühl her der Ausgang zu sein schien denn an der Wand links von ihr war noch eine, aber etwas Kleinere und zu der ging sie nun. Neugierig öffnete sie und spähte hinein. Ein Bett, Schrank, kleiner Tisch mit Stühlen, könnte ein Hotelzimmer sein. Als sie sich umdrehte, um zu der anderen Türe zu gehen fiel ihr die große dunkle Glasscheibe auf, die hinter dem Schreibtisch, an dem sie hier erwachte, positioniert war und fast die ganze Wand einnahm. Schemenhaft nahm sie Gebäude hindurch wahr, anscheinend ein Fenster, aber nicht ganz durchsichtig, eher rauchig, wie eine Sonnenbrille. Als sie darauf zuging, um hinauszusehen, kam ihr von der anderen Seite eine Person entgegen. Simara erschrak zuerst und benötigte einen Moment, um zu registrieren, dass es sich dabei um ihr eigenes Spiegelbild handelte. Erstaunt blickte sie an sicher herab, diese Kleidung war nicht die ihre. Sah aus, wie eine weiße griechische Toga und darunter trug sie ein enges langarm Shirt mit engen Hosen und Schuhe in schwarz. Der hellblaue Gürtel war verziert mit

94

vielen goldenen Kreisen in Kreisen, eigentlich kleine Zielscheiben, und wies einen feinen grünen Rand auf. Dann sah
sie ihr Gesicht in der Spiegelung an oder besser gesagt, sie sah
jemanden an den sie noch nie gesehen hatte. War das tatsächlich ihr Spiegelbild? Mehrere Winker und Wachler brachten
sie immer näher zum Fenster und als sie durch ihr fremdes
Abbild hindurchsah, hinaussah, erblickte sie ein fensterloses
Gebäude deren Mauern ihr bekannt vorkamen, mehrere py-
ramidenförmige Bauten ohne Spitzen und gerade noch in ihrem Sichtfeld auf der linken Seite, aber weiter entfernt, einen
hohen Bau, der sich durch den glänzenden Rahmen mit den
matten gleichmäßigen Wänden von der grün blühenden
Landschaft abhob. Fasziniert sah sie sich um, sah sich an,
dann wieder die Landschaft, die Pyramiden. Als es an der
größeren Tür klopfte zuckte sie überrascht zusammen.

»Ja, wer ist da?« Ihre Stimme die sie immer noch als ihre
eigene wahrnahm zitterte leicht.

Die Tür ging auf und Ino kam herein, gekleidet wie sie,
nur ihr Gürtel hatte silberne Kreise. »Hast du sie erreicht?«,
fragte sie, »Wann kommen deine Freunde aus Maia?«

»Ja habe ich Ino, die sind nicht weit weg und benötigen
nur ein paar Stunden.« Zur Untermauerung ihrer Worte hielt
Simara das runde Objekt in ihrer Hand hoch, ein Kommunikator, nicht einmal Daumenlang im Durchmesser. Dann sah
sie erstaunt über ihre eigene Antwort und die Geste auf das
Gerät in ihrer Hand und steckte es zögerlich ein.

»Ist das zu fassen? Da gibt es ständig diese Sabotagen und
nun auch den Anschlag auf mich und es werden Arseaner geschickt die die Untersuchung durchführen sollen. Das können doch nur sie gewesen sein, die wollen uns von hier weghaben. Wer sonst hätte einen Grund? Die Persiden oder
andere? Nein die sind zufrieden mit ihren kleinen

Forschungsstationen hier auf Terraqua, selbst die Zentauer, auch wenn die es nie zugeben würden. Die wären alle zu schwach dafür, weil sie keinen Planeten in diesem System als Basis haben. Die Arseaner aber, die denken, wenn sie uns erst einmal mit ihren Störungen von hier vertrieben haben und alle von unserer Unfähigkeit überzeugt sind, dass wir dann früher oder später auch Atlan aufgeben würden.« Ino ging auf und ab und gestikulierte in ihre Rede versunken viel mit den Händen. Nach einer kurzen Pause schaute sie angriffslustig drein und fuhr fort. »Wir sollten präventiv handeln und unseren Asteroiden-Amynen auf Atlan benutzen, um Arsean aus dem System zu pusten.« Dabei öffnete sie schnell die vorher zu Fäusten geschlossenen Hände, um dem ohnehin schon übertrieben ausgedrücktem ›Pusten‹ mit einer zusätzlichen optischen Unterstützung Nachdruck zu verleihen.

Simara hatte inzwischen in der Sitzecke Platz genommen. Während der wütenden Rede von Ino zuckte sie immer wieder zusammen und schaute sich mit großen Augen um. Das Verhältnis der Atlantenen und Arseaner, ihre – Sanias – Forschungen, die Planeten im Tri-System, Sabotagen, der Anschlag. In ihrem Inneren liefen die ganzen Bilder der Geschehnisse wie ein Film in Zeitraffer ab.

Wie in Trance antwortete sie monoton. »Du weißt, dass das nicht geht. Der Amyne bezieht seine Energie aus dem Planetenkern und die Leistung, die wir benötigen würden, um bis nach Arsean mit genügend Kraft zu feuern würde den Kern destabilisieren und auch Atlan zerstören«.

Ino bleib stehen und schaute sie, überrascht durch den gleichgültigen Tonfall an. »Ist alles OK mit dir?«

Simara schaute noch eine Weile fragend in den Raum, kurz auch überrascht von der eigenen Antwort. Dabei rutschte sie unruhig hin und her als wäre ihr nicht gut. Stütze sich einmal mit den Ellenbogen am Tisch ab, dann wieder mit dem durchgestreckten Arm an der Sitzbank. Dann sah sie die besorgt näherkommende Ino an und spürte mit einem Male auch die angestaute Wut Sanias in ihr hochsteigen.

Sania richtete sich konzentriert auf und fuhr entschlossen fort. »Ich werde diesen Commander Ayman, der für die Untersuchung extra angefordert wurde, so fertigmachen, dass sie nicht nur die ganzen Sabotagen zugeben, sondern auch noch freiwillig abziehen werden.« Sie sah Ino mit funkelnden Augen an und ballte die Hand zur Faust. »Der vierte Planet wird dann unser zweiter Stützpunkt.«

Ino setzte sich sichtlich angetan zu ihr. »Besser noch wir zerstören ihn, dann kann ihn auch kein anderer mehr besetzen«, forderte sie forsch und nahm Sanias Faust in beide Hände, während sie mit den Augen Zustimmung bei ihr suchte.

Sie sahen sich kurz energiegeladen an, dann zog Sania ihre Faust aus Inos Händen und sagte: »Mag sein, aber das können wir dann immer noch entscheiden.«

Sie stand auf und ging nachdenklich zum Fenster. Jetzt wusste sie, warum ihr die Mauer dieser Halle so bekannt vorkam. Das war tatsächlich die Erde. Aber wann? Was sollte sie jetzt tun? Hier schien sich ein größerer Konflikt anzubahnen. Sie musste Aramis finden, aber wie sollte sie das anstellen und die Verantwortung für Ino und die anderen wog schwer in ihr.

»Ich werde nachsehen was die Vorbereitungen im Convenitor machen und noch einmal ein ernstes Wort mit Yanis reden. Du gehst zu Rhea und Leto, keiner von euch sollte allein sein«, sprach sie gewohnt Anführer mäßig auf dem Weg aus dem Zimmer und verlies es, ohne erst eine Bestätigung oder dergleichen abzuwarten.

Sania ging hinüber in die Halle, wo sie im Durchgang Spuren von Aramis suchen wollte, als sie auf Yanis traf.

»Dich wollte ich auch sprechen,« fuhr sie ihn an und verhinderte mit einer haltenden Geste an seinem Arm sein Weitergehen. »Wieso kommt jetzt noch eine Arseaner, um zu untersuchen? Genügen die ganzen Spuren, die du inzwischen gefunden und heimgeschickt hast immer noch nicht um bei euch für Ordnung zu sorgen?! Mir reicht es langsam mit der Verzögerungstaktik deiner Regierung.«

Yanis schaute sie betroffen an und löste sich sanft von ihrer Berührung. »Ich kann nichts für die Politik. Wahrscheinlich verleugnen sie sich selbst, wollen es nicht wahrhaben, dass sich unter den Alnitakeanern auch nicht so freundlich friedliche Personen befinden.«

»Was soll das bedeuten?«, fuhr sie ihn gleich nochmal an und tippte einmal in schupsender Weise mit dem Zeigefinger an seine Brust.

Er wich ein wenig zurück, schaute sich verlegen um und sagte zögerlich. »Dieser Ayman ist ein diplomatisch gewiefter Kerl mit guten Verbindungen nach oben, ich kenne ihn noch von unserer Ausbildung. Der dreht sicher alles so wie er es benötigt, um euch unfähig aussehen zu lassen. Wenn es sein Ziel ist Terraqua atlantenenfrei zu machen, dann schafft er es auch, ganz egal wie.« Er wischte mit der Hand durch die Luft so als ob er eine Fliege vertreiben würde.

»Das werden wir ja sehen, meine Freunde von Maia sollten in Kürze eintreffen, dann wird keiner mehr irgendwo hinterrücks reingedrückt.« Sie sah ihn kämpferisch an und schob ihren Körper mit geschwellter Brust in seine Richtung, ohne einen Schritt zu machen.

Er machte kurz einen betroffenen Gesichtsausdruck der schnell von Zorn verdrängt wurde, während er sich energisch aufrichtete. »Derjenige der Ino in das Aquarium drückte kann nur hoffen, dass ihn deine Maias vor mir erwischen, denn wenn ich ihn zwischen die Finger bekomme, wird ihm keiner helfen können«, sprachs, hob die Hand, drückte sie energisch zur Faust und ging.

Sania sah ihm noch kurz nach und ging dann auch weiter. Während sie sich dem Tor näherte, beobachtete sie die Aufbauarbeiten. Lauter fröhliche Einheimische die sich auf das seltene Treffen freuten. Sie platzierten die Tische und schmückten sie mit Blumen und handgefertigten Dekorationen, mit denen sie Eindruck bei ihren Göttern machen wollten. Wenn Sania vorbeiging wurde sie respektvoll gegrüßt und sie winkte freundlich zurück. Yanis Helfer werkten an zwei glänzenden Monolithen herum, nicht ohne neugierig von einigen Indios dabei beobachtet zu werden.

Schon von weitem konnte sie zwei Gestallten im Durchgang ausmachen die sich nicht bewegten und Hand in Hand dastanden. Ihr Verdacht betätigte sich als sie vor dem Eingang ankam, das war sie und Aramis. Erstarrt in der Zeit, transparent und scheinbar für alle anderen unsichtbar. Nachdem sie mit dem Kraftfeld Bekanntschaft gemacht hatte, drückte sie sich noch eine Weile am Durchgang herum, beobachtete erstaunt die Leute, die einfach durch die händchenhaltenden Körper durchgingen. Sie ging auch auf die andere Seite und drückte dort am Energiefeld herum, doch schließlich gab sie ratlos auf und ging wieder in die Halle. Dort setzte sie sich an einen Tisch und verlor sich in Gedanken. Was sollte sie hier nun machen? Ein Konflikt bahnte sich an, ihre Assistentin und beste Freundin wurde fast getötet und ein gewissenloser Arseaner kam, um sie von hier zu vertreiben.

Einem Ort an dem sie – Simara – sowieso nicht sein wollte. Wie konnte sie wieder in ihren Körper gelangen, solange dieser von diesem Kraftfeld abgeschirmt wurde? Selbst wenn sie irgendwie da durchkam, kommt sie dann auch wieder in sich selbst – und zurück in ihre Zeit? Und Aramis? Wie sollte sie ihn hier finden? Sie würde ihn keinesfalls zurücklassen. Wobei sie sich sicher war, dass es keiner von beiden allein zurückschaffen würde. Wenn ihm das gleiche wie ihr passiert ist, musste er sich nun auch in einem anderen Körper befinden. Was wenn er jetzt in einem Einheimischen irgendwo im Dschungel steckte. Oder direkt vor ihrer Nase, er könnte sie eben erst gegrüßt haben und spielt seine neue Rolle so wie sie die ihre. Vielleicht ist er aber schon drinnen und wartet auf sie, oder ist überhaupt erst gar nie rausgekommen und steht durchsichtig in Stase da – ewig, wenn sie nicht wieder reinkommt. Verzweiflung machte sich in ihren Gedanken breit je länger sie herum grübelte.

Während ihr Blick durch die große Halle schweifte, sah sie Ino auf der Galerie wie sie sich mit ernster Miene mit Yanis unterhielt. Als Ino sie bemerkte, winkte sie und deutete ihr runterkommen an. Sie setzte sich zu Sania an den Tisch und bevor diese erst fragen konnte, sagte sie: »Ich konnte nicht einfach im Zimmer mit den anderen herumsitzen während du hier ungeschützt herumläufst, also habe ich dich gesucht und gleich noch einmal Yanis ausgefragt.«

»Ich verstehe, aber du wurdest angegriffen und nicht ich. Außerdem trage ich hier die Verantwortung und ich könnte es mir nie verzeihen, wenn dir doch noch etwas geschehen würde, dir oder den anderen.« Ein Piepston, aus ihrer Tasche kommend, unterbrach sie. Der runde Kristall, der Kommunikator, blinkte und sie nahm ihn in die Hand. Kaum hochgenommen erschien eine Nachricht, die, knapp über der Hand, wie auf ein Stück Papier projiziert wurde. »Meine Freunde treffen bald ein«, sagte sie, »Ich werde sie abholen und du bleibst hier unter all den Leuten, bis ich wiederkomme.« Damit verließ sie die Halle und ging zur AQA-Pyramide, wo sie noch einmal nach Rhea und Leto schaute und dann weiter zur Garage marschierte.

Dort angekommen überblickte sie, diesmal tatsächlich mit den eigenen Augen, die Gegend. Kurz kam Freude in ihrem Gesicht zum Vorschein, die wich aber gleich wieder, sie musste wieder an Aramis denken. Als das runde Shuttle einschwenkte und ins Gebäude flog wurde sie aus ihren trüben Gedanken gerissen. Dieses ›UFO‹ selbst zu sehen, genauso wie die Landschaft und die Garage, nicht nur in den Erinnerungen Sanias, war einfach überwältigend.

Sania ging hinein und konnte nun auch die H-Steine bewundern. Eben noch im ›Steingarten‹ als rätselhafte umstrittene Artefakte und jetzt in ihrer vollen Funktion. Sie dachte an ihr Frühstück mit Aramis – wenn sie diesen ungläubigen Thomas findet, bleibt hoffentlich Gelegenheit ihm all das zu zeigen, damit er es mit eigenen Augen sehen kann und damit, wie er sagte, wissen kann.

Ihre Freunde waren inzwischen ausgestiegen und kamen näher. »Juna, Timor, Alea, Panos, was freue ich mich euch zu sehen, ich hoffe ich habe euch nicht von etwas wichtigem abgehalten.«

»Was gäbe es Wichtigeres als einer Freundin zu helfen«, antwortete Alea und die anderen stimmten mit ein während Sania alle der Reihe nach umarmte.

Auf dem Weg zur Pyramide begann Sie von den Vorkommen zu erzählen. Emotional, so als ob sie es nicht nur aus ihren Erinnerungen kannte, informierte sie die Eingetroffenen von den Störungen, dem Anschlag und der Provokation einen Arseaner mit der Untersuchung zu beauftragen.

Fast am Ende ihres Berichts angelangt waren sie am Eingang angekommen und begegneten dort Ino, die gerade wieder zurück zur Halle gehen wollte. »Was machst du hier draußen?«, fragte Sania sie teils harsch, teils besorgt.

Ino erzählte von ihrer Begegnung mit Ayman, während sie den Maias begrüßend zunickte. »... am Ende des Verhörs wollte er sich den Tatort ansehen, darum gingen wir in mein Quartier. Dort sah er sich genau um und machte Andeutungen über den Hergang die so klangen, als ob er daran zweifelte, dass überhaupt was geschehen war. Wie der Täter zum Beispiel mich festhalten und den Deckel des Aquariums hat öffnen können oder du in mein Zimmer reingekommen bist. Vorher hatte er schon Zweifel geäußert, nur weil ich noch lebe und keinen sichtbaren Schaden mehr vorzeigen kann. Sogar Yanis haben seine unverschämten Fragen so geärgert, dass er nicht länger zuhören konnte und ging.«

»Er hat dich verhört und verleugnet diesen hinterhältigen Anschlag? Unverschämt!« Sie stemmte die Hände in die Hüften, drehte sich zu ihren Freunden um und erntete wie erhofft verärgerte Blicke über die Dreistigkeit der Arseaner. »Ist er noch dort?«, fragte sie Ino.

»Nein, er hat seine beiden Assistenten mit der Befragung von Rhea und Leto beauftragt und ist gegangen. Er kann eigentlich nur im Convenitor sein.«

»Dem werden wir jetzt klar machen, wie es ist in Salzwasser getunkt zu werden.« Energisch schritt Sania voran in Richtung der Halle, Ino neben sich und ihre vier Freunde hinter sich.

Drinnen angekommen sahen sie sich suchend um.

»Da hinten, beim Tor zum unteren Hof.« Ino zeigte aufgeregt in die Richtung. »Los jetzt wird er verhört«, sagte sie und ging schnellen Schrittes los, darauf vertrauend, dass ihr alle folgten.

Dem war auch so, aber nach einigen Metern blieb Sania stehen. »Wartet!«

Alle blieben stehen und sahen überrascht zu ihr. Sie beobachtete Ayman in der Ferne genau, sie kniff die Augen zusammen, bekam Stirnfalten, blickte nachdenklich zu Boden, dann wieder hin. In ihrem Gesicht spiegelte sich abwechselnd Freude, Unglaube und Zweifel wider. Aufgeregt ging sie ein paar Schritte hin und ein paar Schritte her, während sie immer wieder zu ihm sah.

»Was ist los?«, frage Timor etwas ratlos.

Sania schaute ihn und die anderen eine Weile starr und schweigend an, dann blickte sie schmunzelnd wieder zum entfernten Ayman. »Ich werde in meinem Quartier mit ihm sprechen. Timor, geh bitte zu ihm und bitte ihn zu kommen. Wir gehen inzwischen vor.« Dann drehte sie sich um und ging zügig fort. Die anderen folgten ihr prompt, nur Ino blieb noch kurz stehen und wankte ratlos hin und her, aber schließlich blieb ihr auch nichts anderes über als zu folgen.

Als sie in der AQA ankamen fragte Ino endlich: »Was hast du vor? Warum wolltest du ihn nicht gleich zur Rede stellen? Möchtest du vor den Einheimischen nicht lauter werden? Ihnen nicht vermitteln, dass ihre Götter streiten? Die können ruhig wissen wer hier das Sagen hat!«

Sania ging weiter und lächelte geheimnisvoll in sich hinein. Vor ihrem Quartier angekommen sah sie Ino an und sagte beruhigend: »Alles ist in bester Ordnung. Du gehst zu Rhea und Leto.«

Ino schaute überrascht, zögerte, ging aber wortlos weiter, währen die vier in Sanias Zimmer gingen. Einige Minuten danach kam Timor mit Ayman, der sie neugierig musterte und bemüht war selbstsicher zu wirken. Dann schickte sie ihre drei Freunde, zu deren Überraschung, hinaus und ging auf Ayman zu.

»Hallo Aramis.«

8. Zweites Kennenlernen

Ich war auf vieles gefasst, aber nicht darauf, dass mich Sania mit meinem richtigen Namen ansprechen würde. Überrascht starrte ich sie an, keine Ahnung wie lange, aber als mir bewusstwurde, dass mein Mund weit offenstand, schloss ich ihn und schluckte. Das musste Simara sein. Niemand hier sonst konnte meinen Namen kennen. Aber woher sollte ich wissen, dass bei ihr nicht der Gastkörper das Sagen hatte. Vielleicht war es bei ihr umgekehrt und Sania hatte das Wissen von Simara und vermochte alles aus ihrem Kopf abzurufen. Der Konflikt hier und Sanias Ruf, wenn sie sich das zunutze machte, um mein Vertrauen zu erschleichen. Was könnte ich sie fragen, um sicher zu sein? Nichts! Ich bräuchte ihre Antwort, ohne dass ich sie vorher danach gefragt hätte. Wie sollte das gehen? Sie müsste mir etwas sagen das vorher zwischen Simara und Aramis passiert ist, beim Frühstück oder in den Ruinen und das, ohne danach gefragt worden zu sein. Nicht einmal dieses Dilemma kann ich andeuten, ohne eine Simara-Erinnerung anzustupsen.

Sie schaute mich lächelnd an, neigte den Kopf einmal nach links und einmal nach rechts und schien genau zu wissen was ich dachte, denn als nächstes sagte sie.»Ich habe deinen Hintern schon begutachtet als ich dir aus dem Aufzug heraus nachschaute und nicht erst am Buffet.«

Ich, von nachdenklich zweifelnd direkt zu verblüfft, – auch über den Inhalt der Antwort, sie hatte mich also auch schon beim ersten Mal bemerkt – konnte aber einen übermäßig aufklappenden Unterkiefer noch unterdrücken, schaute in ihre Augen, ja, das sind ihre Augen, ›diese Augen‹, sogar die Stimme passte. Kein Zweifel, sie ist es und ihr geht es so wie mir, sie hatte die gleichen Erfahrungen in dem fremden

Körper gemacht wie ich. Wie auf Kommando fielen wir uns in die Arme. Auch wenn wir uns erst heute Morgen kennengelernt hatten, wir hielten einander fest, wie etwas lange vertrautes, etwas Sicheres, ein Stück Heimat. Oder sollte ich sagen ein Stück Zeit? Jedenfalls hatte ich keine Zweifel mehr an unserer Seelenverwandtschaft. Wie sonst könnte man all das erklären?!

Noch umarmend fragte ich: »Woher wusstest du, dass ich es bin?«

Wir lösten die Umarmung etwas und schauten uns an. Sie lächelte mich mit feuchten Augen an, die Erleichterung war deutlich zu sehen. Auch mir kam es vor als hätte ich die ganze Zeit die Luft angehalten und erst jetzt wieder einen tiefen Atemzug genommen. Sie wollte zwar Antworten, es kam aber erstmals nur eine Art Schluchzer aus ihr heraus, Schluchzer mit Lachen. Nachdem sie sich noch kurz mit ihrer Stirn an meine Brust lehnte, bis sie sich gefangen hatte, nahm sie meine Hand, wir gingen zu der Sitzecke und nahmen Platz.

»Wir suchten vorhin im Convenitor nach Ayman, um ihn in die Mangel zu nehmen«, sie schluchzte nochmal lächelnd auf, »als ich aber sah, wie er sich benahm, wie er in den Durchgang starrte, mit dem Finger immer wieder in die Luft drückte und andere die durchgingen ungläubig nachschaute, da wusste ich es. Nur dir war es möglich unsere beiden Abbilder da drinnen zu sehen. Du bist sicher auch gegen dieses Kraftfeld gelaufen. Das konntest nur du sein!«

»Ja unsere Abbilder, durchsichtig schimmern, ziemlich unheimlich was?«

Sie nickte nur.

»Bis dahin dachte ich noch, dass wir tot sind und das vielleicht ein Leben danach oder davor wäre. Es nur durch einen komischen Systemfehler oder irgend sowas nicht wieder als

Baby anfängt.« Ich fasste ihre Schulter und schüttelte etwas. »Aber hey, unsere Körper sind noch da – oder halt irgendwo dazwischen, aber vorhanden, nicht vom Blitz getroffen und begraben. Wir müssen jetzt nur einen Weg finden da wieder reinzukommen.«

Ihre Augen blitzen auf als sie sie zusammenkniff und mich ansah. »Denkst du wirklich das ist möglich?«

»Na auf irgendwas müssen sie doch warten. Warum sollten die da sonst stehen, eingefroren, in Stase oder wie auch immer man das bezeichnen will.« Ich lehnte mich zurück und schaute nachdenklich zum Fenster.

Sie hob hoffnungsvoll die Augenbrauen. »Denkst du wir kommen dann auch wieder zurück, also in unsere Zeit?«

Ich stand auf und ging zum Fenster. »Vielleicht sind unser Körper da immer noch, in unserer Zeit und deshalb so durchsichtig. Wir müssen erst mal einen Weg finden, um in den Durchgang zu kommen. Vielleicht geht es ja ganz einfach nur zu zweit?«

Simara folgte mir und wir schauten gemeinsam durch unsere fremden Spiegelbilder hinaus. »Hättest du heute Morgen gedacht, dass dein ›Steine begrapschen‹ dich tatsächlich woanders hinbringt? Du diese Ruinen im unzerstörten Zustand sehen wirst? Überhaupt dir das ganze Geheimnis dahinter offenbart wird?«

Sie betrachtete die Bauten und antwortete. »Heute Morgen dachte ich kurz ich müsste keine Steine mehr begrapschen, ich dachte, ich hätte alles gefunden wonach ich immer gesucht habe.« Dann sah sie mir verheißungsvoll in die Augen. »Aber dann wurde ich ausgelacht.«

Autsch, dass tat weh. Ich sah ihr aber an, sie meinte es neckisch. »Natürlich, das war ja auch zum Lachen«, antwortete ich mit schelmischem Grinsen.

»Wenn es so lustig war, wieso bist du mir dann gefolgt?«

»Ich wollte diesen blöden Steinhaufen auch sehen der schuld daran war am Tisch sitzen gelassen zu werden.«

»Schuld war dein Lachen, nicht der Steinhaufen.«

»Wenn du bei mir alles gefunden hattest, hättest du ja nicht gleich davonlaufen müssen – zu diesem Steinhaufen.«

»Der Steinhaufen hat gehalten was ich mir von ihm versprochen hatte.«

»Nur weil ich dich auf den richtigen Stein aufmerksam gemacht habe.«

»Hättest du ja nicht tun müssen.«

»Hätte dir auch nicht dabei helfen müssen beide zu drücken.«

Während des Wortgefechts hatten wir uns beide etwas vorgebeugt und die Hände in die Hüften gestemmt. Wir stockten, betrachteten uns ernst und dann mussten wir beide kichern. Diese außergewöhnliche Situation wie kleine Schulkinder mit gegenseitigen Vorwürfen zu veralbern, kindisch hochzuschaukeln und damit schlussendlich zu entspannen. Also wenn wir nicht tatsächlich den gleichen Patschen haben…

Bevor wir noch etwas sagen konnten, klopfte es energisch an der Tür.

»Ja bitte«, sagte Sania.

Ino kam herein, sah mich beim Näherkommen streng an, um dann Sania mit Engelsstimme zu fragen: Gibt es Probleme, können wir dir helfen?« Vor der Tür, die sie offenließ, standen die Maias und wetteiferten im grimmig dreinschauen.

Wir sahen uns gegenseitig an und mussten wieder kurz kichern. Unsere kindische Debatte dürfte etwas lauter geworden sein und hatte die anderen allarmiert. Das war hier schließlich immer noch ein Krisenherd.

»Danke Ino, alles in Ordnung.« Sania winkte ihren sorgenvollen Blick weg und den Freunden vor der Tür beruhigend zu.

»Wirklich?!«, fragte Ino überrascht nach und man konnte ihr die Verunsicherung wegen des für sie unerwarteten Kicherns zwischen uns ansehen.

»Ja wirklich, es ist alles in bester Ordnung« wiederholte Sania gelassen, während sie ihr vertrauensvoll die Hand auf die Schulter legte, sie sanft in Richtung zur Tür drehte und die ersten paar Schritte dahin begleitete.

Unsicher und etwas widerwillig ging Ino weiter und schaute uns über die Schulter beide abwechselnd an. Am Ausgang angekommen stand sie zögerlich mit der Hand am Türgriff da und meines Erachtens in zeitschindender Absicht, fragte sie noch: »Wir haben uns etwas zu essen geholt, sollen wir euch auch etwas bringen?«

Simara sah mich fragend an, ich nickte leicht. »Ja das wäre schön. Vielen Dank.«

Wir hatten seit der Empanada im Durchgang nichts mehr gegessen. Was einerseits egal sein sollte, wir steckten ja jetzt nicht in unseren Körpern, andererseits verspürten wir Hunger, ich zumindest, Ayman dürfte schon länger nichts mehr zu sich genommen haben.

Ino verschwand und ließ die Tür provokant weit offen. Zwei von Sanias Freunden gingen mit, die anderen beiden blieben unentschlossen stehen, behielten mich aber misstrauisch im Auge. Wenigstens das grimmige Dreinschauen hatten sie eingestellt. Bea und Thole tauchten an der offenen Türe auf und schauten mich fragend an, während sie einige musternde Nebenblicke auf die beiden Maias warfen. Ich bat sie herein und gab ihnen zu verstehen, dass es keine Probleme gab und sie sich weiter umsehen könnten oder auch die Aufbauarbeiten im Convenitor, mit den dargebotenen einheimischen Darbietungen beobachten durften. Sie warfen noch einen überraschten, aber streng prüfenden Blick auf Sania und im Hinausgehen mit kurzem Innehalten einen noch strengeren auf die beiden ›Türwächter‹ und gingen. Auch wenn ich von der gar schröcklichen Sania und ihrer Leibwache, garantiert nichts mehr zu befürchten hatte, gab mir – oder eher dem Ayman in mir – der, zwar kurze, aber intensive Kontrollblick ›meiner‹ Leute ein gutes Gefühl. Aber, diese argwöhnischen Mienen zwischen ehemals freundschaftlich verbundenen Gruppen spiegelten doch die ungewohnt angespannte Situation hier wider. Es war nur gut, dass wir beide in Körper geraten waren, die etwas zu sagen hatten, das Kommando gaben.

Kurz darauf kam Ino mit einem Krug Wasser, einer Schüssel und einem Topf auf einem Tablet wieder. Sie stellte es am Tisch ab und nachdem Sania ihr noch mehrmals versicherte, dass alles in Ordnung sei, ging sie.

Wir schenkten uns Wasser ein. Das geschmacklose Getränk war uns inzwischen beiden bekannt. In der Schüssel lagen mehrere runde Chips auf einem Haufen die eine feine waffelartige Struktur hatten. Schmeckten nach nichts, erinnerten aber an Pappe. Ich hob den Deckel des Topfs und wir sahen neugierig hinein. Sania schwenkte mit der angefügten Kelle etwas darin herum und gab ein paar Schöpfer in die beigestellten Teller. So fade das Wasser auch war, so ungustiös sah das Essen aus. Eine Art Brei mit Stücken drinnen, wie stockendes Blut mit Klumpen. Wir wendeten uns beide erst angeekelt ab, stocherten dann etwas mit dem Löffel darin herum. Dass wir es in unserer Wirts-Erinnerung schon oft gegessen hatten, half nichts, es direkt vor einem zu sehen war doch was anderes. So triviale Dinge werden von einem selber scheints nur noch unterbewusst wahrgenommen, also von Ayman, dem machte es nichts aus, war es gewohnt, aber ich konnte mit seiner angenehmen Essenserfahrung nichts anfangen. Es roch nach nichts also machten wir die Augen zu und kosteten. Es schmeckte auch nach nichts und da wir beide doch schon ziemlich hungrig waren, aßen wir die Teller leer. Schnell, schweigend und mit geschlossenen Augen oder irgend woanders hinsehend, denn längeres Nachdenken hätte zu unerfreulichen Nebenwirkungen führen können. Mein Versuch es mit den Pappe-Chips zu ›verfeinern‹, ging gehörig daneben. Legte sich die Pampe doch ganz hinten an den Gaumen und blieb dort kleben. Ohne den Brei schon unangenehm, jetzt führte es zu Brechreiz. Dazwischen tranken wir immer wieder einen Schluck und konzentrierten unsere Blicke dabei auf das klare Wasser, das, wenn auch fade im Geschmack, wenigstens gut aussah.

»Lass uns zusehen hier möglichst noch vor dem nächsten Essen wieder wegzukommen.« sagte Simara und ich stimmte kräftig nickend zu.

»Ja, hier möchte ich nichts mehr essen und wichtiger noch, was geschieht mit unseren Ichs, wenn die länger nichts essen? Ob das durchsichtig sein hilft?

9. Lug und Trug

Sie stand auf und ging zum Fenster. »Was schlägst du vor? Wie sollen wir das anfangen?«

Ich stellte mich neben sie und schaute auch hinaus. »Vielleicht sollten wir zuerst versuchen, ob wir es gemeinsam durch das Kraftfeld schaffen und dann unsere Körper wieder einnehmen können.«

»Ja das klingt gut«, sagte sie »je schneller wir hier weg sind desto besser. Ich will nicht dabei sein, wenn euer Komplott Früchte trägt und es zum Kampf kommt, noch dazu wo wir auf gegnerischen Seiten stehen.« Sie ging rasch Richtung Ausgang.

Ich folgte ein paar Schritte, blieb aber abrupt stehen. »Was soll denn das bedeuten? Welches Komplott?

Sie blieb stehen und schaute mich verhalten vorwurfsvoll an. »Na die ganzen Sabotagen und Störungen, die im Versuch gipfelten, Ino zu ertränken!« Simara kam ein paar Schritte zurück auf mich zu und legte ihre Hand verzeihend an meine Wange. »Ich weiß, dass du da nichts dafürkannst, das sind diese Arseaner und vor allem der in den du da reingezwungen wurdest. Die wollen uns, also meine Atlantenen, von hier vertreiben.«

»Halt, halt, halt, was redest du da?« Ich schloss kurz die Augen und hörte sicherheitshalber noch einmal ganz tief in mich rein, ob Ayman ›mein‹ Arseaner da irgendwas dazu weiß oder zu verbergen versuchte. »Also ich bin mir sicher das dem nicht so ist. Es gibt kein Komplott oder Sabotagen, ich – er – ist hier, um herauszufinden was vor sich geht. Er – ich – bin hier, um den Saboteur zu finden, den Attentäter.«

Simara schaute mich ernst an. Für einen winzigen Moment kam es mir vor als würde ich erstmals in Sanias Gesicht sehen, die vor der mich alle gewarnt hatten, aber der misstrauische Ausdruck verschwand gleich wieder, sie glaubte mir. »Warum hast du ihn dann noch nicht gefunden? Warum sind bisher alle Beweise unter den Teppich gekehrt worden?«

»Welche Beweise?«, fragte ich überrascht zurück. Bis zu dem Anschlag gab es nichts was eine Untersuchung gerechtfertigt hätte. Beschwerden über missglückte Versuche, die eher wie Schuldzuweisungen an den mysteriösen Fremden wirkten, Verleugnungen des eigenen Versagens.«

Sie schluckte und schaute finster ob der Vorwürfe, die sie irgendwie persönlich nehmen könnte. »Ich rede von den ganzen Spuren die Yanis jedes Mal sicherte und zur Überprüfung an euren Stützpunkt geschickt hatte.«

Ich stutzte. »Yanis hat gerade vorhin bei meiner Befragung noch gesagt, dass es nie irgendwelche Spuren gab. Seine Berichte handelten immer von Extremisten unter euch die mit diesen falschen Anschuldigungen uns von hier vertreiben wollen. Berichte die er immer auch der atlantenischen Regierung geschickt haben will.«

Jetzt stutze sie. »Yanis hat mich gerade vorhin noch vor dir, also Ayman, gewarnt. Das du verschlagen bist, alles so verdrehen würdest, wie es dir in den Kram passt, um uns endlich von hier vertreiben zu können.« Sie sah mich mit zusammen gekniffenen Augen an. »Ohne unsere spezielle Situation würde ich dir nichts von alldem glauben was du eben gesagt hast.«

Wir schauten beide zum Fenster raus und im Duett: »Yanis!«

Simara nahm ihren Kommunikator aus der Tasche und sprach darauf. »Ino – sucht mir Yanis und bringt ihn her!«

Es dauerte kurz bis eine Antwort kam. »Yanis …? OK, machen wir«, kam es von Ino erstaunt klingend zurück.

Ein paar Minuten vergingen, dann kam ein Piepsen aus meiner Tasche. Ich holte einen kleinen Kommunikator heraus, der nicht rund wie Sania ihrer war, sondern viereckig mit abgeschrägten Kanten, quasi der untere flache Teil einer Pyramide.

Es war Leutnant Bea: »Commander, die Atlantenen hier machen sich auf die Suche nach Yanis.«

»Ja ich weiß, helft ihnen!«

»In Ordnung Dom«, kam die Antwort überrascht klingend, aber prompt zurück.

Wir gingen zu den Loungemöbeln, setzten uns und warteten.

Nach einer Weile fragte ich: »Wie sind die Sabotagen den für Sania abgelaufen?«

Sie hörte kurz in sich. »Es kam immer öfters vor, dass Proben zum Beispiel verunreinigt wurden oder die Messgeräte verstellt waren. Also lauter Kleinigkeiten, die einfach zu bewerkstelligen waren, aber große Auswirkungen auf das Ergebnis hatten und somit eine Wiederholung der oft langwierigen Tests notwendig machten.«

»Ja, so hat Ino sie auch beschrieben. Und Yanis? Was hat er gemacht?

»Er kam eigentlich immer sofort angeflogen und hat mit seinen Scannern alles abgesucht. Er schaute meist ein wenig bedrückt drein, weil es ihm unangenehm war, dass seine eigenen Leute sowas machen.«

Ich schaute sie überrascht an. »Das hat er gesagt? Seine Leute wären dafür verantwortlich?«

»Ja, die Spuren sollen das Ergeben haben und die hat er immer gleich zum Stützpunkt geschickt – angeblich.«

»Wirklich interessant«, sagte ich, »mir hatte er gesagt es gab keine Spuren, dass ihr es wahrscheinlich selbst vermasselt, um uns die Störungen in die Schuhe schieben zu können. Allerdings sagte auch Marik, dass es niemand von außerhalb sein könne, da seine Arbeit Flüge auf dem ganzen Kontinent aufzeichnen würde.«

Simara schaute betroffen. »Aber wer soll es denn dann sein? Ich weiß, dass wir keine Probleme bei den Forschungen haben, nur die Sabotagen werfen uns immer wieder zurück.« Sie dachte kurz nach. »Ob Yanis das irgendwie im Vorhinein bewerkstelligen konnte? Ist er vielleicht gar nicht abgeflogen und hat sich versteckt oder kann er die vom Shuttle ausgelösten Magnetschwankungen verbergen? Dazu müsste er aber auch wissen, dass Mariks Arbeit sie bemerken würde.«

»Nun, er ist der Wächter, das könnte er schon herausgefunden haben.«

Sie schaute mich zweifelnd an. »Aber ich kann mir nicht vorstellen, dass er Ino schaden, geschweige denn, ertränken wollte. Er war richtig wütend als er es erfuhr und seiner Reaktion zufolge möchte ich nicht in der Haut des Attentäters stecken, falls er ihn erwischt.«

»Ja, den Eindruck hatte ich auch, der Anschlag hat ihn ziemlich mitgenommen.« Ich dachte an seine Reaktionen bei der Befragung. »Er scheint auch nicht zu wissen wer es sein könnte. Also falls er bei den Sabotagen Komplizen hatte, denkt er nicht, dass die es waren.«

»Ich dachte aber auch nicht von ihm wegen der Sabotagen belogen zu werden«, warf Simara ein und ich nickte zustimmend mit nachdenklich verzogenem Mundwinkel.

Wir saßen eine Weile nachdenklich da und nutzten die Zeit auch um uns zu entspannen. Dann klopfte es. Herein kamen Ino, Leto, die Maias sowie Bea und Tholen.

Ino: »Wir können Yanis nicht finden.«

115

»Was?«, antwortete Simara erstaunt, »wo soll er denn hin sein?«

»Rhea ist auch verschwunden«, fügte Ino etwas leiser hinzu.

»Rhea?« Simaras Blick wechselte von überrascht zu enttäuscht. »Das kann doch nicht sein.« Wir schauten uns betroffen an und üble Vorahnungen machten sich in uns breit.

»Sie können doch nur hier oder im Convenitor sein«, sprach sie zu Ino mit leichtem Hoffnungsschimmer in der Stimme, wobei sie auch die andern fragend ansah.

Sie beteuerten überall gesucht zu haben und es hatte sie auch keiner gesehen. Wir entschieden Yanis Quartier aufzusuchen und mittels Notfallöffnung Einlass zu nehmen. Auf dem Weg dahin schickten wir Thole und Panos zur Garage, um auch dort nachzusehen, Bea, Leto und Alea suchten in Rheas Quartier.

Dort eingetroffen fingen wir an es zu durchsuchen in der Hoffnung irgendeinen Hinweis auf seinen Aufenthaltsort oder seine Absichten zu finden. Das spartanisch eingerichtete Zimmer war schnell erledigt daher gingen wir in das angrenzende Büro, in dem er seit Anbeginn arbeitete. Es war so wie Sanias Raum ausgestattet, aber es gab noch einen kleinen angrenzenden Raum, mit einem startbereiten Fluganzug, von dem man aus auch gleich ins Freie abheben konnte. Es lagen viele Erinnerungsstücke in seinem Arbeitsraum verteilt herum. Er war schließlich schon sehr lange hier stationiert und kannte Generationen der einheimischen Bevölkerung aus den verschiedensten Teilen des Planeten. Krüge mit Bemalungen, Schmuckstücke, Werkzeuge und Waffen die sie für ihn gemacht hatte. Sie sahen ihn hier eben als Gott an oder zumindest als Engel, der die Häuptlinge zu den Göttertreffen brachte, auch oder eben, weil er nur alle paar Generationen bei ihnen auftauchte. Zu enger oder häufiger Kontakt war ihm nicht gestattet. Auf einem kleinen Nebentisch lagen einige Teile verstreut herum. Zahnräder in verschiedenen Größen mit Beschriftungen an den Rändern, Planetensymbole und Schräubchen. Holzteile, die aussahen als entstehe daraus ein kleines Kästchen. Im Regal hinter dem Tisch sah ich ein paar Geräte, die es im fertigen Zustand zeigte. Es schien sich um eine Art Uhr zu handeln. Man konnte damit unter anderem die Planeten einstellen und so die Zeit bis zum nächsten Linien-Treffen berechnen. Dürfte Yanis Zeitvertreib, für einsame Tage sein und auch als Geschenk an die Anführer dienen. Simara und ich nahmen uns die am Schreibtisch herumliegenden Datenkristalle vor und betrachteten den Inhalt flüchtig auf einem der Pads. Nur normale Berichte und Beobachtungen über Land und Leute.

Sanias Kommunikator ging los und Panos meldetet sich. »Sania, wir kommen nicht in die Garage. Das Kraftfeld wurde auch für unsere DNA gesperrt. Das kann nur Yanis gewesen sein. Er muss mit einem der Shuttles abgeflogen sein. Wir haben schon versucht ihn anzufunken, aber die gesamte Kommunikation nach außen ist gestört. Es wird einige Zeit beanspruchen die Sperren zu umgehen.«

Ich ging näher zu Simara und wir unterhielten uns mit gedämpfter Stimme »Er muss von unserem Verdacht Wind bekommen haben.«

»Ja, aber wo will er hin und was hat er vor? Er und Rhea, ich will das nicht glauben. Sie ist seit Jahren bei mir, wir sind Freundinnen. Ich hielt sie immer für scheu, überfürsorglich, sogar ängstlich. Nie hätte ich gedacht, dass sie und Yanis eine Verbindung zueinander haben, ich kann mich nicht einmal daran erinnern, dass sie sich, außer bei den Spurensuchen im

Labor, je unterhalten hätten. Und was tun sie jetzt? Ich kann mir nicht vorstellen, dass sie mit ihrem Plan schon fertig sind.«

»Ob sie ihn aufgegeben haben und fliehen?«

»So hätte ich ihn eigentlich nicht eingeschätzt. Rhea vielleicht.«

»Er hat sicher nicht damit gerechnet, dass wir ihn so rasch entlarven. Hätten wir als wir von hier auch nicht. Ich fürchte wir haben ihn jetzt zum Äußersten getrieben.«

»Was konnte das sein? Sie haben versucht uns gegeneinander auszuspielen, wollten das wir uns misstrauen, uns bekämpfen. Wie wollen sie das jetzt noch fortsetzen?

Ich überlegte und ließ meinen Blick durch den Raum schweifen. »Es musste doch irgendeinen Hinweis geben.«

Mir fiel eines der Andenken auf. Eine Muschel die auf dem Schreibtisch lag. Sie passte eigentlich nicht zu den anderen Stücken der Einheimischen. Und auch wenn sie handgroß und wunderschön war, warum sollte die ausgerechnet jemand, der Salz nicht verträgt, aufheben, es könnten doch noch Spuren davon daran sein. Die wagte sicher sonst keiner anzugreifen, doch ich nahm sie wie gewohnt auf, um zu lauschen. Als ich sie zum Ohr hochnahm, hörte ich leichtes klickern darin, wie eine einzelne Münze in einem sonst leeren Sparschwein. Nach einigem herumschwenken und Schütteln gelang es mir einen runden Datenkristall zu entnehmen. Wir stecken ihn in eines der Pads.

Ein kurzer Blick ließ Simara aufschrecken. »Das sind ja Pläne und Zugangscodes für den Asteroiden-Amynen auf Atlan!«

»Den Amynen?«, wiederholte ich ungläubig. »Was will er damit? Die sind doch generell so angelegt, dass sie nur ins Weltall schießen können.«

Samaras Blick ging nachdenklich ins Leere. Nach und nach wurden ihre Augen immer größer. »Wenn er ihn überlastet, wird der ganze Planet zerstört.« Sie schaute kopfschüttelnd nach unten. »Nein, das kann er nicht wollen, niemals und Rhea schon gar nicht.«

Auch ich tat mir schwer mit dem Gedanken. »Kann ich mir auch nicht vorstellen, aber da wir sie weder fragen noch Atlan benachrichtigen können, gibt es nur einen Weg das rauszufinden. Wir müssen hinterher und sie zur Rede stellen.«

Ich wendete mich in Richtung der Tür zu da sagte Simara. »Aber er hat uns auch von den Shuttles ausgesperrt. Bis wir da rein können ist es längst zu spät, wenn es nicht sowieso schon zu spät ist, er hat doch sicher eine Stunde Vorsprung und mehr wird er zum Überlasten nicht benötigen.«

Wir sahen uns an und blickten fragend zu Ino, Juna und Timor, die uns teils aufgeregt teils fragenden Blickes, wegen der unerwarteten Vertrautheit zwischen uns, zugehört hatten, als ich mich des Fluganzuges entsann. Ich war schließlich der ungeschlagene Meister. Die Zeichnungen im Wüstensand von Nazca bewiesen es und die Anzüge sind mittlerweile längst Weltraumtauglich. Entschlossenen Schrittes ging ich auf den Raum damit zu.

Simara erahnte mein Vorhaben und folgte mir mich am Arm zurückhaltend. »Nein, du fliegst ihnen nicht nach. Was wenn sie Erfolg haben und du genau dann ankommst, wenn Atlan in die Luft fliegt? In dem Anzug hast du nicht die geringste Chance, selbst mit einem Shuttle wäre es ja noch riskant genug.«

Sie hatte Angst um mich, dass gefiel mir einerseits. »Der Planet kann doch nicht in die Luft fliegen, nur in den

Weltraum und dort ist ja keine Luft.« Andererseits, ich hatte auch Angst und in so einem Zustand reagierte ich mit Scherzen.

Sie merkte das sofort und lachte kurz gekünstelt auf, um gleich wieder ernst fortzufahren. »Hör mit den Witzen auf!«

Wir gingen diskutierend in den Raum und ich begann den Anzug anzulegen. »Ich schaffe das schon, auch als ich war ich schon in lebensbedrohlichen Situationen und hier bin ich ja nicht alleine.« Ich zeigte mit beiden Daumen auf mich.

Sie schaute vorsichtig zu den anderen und fragte leise, aber eindringlich. »Ach ja, wann und wo könntest du, Aramis, je in einer vergleichbaren Gefahrensituation gewesen sein?«

Mit ernster Miene blickte ich sie an, während ich einen Verschlussteil des Anzuges laut einrasten ließ. »Na zum Beispiel dieses eine Mal, als ich eine Freundin zum Schlussverkauf begleitete.«

Simara gab einen, dem erst Anschein nach, lachenden Laut ab, den sie aber gleich nach der ersten Silbe unterdrückte und in ein wütend frustriertes langgezogenes ›ha aah‹ änderte. Ihr Gesichtsausdruck war sorgenvoll und die Augen machten einen feuchten Eindruck. Sie hob beide Arme und machte Fäuste, so als ob sie auf mich einschlagen möchte, dämpfte es aber zögernd ab, sodass sie mich schlussendlich nur entschlossen festhielt. »Was ist mit unserem Vorhaben das Kraftfeld zu überwinden und zu uns selbst zu kommen?«

Ich blickte zu den anderen und beugte mich zu ihr. »Wir können die doch nicht im Stich lassen. Bis wir einen Weg gefunden haben, ist es vielleicht zu spät und falls es keinen gibt, müssen wir hierbleiben und den Konflikt auf gegnerischen Seiten ausbaden.«

»Ja du hast recht,« sagte sie nach einigem Überlegen und ließ mich schnell mit einer frustrierenden Geste los, während sie einen Schritt zurück machte. Wir würden euch Arseaner dann sowas von fertig machen.« Sie imitierte mit ihren Händen zwei Pistolen, die sie in meine Richtung abfeuerte.

»Nein wir euch.« Erwiderte ich und feuerte mit den Anzughänden zurück.

»Ha, ihr würdet verlieren.«

»Nein, euch würde der Gar ausgemacht, haha.«

Ino kam jetzt mit den anderen unserer harten Worte wegen besorgt näher, sie blickten sich aber fragend unserer lächelnden Gesichter wegen, an. Sie wagten es nicht Fragen zu stellen, zu verwirrend war für sie die Situation und wir ignorierten sie, wie sollten wir es ihnen auch erklären, zumal die Zeit drängte. Simara nahm noch meinen Kommunikator, verknüpfte ihn mit dem ihren, damit wir trotz der Störung miteinander reden konnten und steckte das Gerät in die dafür vorgesehene Stelle des Anzuges.

Dann nahm sie mich am Helm, zog mich ein Stück runter, während sie sich streckte, gab mir einen Kuss und schloss das Visier. »Komm ja wieder!«

Dass Ino, Juna und Timor im Hintergrund jetzt vollends perplex dastanden, war ihr egal und mir sowieso. Noch beschwingt von der Wärme ihrer zarten Lippen auf den Meinen trat ich durch das Kraftfeld, das den Raum vom Startsims trennte und hob ab – in zweierlei Hinsicht.

10. Das Ziel

Der Kuss bescherte mir eine Unbeschwertheit wie ich sie noch nie erlebt hatte. Ich fühlte mich frei, so als ob ich fliegen könnte, auch ohne Anzug. Wie ein Vogel rauschte ich empor und lies die Welt unter mir zurück, ein herrliches Gefühl. Schon nach kurzem konnte ich die Erdkrümmung sehen und die Kontinente, auch wenn diese so anders aussahen als ich sie gewohnt war. Besonders der große mitten im Pazifik, was aus dem wohl geworden war, in meiner Zeit? Nach meiner Schätzung geht er von etwa da, wo die Osterinseln sein müssten, bogenförmig bis rauf nach Hawaii. Ob das dieselben Bergspitzen sind, die in meiner Zeit Polynesien bilden. Dann hätte Sania ihr Labor auf den Hawaiianischen Inseln.

Als ich die Atmosphäre durchdrang und der dunkle Weltraum sich mir öffnete wurde es schwarz, aber gleichzeitig gab er Millionen von Sternen preis. Der blau leuchtende Planet unter mir war so wunderschön, ehrfürchtig musste ich ihn eine Weile einfach nur ansehen. Das war mit keinem je gesehenes Bild oder Film zu vergleichen. Die strahlend blau, grün, braune Kugel war eingebettet in eine hauchdünne bläulich schimmernde Lufthülle, die an der Grenze ins All zu flimmern schien. Die weißen Wolkenfetzen, die darin herumschwammen, gaben dem Planeten lebendige Ausdruckskraft, einzigartige Plastizität. Vor diesem Wunder der Natur zu schweben – weit genug weg, um es in seiner Gesamtheit zu sehen, aber doch so nahe daran, dass ich das Gefühl hatte es anfassen zu können – ich fühlte mich plötzlich klein und unbedeutend – was ich und jedes andere Lebewesen, in Anbetracht unserer Erde, zweifellos auch war. Gleichzeitig spürte ich eine innige Verbundenheit mit diesem kleinen Ball im

Universum der meine Heimat war, ist und immer sein wird, egal in welcher Zeit ich mich gerade befand – oder in welchem Außerirdischem. Dieses Privileg, die Erde vom Weltraum aus in Natura ansehen zu können, hatten bisher nur ganz wenige Menschen und es dauerte sicher einige Minuten, bis ich mich von diesem Anblick losreißen konnte.

Die Schwerelosigkeit war eigentlich nicht zu spüren. Ich schwebte nicht unkontrolliert dahin wie in den Filmen, ich konnte mich bewusst bewegen, in jede Richtung oder einfach still im leeren Raum dastehen, wenn man das so bezeichnen will. Das lag am Anzug, der einerseits für den gewohnten Druck und ausreichend Stabilität, andererseits für unbeschwerte Leichtigkeit sorgte. Nachdem ich ihn angezogen hatte, fühlte er sich eher plump, wie zu große Stiefel, an. Erst als Simara das Visier schloss, passte er sich an meinen Körper an wie eine zweite Haut. Das Steuern ging wie von selbst, hauptsächlich mittels Arm- und Handbewegungen. Rumpfbewegungen halfen bei engeren Kurven, die Beine musste man einfach aneinandergedrückt nachziehen. Wie wenn man sich mit so einer Fischschwanzflosse, die über die Beine gezogen wird unter Wasser bewegen will, aber ohne die Flosse als Antrieb zu benutzen. Am Helm innen sah ich alle wichtigen Daten und konnte sie auch bearbeiten, dazu musste ich nur starr hinblicken und oder mit den Fingern im Handschuh bestimmte Bewegungen ausführen. Ich gab den gewünschten Zielort ein, der fünfte Planet, Atlan und schon ging es mit Höchstgeschwindigkeit los. Als mir einfiel, dass ich ja gar nicht wusste wo der Amyne auf dem Planeten zu finden ist, wollte ich Simara kontaktieren.

Ein starrerer Blick auf das Kommunikationssymbol im Visier und ich konnte sprechen. »Simara!«

Keine Antwort.

»Simara! Bitte kommen.« Ich wusste nicht was ich sonst sagen sollte.

Keine Antwort, ich wollte es schon mit ›Hallo‹ versuchen, aber dann fiel mir mein Fehler ein.

»Sania!«

Fast sofort meldetet sie sich. »Ja Ayman, ich hatte es schon ein paar Mal versucht, jetzt weiß ich was der Fehler war.« Wir schmunzelten beide, das hörte man einfach.

»Ich würde für mein Navi hier den Weg zu eurem Amynen benötigen und natürlich die Codes damit ich durch das Sicherheitskraftfeld komme.«

»Ja das dachte ich mir schon, hier kommt alles.«

Auf meinem Display war die Änderung sofort sichtbar und auch der Zugang schien gesichert, wie ich an der von Rot auf nun grün gewechselte Linienfarbe, die den Kurs anzeigte, erkennen konnte. Simara war mittlerweile wieder allein in ihrem Quartier und ich berichtete ihr von dieser wunderbaren Art der Fortbewegung und dem unglaublichen Gefühl.

Ich war froh mit jemandem sprechen zu können, denn auch wenn es für mich Sciencefiction pur war, ich fühlte mich alleine und das war ich auch. Ein kleiner unbedeutender Mensch in den Weiten des Alls. Alles war finster und die Kleinen, wenn auch wunderschönen, Lichtpunkte waren doch tatsächlich Millionen Kilometer weit weg. Ein Versagen des Antriebs oder dergleichen und ich würde im nirgendwo dahinschwebe. So musste sich ein Wurm fühlen, der an einem Angelhaken mitten im Ozean hinuntergelassen wird – nein, der fühlt sich sicher noch schlimmer, schließlich bin ich hier kein Köder. Trotzdem sah ich, nachdem mir dieser Vergleich eingefallen war, einige Male vorsichtig in alle Richtungen. Es half das alles per Funk mit Simara teilen zu können und sie war ein bisschen neidisch es nicht selbst erleben zu dürfen.

Schließlich schüttelte ich die beängstigenden Gedanken ab und konzentrierte mich auf mein Ziel, dem ich mit unglaublicher Geschwindigkeit Superman gleich entgegenflog.

Atlan kam nun in Sichtweite und wir wunderten uns, warum er noch da war. Yanis hatte inzwischen mehr als genug Zeit das Asteroidenabwehrsystem zu überlasten und damit die Zerstörung des Planeten zu bewirken. Ich wurde langsamer und der Anzug flog den östlichen Horizont an, das Ziel lag im Sonnenaufgang auf der den Atlantenischen Stationen abgelegenen Seite. Im Überfliegen konnte ich, dank der Vergrößerungsfunktion im Helm, einige Bauten bewundern. Runde Anlagen die, wie Zielscheiben aufgebaut waren. Mein Landeanflug begann auf eine große Insel oder besser gesagt einen Kontinent. Er hatte mitten drinnen eine halbrunde Einbuchtung ähnlich einem Krater, sicher ein paar Kilometer im Durchmesser. Im Zentrum türmten sich lange antennenähnlich Stangen auf. In der Mitte stand die längste und kreis rum herum waren weitere Stäbe in vier Reihen, die immer kürzer wurden. Damit wurde die Planetenenergie gebündelt um Asteroiden und Meteoroiden, die dem Planeten gefährlich werden konnten, mit einem kraftvollen Energiestrahl zu zerstören. Die Anlage war zweifelsohne in Betrieb, dünne Blitze zuckten immer wieder zwischen diesen Metallstäben hin und her. Im Krater noch aber an der Seite stand eine kleine Station. Ein Häuschen mit grauen Wänden, nur zu den Antennen hin war die Wand in der Mitte durchsichtig, genauso wie das Dach. In kurzer Entfernung davor stand ein rundes atlantenisches Shuttle.

Ich durchdrang das kuppelförmige Energieschutzschild.

»Sania, ich bin jetzt drinnen. Ihr Shuttle ist noch da und die

Anlage scheint sich noch aufzuladen, wie kann ich das stoppen?«

»Sagtest du, das Shuttle ist noch da? Steht also auch im Abschusskrater?«

»Ja, wahrscheinlich sind die Beiden in der kleinen Hütte am Rand der Anlage.«

»Dann müssen sie noch dabei sein die Automatik einzustellen. Shuttles, die während der Energieentladung im Krater stehen, können danach länger nicht abheben.«

»Dann hole ich mir die Zwei jetzt!«

»Nein warte! Vielleicht sind sie inzwischen fertig. Zwischen den Abschuss-Stäben und der Überwachungsstation müsste eine Konsole sein, würfelförmig, etwa einen Meter. Zerstöre den zuerst. Sollte problemlos mit dem Kleinen im Anzug eingebauten Laser zu bewerkstelligt sein.«

Den Kasten hatte ich schnell gefunden und stand nun etwa hundert Meter davor. Jetzt suchte ich das Symbol für den Laser in meiner Helmanzeige und aktivierte ihn, ein weiterer intensiver Blick auf den Würfel und die Zielvorrichtung loggte sich ein, indem sie von Rot auf Grünblinkend wechselte. Das OK für den Abschuss gab ich, indem ich Zeigefinger und Daumen beider Hände zusammendrückte. Ein dünner kurzer Strahl schoss aus meiner Brustmitte und zerstörte ihn. »Jippie juche« schrie ich fast in den Kommunikator und bemerkte dabei, wie die unbemerkt aufgebaute Anspannung von mir wich. »Sania, sie ist zerstört!«

»Sehr gut«, antwortete sie, »damit können Yanis und Rhea die Aktivierung nicht mehr automatisch Fernauslösen. Wenn sie den Planeten immer noch zerstören wollen, müssen sie es schon manuell tun und dort in der kleinen Station bleiben.«

»Ha, soweit werden sie ja sicher nicht gehen wollen.« Gab ich, durch den Laserschuss noch immer aufgeputscht, zurück und wand mich dem kleinen Häuschen zu.

Es wurde nun in meinem Helm rot umrandet dargestellt.

»Sania, die Station wird jetzt durch ein eigenes Kraftfeld geschützt, ich brauche den Deaktivierungscode.«

»Sie wollen anscheinend immer noch nicht aufgeben.« Kam es gedämpft spöttisch aus dem Lautsprecher. »Hier kommt de...«

»Sania?!

»Sania! Wiederhole es bitte, hier ist nur noch ein Rauschen angekommen und auch kein Code.«

»...«

»Sania!«

Da kommt nichts mehr, dachte ich. Yanis muss einen Weg gefunden haben, die gekoppelte Kommunikation zwischen uns zu stören. Ich flog näher zu dem Häuschen und schaute mir auf dem Weg dahin das Shuttle an. Es war leer. Es sollten also tatsächlich beide in der Überwachungsstation sein. Das Kraftfeld verhinderte mein Reinkommen, auch ein Hineinsehen durch das durchsichtige Dach war nicht möglich.

Überlegend wie ich da jetzt anklopfen könnte, stand ich vor der Tür als sich Yanis über den Kommunikator meldete.

»Du wirst es nicht verhindern können Ayman.«

»Yanis, was soll das noch und was verhindern? Wenn du Atlan zerstören willst, muss du dich selbst opfern. Warum solltest du das tun wollen?

»Atlan zerstören?«, kam es verblüfft zurück. »Ich werde Arsean aus dem System pusten. Warum glaubst du wohl musste ich hier so lange ausharren, bis er aufgeht? Denkst du ich hätte nur auf dich als Zuseher gewartet?

11. Die Zerstörung

Total erstaunt musste ich erst rasch noch meine Gedanken ordnen und stützte mich dabei mit einer Hand an den Türrahmen, das Kraftfeld summte nur schwach, anstatt mich abzustoßen. Anscheinend läuft es auf minimaler Stufe da er die ganze Energie für den Amynen sammelt.

»Du willst Arsean, unseren Planetenstützpunkt zerstören?! Warum? Und die Energie aus dem Planetenkern, die dafür nötig wäre, würde den Amynen überlasten und auch Atlan zerstören.«

»Das sind doch nur Geschichten zur Abschreckung«, kam es über den Funk zurück, »basierend auf uralten Berechnungen, die beim Bau der Asteroiden-Amynen gemacht wurden. Fehlerhaft und beibehalten damit keiner auf die Idee kommt hier für klare Verhältnisse zu sorgen.«

»Wie kommst du nur auf sowas und was für klare Verhältnisse?« Ich konnte den Hass in seiner Stimme nicht begreifen.

»Du hast zwar die Relaisstation zerstört, aber die brauche ich gar nicht«, tönte es schadenfroh aus dem Lautsprecher. »Ich hatte gar nicht vor den Abschuss per Fernauslöser oder Automatik zu aktivieren und die Ziel-Koordinaten sind schon längst eingestellt – mitten in den Planeten. Arsean muss nur noch etwas höher über den Horizont steigen. Willst du den Countdown hören?«

»Das kann doch nicht wirklich dein Ernst sein Yanis! Das sind doch deine Leute da auf Arsean«, versuchte ich noch eindringlich an sein Gewissen zu appellieren und pumperte einige Male mit der Faust gegen die Tür. Was aber nur ein paar Kraftfeld-Summer zum Ergebnis hatte.

»Zehn!«

Ich konnte es nicht fassen. Er zieht das tatsächlich durch und will einen ganzen Planeten zerstören. Zwei genau genommen, auch wenn nur einer zu seinem Plan gehört. Von was für Berechnungsfehler hat er da geredet? Wie kommt er auf sowas? Für klare Verhältnisse sorgen? Das ergibt doch Krieg zwischen uns und den Atlantenen!

»Neun!«

Was konnte ich nur tun, ich musste da hinein und ihn daran hindern den Knopf zu drücken. Wie sollte ich durch das Kraftfeld kommen?! Verdammt Ayman zeig mir eine Möglichkeit auf, beschwor ich den Arseaner in mir. Es muss etwas geben! Es gibt immer Alternativen.

»Acht!«

Da schoss es wie ein Blitz durch meinen Kopf, die einzige Möglichkeit, ein verzweifelter Versuch, aber eine Chance. Ich drehte mich um, startete den Antrieb und richtete den Plasmastrahl auf die Tür. Dann drehte ich den Schub voll auf, während ich das Abheben mit nach vorne gerichteten Händen verhinderte, quasi Gas geben und bremsen gleichzeitig. So brachte ich die Maschine voll auf Touren – das wird ein Alien-Kavalierstart.

Mein Ziel war es das Kraftfeld, welches mich am Eindringen in die Überwachungsstation hinderte und nur auf minimaler Stärke lief, mit dem heißen Plasmagas zu schwächen, wenigstens kurze Zeit. Wenn ich dann loslasse und mit voller Kraft wegfliege, dank des Gravitationskraftfeldes sofort um hundertachtzig Grad die Richtung ändere, dann ist das Schutzschild des Anzuges hoffentlich stark genug, um das hoffentlich genug geschwächte Kraftfeld zu durchdringen und die Tür zu durchbrechen.

»Sieben!«

Zwei bedenkliche ›hoffentlich‹, aber ich sah keinen anderen Weg, wir sahen keinen anderen Weg. Ayman ist ja der Experte mit dem Anzug und ich machte mit oder führte es aus, keine Ahnung wer jetzt die Kontrolle hatte. Bin ich selbst tatsächlich so heroisch und riskierte für die mein Leben? Ich könnte doch zurückfliegen und mit Simara versuchen heimzukommen. Sollen die ihren blöden Konflikt selbst austragen. Oder mich mit Sania absetzten, müssen ja nicht auf gegnerischen Seiten kämpfen. Wobei – zurückfliegen, ohne den Anzug aufzuladen geht ja gar nicht. Das wusste ich schon beim Herfliegen – Simara zum Glück anscheinend nicht. Es bis Arsean riskieren oder ein Shuttle suchen, die Arseaner und die Atlantenen warnen. Das würde vielleicht sogar mehr bewirken. Aber die wissen sicher bereits von der drohenden Gefahr. Zeit ist dafür sowieso schon längst keine mehr. Davonlaufen war keine Option.

»Sechs!«

Wie viele Gedanken einem in den wenigen Sekunden durch den Kopf gehen können. Ich stellte mir gerade meine Seitenansicht vor. Vorgebeugt leicht in der Hocke, hinten der Gasausstoß, angestrengtes Gesicht. In einem Comic hätte ich vorher irgendwas mit viel Bohnen gegessen. Wenn Ayman meine Gedanken hören kann, hat er den Witz jetzt nicht verstanden, bei dem faden Essen hier. Ich musste aber trotzdem lachen.

»Fünf!«

Jetzt galt es. Auch wenn ich plötzlich an die vielen Fliegen an der Windschutzscheibe meines Autos denken musste als ich letztens in der Nacht auf der Autobahn heimfuhr. In einer Sekunde war ich vielleicht so eine zermatschte Fliege an dieser Tür. Ich ließ los, ein paar Meter dieser enormen Beschleunigung von dem Kraftfeld weg, um sofort zu drehen und versuchen durchzubrechen. Unweigerlich schloss ich meine Augen.

»Vier!«

Es krachte, ich überschlug mich ein paar Mal, alles war finster. Das lag natürlich an meinen geschlossenen Augen, die ich nun vorsichtig wieder öffnete. Ich war durchgebrochen und an der gegenüberliegenden Wand zu liegen gekommen. Wenn ich auch keine Verletzung spürte, aufstehen konnte ich dennoch nicht. Der Anzug dürfte kaputt sein, zumindest verklemmt denn ich konnte mich nur noch eingeschränkt bewegen. Mein Visier war zerbrochen und zwei der Flügel lagen am Boden herum. Yanis lag vor der Konsole mit der manuellen Steuerung, mein Eindringen muss ihn vom Stuhl gerissen haben. Von Rhea war nichts zu sehen.

»Drei!«

Der Countdown lief noch, aber zum Glück konnte er nun den manuellen Auslöser nicht mehr drücken. Die Zerstörung des Würfels vorher hatte doch sein gutes.

»Ayman du durchgeknallter Alnitaker. Hast du Maia-Blut in dir oder wieder irgendwo Haken und Öse versteckt?« Yanis fluchte und schlug mit den Händen auf den Boden.

»Zwei!«

Schimpfend kroch er in Richtung der Steuerung, sein Oberschenkel schien gebrochen und er verlor viel Blut. Mühsam, aber trotzdem sehr flink zog er sich am Stuhl hinauf. Ich konnte mich nicht bewegen, wie sollte ich ihn noch aufhalten?!

»Eins!«

Yanis rutschte ab und lag wieder am Boden.

»Aktivieren!«

Ich atmete auf. »Lass es gut sein, Yanis. Das Ziel ist vorbei.«

»Nein!« Er hechtete mit aller Kraft noch einmal hoch, zog sich an der Lehne empor. »Ich zeige es dir, euch allen, ich muss ja nicht das Zentrum treffen.«

Diesmal schaffte er es, er stand vor der Konsole auf seinem unverletzten Bein und hob den Arm extra hoch, um ihn auf den Auslöser niederfallen zu lassen. Dabei wollte er mir selbstzufrieden in die Augen sehen und drehte sich in meine Richtung. Nun begann er aber zu schwanken, der Blutverlust entfaltete seine Wirkung. Yanis stoppte sein triumphales Gehabe, fixierte sich auf die Konsole und konnte im Fallen noch mit der Hand auf den Knopf drücken.

Durch den transparenten Teil der Wand zu den Stäben hin konnte ich den Abschuss sehen. Ein sehr dicker Strahl schoss einige Sekunden lang aus der längsten Antenne empor in den Himmel ins All hinaus. Wie ein Blitz, aber deutlich geradliniger und begleitet von dünnen kleinen Strahlen, die bei den kleineren Antennen von einer zur andern hin und her hüpften. Man konnte seine Kraft selbst hier drinnen, einige Kilometer entfernt, spüren. Gebannt starrte ich nun auf den Bildschirm, der die Flugbahn anzeigte. Arsean, das Ziel, blinkte rot und der Strahl wurde als grüne Linie angezeigt, der sich dem rot blinkenden Punkt näherte. Als sich Linie und Punkt trafen stoppte die Linie, ein Zeichen für einen Treffer, allerdings blinkte der Punkt weiterhin, also nicht getroffen. Verdammt, dachte ich, was war nun geschehen?

Ich bemerkte meine Anspannung, jeder Muskel in meinem Körper war aktiv. Langsam ließ ich mich zurückfallen, wie morgens im Bett, wenn man sich räkelt und streckt, alles anspannt, um dann zu entspannen und einige Sekunden wohligen Bettkontakt herausschindet, bevor man aufstehen muss. Nun lag ich da, mehr oder weniger im Anzug feststeckend konnte ich nicht aufstehen, ich schaute lethargisch weiter auf den Monitor nicht wissend, ob mein Heldenmut irgendwas bewirkt hatte. Ich konnte nichts weiter tun.

»Weißt du Ayman, ich konnte dich früher gut leiden.« Yanis war wieder zu sich gekommen und raffte sich zur Konsolenwand hin auf, um halbsitzend besser auf seine blutende Wunde drücken zu können.

»Was hat sich geändert? Was ist nur aus dir geworden?«, fragte ich müde und fast schon desinteressiert.

»Geändert? Aus mir geworden?«, er sah mich erstaunt an und fuhr vorwurfsvoll fort, »Fragst du das im Ernst? Ausgerechnet du?«

Nun wurde ich wütend. »Ja ich frage das. Wir waren doch Freunde? Und dann höre ich wie du mich als verschlagen und skrupellos hinstellst und die Leute vor mir warnst! Wie du einerseits Beweise sicherst und andererseits so tust als wären keine da. Wie du manipulierst und Arseaner gegen Atlantenen aufhetzt und umgekehrt. Wie du, hier vor meinen eigenen Augen, Planeten zerstören willst – unseren eigenen Planeten! Und deine atlantenische Komplizin hilft dir dabei. Wie hast du sie dazu gebracht? Wo ist sie eigentlich?«

Er gab ein verächtliches »He« von sich, so einen kehligen Ton vereint mit einem Kopfheber und richtete sich noch etwas auf. »Ja, wir waren Freunde. Dann bist du in der Galaxy herumgereist, während ich mich für den Dienst als Wächter auf Terraqua entschied. Wir führten sogar noch regelmäßige Korrespondenz, aber als meine erste Dienstzeit zu Ende ging und ich mich wie ausgemacht deiner Einheit anschließen wollte war es vorbei – da kam nichts mehr, keine Nachricht, keine Antwort. Also blieb ich eine zweite Periode, ich hatte ja alle anderen Angebote abgelehnt. Die zweite zog sich schrecklich lange dahin, das lag sicher auch an der Enttäuschung über dich.«

Ich blickte ihn erstaunt an, am liebsten wäre ich aufgesprungen, aber ich konnte nur den Kopf empört heben. »In deiner letzten Nachricht stand, dass du kein Interesse mehr an meiner Einheit hättest und du lieber weiter als Wächter dienst. Danach habe ich nichts mehr von dir gehört. Du hast den Kontakt abgebrochen.«

»So ein Unsinn!«, warf er ein und er wäre auch gerne aufgesprungen, wenn es seine Verletzung zugelassen hätte.

»Na und wieso hast du dann noch einmal die Dienstzeit verlängert? Auf ein drittes Mal.«

»Habe ich nicht!«

»So hat man es mir in der Einsatzzentrale erzählt, als ich mich gegen Ende deines zweiten Turnus nach dir erkundigte.«

»Wie kommen die dazu?« Er richtet sich erbost weiter auf, sackte aber mit schmerzverzehrtem Gesicht gleich wieder zusammen und drückte fester auf seine Wunde. »Ich konnte das Ende gar nicht mehr erwarten und ließ sie schon lange vorher wissen, dass ich jeden anderen Einsatz gerne annehmen werde. Als es dann so weit war, wurde mir mitgeteilt, dass ich gezwungenermaßen noch eine weiter Periode übernehmen müsste, sie hätten sonst keinen.«

»Ich weiß nicht was da geschehen ist«, antwortete ich nun ruhig, »aber ich hatte damit nichts zu tun. Der Grund für meine Nachfrage war ja dich zu fragen, ob du nun nicht doch wieder Interesse an meiner Einheit hättest.«

Er blickte skeptisch rüber, doch anscheinend glaubte er mir jetzt. Er sagte nichts mehr, begutachtete seine Verletzung und drückte weiter drauf.

»Wieso wolltest du diesen Konflikt auslösen? Was bringt dir das? Einfach als Rache, weil sie dich hier nicht mehr wegließen?« Ich verstand jetzt, warum er sich mir gegenüber so benahm, und hatte Verständnis in der Stimme, aber zum Planetenkiller und Kriegstreiber wird man doch nicht wegen ungerechter Behandlung.

Er lehnte sich mit dem Kopf zurück an die Wand und schloss die Augen. »Es war am Anfang meiner dritten Dienstzeit. Ich wollte schon meine Kündigung einreichen. Meine erhoffte Kariere und Träume aufgeben, alles wofür ich die lange Ausbildungszeit in Kauf genommen hatte. Da kamen wir uns näher. Ich und meine ›atlantenische Komplizin‹, wie du sie nanntest. Wir kannten uns zwar schon länger, fast von Anfang an hier, aber plötzlich funkte es und die Zeit verging nicht mehr so quälend langsam. Wir sahen uns so oft wir konnten, aber manchmal durfte sie monatelang nicht weg, um sich mit mir zu treffen, einige Male vergingen sogar Jahre. Sie sagte, es wird missbilligt, dass sie sich mit einem Arseaner abgäbe und sie deshalb diese langwierigen Aufgaben erhalten würde. Diese Sania ist eine echte Hexe.« Er öffnete die Augen, drehte den Kopf schnell in meine Richtung und schaute mich neugierig an. »Wie kommt es, dass du dich mit der so gut verstehst? Ich dachte die wird dich in der Luft zerreißen.« Er lehnte sich wieder zurück. »Na, ist jetzt auch schon egal«, fuhr er fort, »jede gemeinsam verbrachte freie Minute machte mich glücklich und weniger einsam, aber die Schikanen unserer Beziehung wegen wurden immer mehr. Sania war mit ihr zwar innig verbunden, wie mit all ihren Assistentinnen, aber tatsächlich tat sie alles nur Mögliche, um uns zu trennen. Nur wegschicken konnte sie ›meine Komplizin‹ nicht, wegen dem Einfluss ihrer Familie und da sie extra um diesen Posten, die Forschung hier, gebeten hatte. Also begannen wir unseren Plan zu spinnen und fingen mit den Sabotagen an und streuten Gerüchte. Wenn Sania erst einmal wegen ihrer Unfähigkeit abgezogen worden wäre und die

Leitung übergeben müsste, könnten wir hier in Frieden leben und uns regelmäßig sehen. Ich hätte noch öfter verlängert, aber freiwillig.« Yanis machte eine Pause und lächelte zufrieden bei diesem Gedanken. »Dann dieser Anschlag der auch dich auf den Plan gerufen hat. Ich weiß nicht wer das war oder warum, aber du hast dadurch unser Vorhaben aufgedeckt. Und du bist so rasch auf mich gekommen. Keine Streitereien mit den Atlantenen, keine gegenseitigen Schuldzuweisungen, kein weiteres Misstrauen, du hast dich einfach mit der Hexe verständigt, sie hat dir alles geglaubt und du ihr.« Er sah wieder fragend rüber. »Dir ist schon immer alles gelungen, aber ›Das‹?« Er schüttelte verhalten und ungläubig den Kopf. «Daher mussten wir uns für endgültigere Maßnahmen entscheiden. Sie hatte in alten Berichten gelesen, dass die ersten Berechnungen bezüglich der Amynen falsch waren. Also entschieden wir uns für die Zerstörung Arseans. Das wird die Machtverhältnisse zugunsten der Atlantenen verschieben und auch wenn sie offiziell die Tat verurteilen werden, den Vorteil lassen sie sicher nicht ungenützt. Zumal ihn kein Atlantene ausgeführt hat und, da von den falschen Berechnungen keiner weiß, alle annehmen werden die Zerstörung Atlans wäre auch Ziel des Plans gewesen. Schlussendlich wird das Bündnis brechen, wir aus dem System fliegen, was meine Vergeltung für die ungerechte Behandlung vonseiten meiner eigenen Leute ist und die Atlantenen werden die Vorherrschaft übernehmen. Dank dem familiären Einfluss meiner Geliebten werde ich hier weiter mit ihr leben können. Ende gut alles gut. Selbst unsere Leute auf Arsean, auch wenn es gerade jetzt wegen des bevorstehenden Treffens mehr als sonst sind, können sich sicherlich noch alle rechtzeitig in Sicherheit bringen. Bis es den Planeten zerreißt dauert es etwas.« Er lächelte jetzt zwar, aber man merkte, dass ihn der Blutverlust schwer mitnahm und er immer schwächer wurde.

Ich hörte die ganze Zeit schweigend zu. Wegen Sania konnte ich ihm sowieso nichts sagen. Mit einem Male fing die Erde an zu beben, ich dachte mir vorher schon ich hätte leichtes Rumpeln wahrgenommen, dieses nun war aber nicht mehr zu leugnen. Es war eindeutig ein Vorbote der nahenden Zerstörung des Planeten, genauso wie es immer schon beschrieben wurde.

Als es wieder aufhörte, blickte ich in sein überraschtes Gesicht, welches der Ohnmacht nahe schien. »Da hat sich deine Freundin aber anscheinend ›geirrt‹ was die alten Berechnungen angeht.« Das klang jetzt kindisch, direkt schadenfroh, dabei saß ich ja auch hier fest.

Sein erschrockenes Gesicht, weil die Beben nun doch die Zerstörung Atlans ankündigten und sein Hass auf Sania die angeblich seine Beziehung mit Reha sabotieren wollte. Dabei wusste Simara noch nicht einmal etwas von einer Liebschaft zwischen den Beiden, das hätte sie sonst sicher erwähnt. Also wieso hat Rhea ihm was vorgespielt, ihn angelogen und getäuscht. Sie musste der Drahtzieher hinter all dem sein und hat Yanis bewusst verführt, um ihn zu benutzen. Aber wozu? Ihr war doch sicher klar, dass ihr eigener Stützpunkt auch zerstört werden würde. Wie hätte sie ihm das danach erklären wollen? Hatte sie am Ende gar damit gerechnet, dass er hier nicht mehr wegkämmte? ›Sie‹ ist ja nicht da. Wegen einer Partnerschaft zwischen den Beiden kann es nicht gewesen sein, die hätten sie ja ungestört führen können. Wollte sie Sanias Position einnehmen? Da hätte es doch sicher andere, leichtere, Wege gegeben, ohne gleich zwei Planeten zu zerstören.

Ein weiteres noch längeres Beben schüttelte uns durch. »Tut mir leid Yanis, aber du bist getäuscht worden, Rhea hat dich manipuliert und benutzt.«

»Rhea«, sagte er und blickte mich mit großen fragenden Augen an als wir ein Krachen hörten und ich durch das Fenster sah wie unter Lavabegleitung die Stäbe der Abschussvorrichtung wegflogen. »Rhea, aber …«, wiederholte er sich, bevor er bewusstlos wegsackte. In seinen Augen schien sich mir ein fragendes ungläubiges Chaos abzuspielen. Scheinbar war ihm das ganze Ausmaß der Täuschung noch bewusst geworden.

Ich schaute wieder durchs Fenster. Es floss immer mehr Lava durch die Bruchstelle und auch wenn sie noch kilometerweit weg war, das würde sicher nicht aufhören und langsam, aber sicher den Krater füllen – und ich lag bewegungsunfähig in diesem Krater. Eine Weile sah ich zu wie der rotglühende See immer größer wurde, eigentlich wunderschön, aber tödlich. Hier würde ich nun sterben, dachte ich und hoffte der Planet würde explodieren, bevor die Lava mich erreichte. Das wäre sicher angenehmer und vor allem schneller, als zu warten, bis sich dieser heiße Sud aus geschmolzenen Steinen langsam kriechend, aber unaufhaltsam, an mich herangeschlichen hat.

In einem kurzen Anfall von Panik fing ich an wie wild im Anzug zu rütteln und zu stoßen, da musste sich doch irgendwas rühren, irgendwas bewegen. Doch nichts rührte sich, nichts bewegte sich. Die Beine waren so verklemmt, damit konnte ich gar nichts machen. Mit einem Arm konnte ich ein paar Zentimeter hin und her winken, auf dem anderen lag ich halb darauf – hoffnungslos. Ich beruhigte mich wieder. Vielleicht kam ja doch noch einer der hier stationierten Atlantenen vorbei, aber die waren auf der anderen Seite des Planeten und sicher mehr damit beschäftigt alle rechtzeitig zu evakuieren. Die dachten sicher nicht jemand würde so blöd sein und von hier aus auf den Auslöser drücken, wenn die Shuttles danach nicht mehr abheben können.

Ein Knistern und Rauschen ertönten in meinem Anzug, das Rütteln musste den Funk wieder aktiviert haben. Yanis Funkstörung ist sicherlich schon beim Durchbrechen des Kraftfeldes ausgefallen. »Ayman, hörst du mich, bitte antworte doch.«

Das war Simara, sie musste es die ganze Zeit weiter versucht haben. »Sima... – Sania, hier Ayman, schön dich wieder zu hören.«

»Endlich, ich war schon so in Sorge. Was ist geschehen?« Die Erleichterung war ihr deutlich anzuhören.

»Sag du es mir. Ich konnte den Abschuss nur verzögern. Das für den Treffer vorgesehene Planetenzentrum wurde doch hoffentlich verfehlt. Die Daten, die ich hier sehe, sind widersprüchlich. Wurde Arsean zerstört?

»Nein, zerstört nicht, aber der Energiestrahl hat ihn noch gestreift, wodurch er einen Teil seiner Atmosphäre verlor. Schlimmer ist aber, da der Strahl ihn entgegen seiner Drehung erwischte und sich seine Rotation dadurch verlangsamt, wird sich wahrscheinlich die Corioliskraft so weit verringern, dass der Planetenkern zu weit abkühlt um noch ein ausreichend schützendes Magnetfeld zu generieren. Ein Großteil seiner noch verbleibenden Atmosphäre wird nach und nach in den Weltraum entschwinden und ihn unbewohnbar machen. Das gute aber ist, dort wo Arsean seinen Streifschuss abbekommen hat, befand sich niemand und es bleibt noch genügend Zeit, um zu evakuieren, bevor ihnen die Luft ausgeht.« Dann fügte sie noch sarkastisch hinzu. »Zerstörung verhindert – Patient tot. Übrigbleiben wird eine hässliche Narbe, die noch lange sichtbar die Oberfläche ziert.«

»Na gut«, antwortete ich, »manche finden Narben ja interessant.« Noch während ich es aussprach, fand ich die Antwort dämlich, aber mir schossen Bilder von dieser langen Furche auf der Planetenoberfläche durch den Kopf die ich schon oft auf Fotos gesehen hatte. Ich fragte mich immer, wie es wohl dazu gekommen war – nun wusste ich es, ich war sogar daran beteiligt. Wenigstens wurde wegen meiner Verschiebung des Treffpunktes keiner verletzt oder gar getötet. Yanis schien trotz seines Hasses niemanden körperlich schaden zu wollen. Daher gehe ich davon aus, dass sich das ursprüngliche Ziel auch nicht in bewohntem Gebiet befunden hatte.

»Wie geht es dir? Alles OK?«, fragte sie besorgt.

»Ja, alles gut. Ich liege hier bequem und habe eine großartige Aussicht auf einen sich bildenden See.« Das der See rot und aus Lava war verschwieg ich. »Atlan wird in die Luft fliegen, das wisst ihr doch sicher inzwischen? Es wäre schön, wenn du jemanden schicken könntest, der mich hier rausholt, solange noch Zeit bleibt. Ich stecke nämlich in meinem kaputten Anzug fest.«

»Was du kannst nicht selbst fort?«, kam es panisch zurück.

»Alle sind inzwischen abgeflogen. Ich werde sofort jemanden schicken, dürfte keine Viertelstunde dauern.«

Ich schätzte die Entfernung zum näherkommenden See. »Lass es gut sein, soviel Zeit habe ich nicht mehr. Der wunderschöne See, der sich hier bildet, ist leider aus Lava und kommt langsam, aber sicher auf mich zu. Er wird mich vorher erreichen und daher hoffe ich, hier geht bald alles hoch. Keinesfalls möchte ich jemanden in Gefahr bringen der sowieso nur noch meine – na eigentlich nichts mehr von mir bergen kann.«

Nun schrie sie ins Funkgerät. »Was! Lava! Du musst da wegkommen. Streng dich an oder soll das wieder ein nervöser Scherz sein? Ich finde das nicht lustig verdammt nochmal! Wir haben noch was vor …«

Schön zu hören wie besorgt sie um mich war, aber auch traurig, wir hatten uns gerade erst gefunden. Seelenverwandt, da war ich mir sicher, dass hätte endlich die Eine, die Richtige für mich sein können. Seelenverwandt, wenn die Bedeutung dieses Wortes, die ist die ich glaube, werden wir uns wieder begegnen. Gerade diese Geschichte bewies es doch, so etwas gibt es! Wir werden uns wieder begegnen und dann hoffentlich mehr Zeit füreinander haben.

Simara redete noch, ich lauschte aber nur noch dem Klang ihrer Stimme. Hatte ich noch ›mach´s gut, wir begegnen uns wieder‹ zu ihr gesagt? Keine Ahnung denn aus dem Augenwinkel nahm ich einen grellen Blitz wahr, dem lauter Donner folgte. Der ganze Krater war aufgebrochen, Meerwasser flutete herein und lieferte sich einen regelrechten Kampf mit der Lava. Lautes Zischen und Brodeln war bis zu mir zu hören. Riesige Dampfsäulen stiegen empor. Mit einem Male drückte es mich sehr stark zu Boden. Ich lag zwar bereits, aber dieser unheimliche Druck presste mich nach unten, genauso wie wenn man im Flugzeug beim Start in den Sitz gedrückt wurde, nur viel stärker. Mein Gesicht verzog sich wie man es bei Fallschirmspringern immer sehen konnte, oder bei Astronauten, wenn sie in dieser Zentrifuge im Kreis geschleudert wurden. Der Kontinent zerbrach wie ein Kartoffelchip, auf den man mit einem Finger drückte und ich lag auf der Seite von dem Bruchstück, das in die Höhe ging. Eintausend, zweitausend, dreitausend Meter, in ein paar Sekunden. Dieser

Beschleunigung ist ohne Schutzanzug kein menschlicher und auch kein arseanischer Körper gewachsen. Besser als die Lava, dachte ich noch und wieder wurde alles um mich herum schwarz.

12. Alleine

Ich stand auf meinen Beinen, fühlte mit meiner rechten Hand Stein. Vorsichtig öffnete ich die Augen. Vor mir konnte ich die Halle des Convenitors und den unbehauenen Ponce sehen sowie fröhlich lachende und singende Einheimische hören.

Sofort schaute ich nach links. Da stand Simara, aber ich konnte sie nicht fühlen, sie war noch immer hologrammartig durchsichtig, meine linke Hand hielt nur Licht und ging beim festeren Zupacken ins Leere. Ungläubig machte ich ein paar wackelige Schritte, blieb stehen, betrachtete ihren durchscheinenden leicht flackernden Körper, dann meine eigenen, festen undurchsichtigen Hände, den Durchgang und die singenden Leute draußen. Ich war wieder ich. Aymans Tod hatte mich zurück in meinen eigenen Körper entlassen, allerdings noch immer in der Vergangenheit. In unsere Zeit kamen wir sicher nur gemeinsam, aber wenigstens wusste ich jetzt, dass ein Zurück in den eigenen Körper möglich ist – hoffentlich auch ohne den Tod des Wirtskörpers. Ein kurzes Aufstoßen entkam mir, die Empanada wurde noch verdaut. Das bewies, meinem Körper war in dieser Stase nichts geschehen, wurde in der Zeit eingefroren. Wer weiß, wie lange ich da schadlos hätte stehen könnten, ewig vielleicht sogar. Das wollte ich aber sicher nicht herausfinden. Ich musste mich sofort auf die Suche nach Simara machen, sie glaubt sicher ich bin auch tot. Wir werden einen Weg finden, um sie in Ihren Körper zurück und uns in unsere Zeit zu bringen.

Schnellen Schrittes wollte ich den Durchgang verlassen, um zur AQA-Pyramide nebenan zu gehen. Zu schnell für eine weiche Begegnung mit dem Kraftfeld, ich ging rückwärts zu Boden. Hart angeschlagen starrte ich überrascht in die Luft. Wieso konnte ich nicht hinaus? Die Theorie mit den zwei sich abstoßenden Polen war wohl falsch, war doch nur noch ich da, kein Ayman, kein anderer Körper. Ob Ayman doch noch lebte? Nein, das konnte keiner überlebt haben. Ratlos blickte ich umher, die Einheimischen in der Halle hatten nichts mitbekommen, einer kam jetzt sogar herein und ging an mir vorbei. Ich war noch immer unsichtbar und hier drinnen gefangen. Vielleicht war es jetzt Simara die mich hier festhielt oder wir können diesen geschützten Ort, diese Blase, in dieser Zeit so oder so nicht verlassen. Wie konnte ich nur mit ihr Kontakt aufnehmen? Sie wissen lassen, dass es mir gut geht.

An die Wand gelehnt stellte ich mich kurz vor das Kraftfeld und musterte die Halle, ob ich vielleicht irgendjemanden erblicken konnte, der mir irgendwie weiterhelfen könnte – am besten gleich Simara selbst. Sie würde doch früher oder später wieder hierherkommen. Unbewusst tippte und strich ich dabei spielend an meiner unsichtbaren Zellenwand herum. Es knisterte bei jeder Berührung. Ob ich damit Morsezeichen abgeben könnte, wenn einer in Hörweite käme? Aber woher sollten die Leute hier einen Code kennen denn es noch nicht einmal zweihundert Jahre gibt oder besser gesagt in ich weiß nicht wie vielen hunderten oder tausenden Jahren geben wird. Außer SOS konnte ich zudem auch gar nichts morsen, aber wissen wollte ich es trotzdem. Damit könnte ich wenigstens auf mich aufmerksam machen, eine Verständigung würde sich dann schon ergeben. Als der nächste Indio vorbeiging tippte ich unregelmäßig und wie ich zugeben muss, wegen meiner Aufgeregtheit, auch ziemlich hektisch, gegen das Feld. Es hörte sich für mich echt gut an, wie die eindringlichen Signale in den alten Spionagefilmen. Nur nicht als piepsen, sondern wie rauschende Krächzer aus einer stillgelegten Telefonleitung, die der Held für den Hilferuf im

Geheimen improvisiert hatte. Aber der Mann zuckte nicht, schaute nicht, bemerkte nichts. Wenn er nicht taub war, konnte ich diese Idee verwerfen. Enttäuscht streifte ich im Wegdrehen in großem Bogen über das Kraftfeld und ging frustriert ein paar Mal auf und ab.

Mit einem Male hörten die Singerei und der gesellige Trubel auf, irgendwas war geschehen. Die Einheimischen fingen an den Platz zu räumen. Ein paar gingen durch meinen Durchgang und einer sogar durch mich hindurch. Ich schien hier drinnen, obwohl in meinem Körper, noch immer nicht richtig in dieser Zeit angekommen zu sein. Ist diese Kraftfeldblase doch in einer anderen Wirklichkeit, zwischen den Dimensionen oder was auch immer es da gab? Konnte ich deshalb nicht hinaus? Aber was war geschehen? Warum gingen alle?

Den enttäuschten und ängstlichen Gesichtern und aufgeschnappten Gesprächsfetzen zufolge, wurde das Treffen abgesagt. Von Streit zwischen den Göttern war die Rede, der Zerstörung von Welten. Ja, in der Zerstörung war ich mitten drinnen und hatte richtig Angst. Was mussten sich die Indios hier jetzt fürchten. Gerade sangen sie noch fröhlich und freuten sich auf das seltene Göttertreffen. Eine Zusammenkunft, die sie nur von Erzählungen ihren Ahnen her kannten, Geschichten, die von Generation zu Generation weitergegeben wurden. Die Freude, dass so eines während ihrer eigenen kurzen Zeit auf Erden stattfand und sie es anschließend ihren Kindern und Kindeskindern erzählen könnten. Und jetzt, Angst vor der drohenden Apokalypse.

Ein paar Minuten nur und in der Halle herrschte Stille, keiner mehr da. Egal an welchem Ende des Durchgangs ich hinaus blickte, alles wie ausgestorben. Hatte sich der Konflikt jetzt endgültig zugespitzt, war er eskaliert und verließen alle diesen Ort? Die gespenstische Ruhe erinnerte mich an die Einsamkeit in den Weiten des Weltalls beim Flug nach Atlan, dabei war es mir damals wenigstens noch möglich mich mit Simara zu unterhalten. Hier sah mich keiner, mich hörte keiner und jetzt waren auch noch alle weg deren bloße Anwesenheit mir wenigstens etwas anderes vorgaukelte. Alleine konnte ich hier nie rauskommen. Die Einzige, die mir helfen, die mich hier wahrscheinlich wahrnehmen könnte, war Simara, und die hielt mich für tot. Verzweifelt hockte ich mich an die Wand gelehnt zu Boden, verschränkte die Arme und ließ den Kopf hängen.

Als die Stille sich in ein unangenehm lautes Rauschen in den Ohren verwandelte, hob ich den Kopf wieder, lehnte ihn zurück an die Steinwand und ließ meinen Blick herumschweifen. Ein Stock mit eingekerbten Verzierungen lag auf der anderen Seite am Boden nicht ganz einen Meter lang. Den hat sicher einer der Einheimischen hier liegen lassen. Mein Rucksack lag da, wo ich in Stase stand, musste ich wohl unbewusst abgestreift haben als ich hier wiedererwachte. Mir fielen meine Energieriegel ein und wann gäbe es wohl einen besseren Augenblick für Schokolade. Nicht das es je einen falschen geben könnte. Ich stand wieder auf, schnappte mir meine ›Männerhandtasche‹ und kramte darin, die Riegel suchend, herum, während ich zu der dem versunkenen Hof naheliegenden Kraftfeldseite ging. Dort ließ ich mich nieder und widmete mich meiner Nervennahrung. Zwischendurch klopfte ich das Feld pseudomorsend ab und betrachtete den von den Einheimischen erbauten Hof und die Landschaft.

Als ich einen Schluck aus meiner Wasserflasche nahm hielt ich kurz erschrocken inne. Meine Verdauung funktionierte wieder, das bedeutete, bei mir lief jetzt alles wieder normal ab, keine schützende Stase mehr. Ich suchte alles

Essbare raus. Eine Empanada und fünf Energieriegel sowie meine Wasserflasche in der noch etwa ein halber Liter war. Stark rationiert kam ich mit dem Essen sicher drei Wochen, wenn nicht sogar länger aus. Aber mit dem bisschen Wasser, war ich in einer Woche verdurstet. Tief Luft holend blickte ich hinaus, nach oben in die Wolken. Aymans letzten Weg war ich mitgegangen, das ging zum Glück schnell und all das nur damit ich nach einem schwachen Hoffnungsschimmer nun hier langsam verrecken darf?!

Ich sah rüber zu Simaras Lichtgestalt, stellte mir vor, wie es für sie sein würde. Jetzt war sie noch sicher, aber irgendwann, spätestens wenn Sania stirbt, wird sie hier so wie ich aufwachen und meine Überreste finden. Vielleicht kommt sie dann aber auch direkt zurück, ich bin ja nicht mehr in Ayman. Wenn nicht wird sie hoffentlich für die Rückreise keinen benötigen der auf der anderen Seite den Stein berührt. Ob das auch mit meinen Knochen funktioniert? Mein Oberschenkelknochen sollte als Verlängerung ausreichen damit sie die andere Wand auch erreichen kann. Wird es dann überhaupt noch Knochen von mir geben, so alt wie die alle werden? Ich betrachtete das letzte Viertel des Riegels, den ich gerade aß. Sollte ich den aufheben, mit dem Rationieren beginnen? Kurz überlegte ich und steckte dann das Ganze, eindeutig viel zu große Stück, in den Mund. Was solls? Ich werde eh verdursten.

Mühsam kaute ich dahin. Mein Mund quoll über und etwas Schokosaft rann aus meinem Mundwinkel. Unwillkürlich musste ich lächeln. Irgendwie schaffe ich es wieder, ganz sicher. Was ich brauche ist in erster Linie Wasser und es regnet hier ja immer wieder. Vielleicht rinnt wieder so viel herein wie nach unserer Flucht vor dem Wolkenbruch. Der hat uns eigentlich erst in diese Lage gebracht. Um das dann am Boden fließende Regenwasser zu sammeln und in meine Flasche zu bringen kann ich doch die leere Riegelfolie verwenden, als Schöpfer sozusagen. Ich schaute die leere Folie in meiner Hand genau an. Silbern glänzend, aus Aluminium oder sowas ähnlichem, an einer Seite aufgerissen, das aufgerissen Stück hing noch daran. Dann blickte ich am Boden entlang in Richtung der anderen Seite, von wo aus, das Wasser bei Regen hoffentlich wieder hereinfließen würde und suchte den Steinboden nach einer Vertiefung, einer Rille, ab die gut geeignet dafür wäre mit der Folie zu schöpfen. Als ich weiter schaute und noch weiter bemerkte ich es. Diese Seite des Durchgangs war jetzt überdacht, da wird es nicht regnen. Auf der anderen Seite gehen die Stufen hinunter. Von da kommt ganz sicher nichts.

»Verdammt«, sagte ich zu mir, schloss die Augen und ließ den Kopf zurückfallen, der ziemlich hart an die Wand krachte. Ich legte die Folie auf mein Knie und strich mit den Händen über meinen Hinterkopf, um zu ertasten, ob sich bereits eine Beule bilden würde. Meine Augen fixierten dabei das Stück Alu und ich überlegte, wofür ich es noch nutzen könnte. Spontan blies ich in die Öffnung und die leere Verpackung flog empor, drehte dank des leichten Durchzuges ein paar Runden und Schwups, entschwand sie, begleitet von einem Knistern, durch das Kraftfeld nach draußen. Mit einem Satz war ich aufgesprungen und beobachtet sie weiter. Die Folie tanzte im Wind, flog hin und her bis sie aus meinem Sichtfeld verschwunden war. Meine Gedanken überschlugen sich. Dieses Material kam durch das Feld, obwohl es von mir, aus meiner Zeit stammte. Ich hatte das vorher schon mit meinem Rucksack, meinem Fuß, beziehungsweise dem Schuh daran, versucht, um nach draußen Kontakt aufzunehmen. Nichts ging durch.

Wie konnte ich diese neue Erkenntnis für mich nutzen? Irgendwie musste es etwas geben, auch wenn meine Gedanken kurz abwichen und ich daran dachte, dass dies sicher die erste Umweltverschmutzung der Menschheit gewesen war. Ein Stück Wohlstandsmüll der industrialisierten Wegwerfgesellschaft. Eine achtlos entsorgte Verpackung, die die Landschaft verschandelt und ewig zum Verrotten benötigen würde. Hier mit mir nahm es seinen Anfang. War ich beschämt oder wollte ich einen Eintrag in die Geschichtsbücher. Ich schüttelte diese Gedanken ab und besann mich auf meine durchaus ernsten Probleme. Die Folie ging durch, wie konnte mir das helfen. Ob ich eine leere Riegelverpackung mithilfe des Stockes weit genug nach draußen hängen könnte, um damit bei Regen Wasser zu fangen. Das Kraftfeld ging leider nicht bis zum Ende des Ganges, es hörte vorher auf. Ich ging zu dem Stock und nahm ihn in die Hand. Das ich ihn überhaupt anfassen konnte beruhigte mich, schließlich war er von hier und innerhalb des Feldes schien es eigene Spielregeln zu geben. Wenn ich tatsächlich Kontakt mit außerhalb aufnehmen könnte, wäre auch an eine Versorgung mit Sachen von dort zu denken. Die Menschen gingen schließlich einfach durch mich durch, also konnten sie mir nicht helfen, aber wenn sie es hier drinnen liegenlassen, wie den Stock, half es mir. Mit dem Stecken in der Hand ging ich zurück und versuchte damit das Kraftfeld zu durchdringen. Nichts, ich stieß an, kein Durchkommen, wohl weil ich ihn jetzt berührte.

Na, was soll's, war sowieso eine blöde Idee. Schließlich müsste es schon richtig Schütten damit die kleine Öffnung der Folie genug Wasser aufsammeln könnte. Ich könnte zwei Finger reinstecken und damit nach draußen winken. Geht das überhaupt, wenn ich sie berühre? Der Versuch mit einem neuen Riegel funktionierte. In meiner Hand haltend konnte ich ihn durch das Kraftfeld schieben. Ich könnte ihn rauswerfen, auf jemanden der vorbeiginge, aber was dann und wozu, wenn mich von denen keiner sehen kann. Gottgläubig wie die sind, würden sie sicher nur laut schreiend davonlaufen. Wäre schade um die Schokolade. Die Folie aufmachen und um den Kopf wickeln damit ich mit einem reden kann? Der würde sich noch mehr erschrecken, ich könnte so auch nicht sprechen und wie sollte sie an meinem Kopf halten. Lauter dumme Ideen.

Da war doch die Geschichte einer Stadtgründung die ich als Kind mal gelesen hatte. Der Type wollte nur so viel Land wie in ein Stierfell hineinpasst, oder war es eine Kuhhaut, ist auch egal. Die Haut wurde dann in dünne Streifen geschnitten und konnte das Land für eine ganze Stadt umspannen. Wenn ich also die Folie in dünne Streifen schneide, sodass ein langes Band entsteht und es mir dann um den Kopf wickle. So sollte ich auch damit sprechen können. Aber dazu müsste die Folie auch als faradayscher Käfig wirken. Was wenn es nur im Ganzen funktionierte? Eine Verpackung müsste ich für den Versuch opfern. Den Riegel verwahrte ich in einem leeren kleinen Plastiksackerl welches ich auch immer im Rucksack mitführte, ein bisschen musste ich schon ans Rationieren denken. Mithilfe der Schere von meinem Schweizer Taschenmesser begann ich die Folie in einen möglichst dünnen Streifen zu schneiden. Den würde ich mir dann um die Hand wickeln und versuchen durch die Barriere zu langen.

Die Folien-Schnur, die ich mit zirka fünf Millimeter breit geschnittenen Streifen zusammenbrachte, wurde über einen Meter lang. Sogleich wickelte ich sie um meine linke Hand und es ging sich gut bis zum Handgelenk aus. Ich streckte sie zum Kraftfeld aus, aber die Fingerspitzen, die natürlich hervorstanden, gingen nicht durch. Auch wenn ich die Finger so abbog, dass erst die Folie damit in Berührung kam, führte nicht zum Erfolg. Es knisterte zwar in einem anderen Ton, die Finger gingen aber nicht durch, geschweige denn die Hand. Enger gewickelt, ein paar ums Kreuz gewickelt, um die Faust gewickelt, nichts half. Ich konnte das Band an einem Ende haltend durch das Kraftfeld wehen lassen, hin und herziehen, was lustige Geräusche verursachte, aber das war es auch schon. Frustriert hockte ich mich wieder hin und spielte mit dem Band herum. Ein paar Wicklungen, ein paar Schleifen, eine Henkerschlinge.

Der Stock kam mir wieder in den Sinn. Der hatte so in etwa denselben Durchmesser wie die Folien. Wenn ich die Riegel-Verpackung an beiden Enden öffne und über den Stab ziehe, hätte ich sicher über einen halben Meter, mit dem ich nach draußen winken konnte oder auch auf den Boden klopfen, außerhalb würde das sicher gehört werden – hoffte ich jedenfalls. Ich entnahm alle Riegel und überzog das Holz mit den Verpackungen. Auf diese Art hatte ich vor Jahren schon einmal ein kurzes Stück undichten Schlauch der Wasserkühlung eines Autos geflickt. Das war damals aber eine stärkere Verpackung von so einem Wurstsnack und ich hatte Klebeband, um die Folie zu fixieren. Nun nahm ich das Band dafür, es sollte dieses Mal die Verpackung ja nur am Platz halten. Eine Folie ließ ich an einem Ende zu, das war das Endstück, von da an abwärts wickelte ich die Folienschnur rundherum. Sie war nicht besonders stark und ich hatte Angst, dass sie reißt, aber ich konnte damit ein Verrutschen der einzelnen Stücke verhindern. Auch weil ich mithilfe der Schere kleine Löcher reinschnitt und das Band da durchflocht – quasi vernähte. Ein Versuch die Sperre damit zu durchdringen, glückte auch, also musste ich nur noch warten, bis jemand käme.

Mit dem Stecken in der Hand stand ich nun da und lauschte konzentriert der Stille, als es mir ganz laut entfuhr: »Karthago«.

Genau, so hieß die Stadt aus der Geschichte mit dem Kuhfell-Band. Selbst überrascht von meinem Aufschrei schaute ich mich mit hochgezogenen Schultern um, ob es wohl jemand gehört hatte, schließlich vernahm ich sogar einen Widerhall in meinem Durchgang. Aber da war niemand, ich war nach wie vor ganz alleine.

13. Die Intrige

Ich saß im Schneidersitz direkt vor dem Kraftfeld in der Mitte des Durchgangs und schaute in die Landschaft. Den Stab wie einen Speer aufgestellt haltend, dachte ich an meine Kindheit und wie wir damals Cowboy und Indianer spielten. Als ich Schritte hörte, die sich näherten, stand ich auf.

Neugierig legte ich meinen Kopf an das Kraftfeld und drückte langsam dagegen, um ein paar Zentimeter weiter nach vorne zu kommen, um ein bisschen weiter sehen zu können. Es brachte mir keinen wirklichen Vorteil, aber es sah von der anderen Seite sicher lustig aus, wahrscheinlich so, wie wenn man sein Gesicht an eine Glasscheibe pressen würde. Dass es keiner von der anderen Seite sehen könnte, war mir auch klar, mich heiterte der Gedanke aber auf. Es war Ino die langsam näher kam. Sie kam direkt auf mich zu und trat herein in den Anfang des Durchgangs. Kurz vor dem Feld blieb sie stehen und schaute sich noch ein paar Mal verstohlen um. Dann nahm sie einen Kommunikator aus der Tasche, allerdings einen in Kugelform wie er bei den Aquanten üblich war.

»Hier Ino, bei meinem letzten Bericht wurde ich leider von diesem Ayman unterbrochen.«

Nach ein paar Augenblicken antwortete jemand aufgeregt. »Was ist passiert? Wie haben sie es geschafft Phase Zwei zu überspringen und das Endziel direkt zu erreichen?«

Phase Zwei? Endziel? Das ständige umsehen und der fremde Kommunikator? Ich stand vor ihr, das unsichtbare Energiefeld wie ein Vorhang, hauchdünn, aber undurchdringbar zwischen uns und starrte sie entgeistert an. Was sollte das alles bedeuten? Vorahnungen stiegen in mir hoch. Ich ging einen Schritt auf sie zu, aber auch wenn uns nur

Zentimeter trennten, ich ihr mitten ins Gesicht, ja direkt in die Augen sah, wegen des Kraftfeldes wurde ich von ihr genauso wenig wahrgenommen wie von allen anderen.

Was hatte sie gesagt? Ich hätte sie beim letzten Mal unterbrochen? Ich ging in Gedanken rasch unsere Begegnungen durch. Sie konnte nur die Erste meinen, als wir sie hier wegen der Befragung trafen. Sie beobachtete die Sänger und sang mit. Natürlich, sie sang gar nicht mit. Sicherlich hatte sie den Kommunikator in den Händen verborgen und berichtete, daher die bewegten Lippen. Aber wieso erstattete Ino den Aquanten überhaupt Bericht? Was hatten die mit all dem zu tun? Ich hörte weiter zu.

»Unser Endziel wurde erreicht, weil seit dem Auftauchen Aymans alles eine andere Entwicklung genommen hat«, sprach Ino aufgeregt in ihre Kugel. »Unser Plan Misstrauen zwischen Atlantenen und Arseanern zu sähen war sehr langwierig angelegt und kam erst in der letzten Zeit ein wenig in Fahrt. Für unser Ziel hätten wir sicher noch bis zur nächsten großen Zusammenkunft warten müssen. Ich konnte Sania zwar mit kleinen spitzen Bemerkungen immer mehr gegen die Arseaner aufbringen und auch die verschämten Andeutungen die Yanis bei den Spurensuchen machte halfen den Grundstein des Misstrauens zu legen, aber die sind einfach schon zu lange miteinander hier tätig, die Regierungen vertrauen sich. Erst der Vorfall mit meinem Aquarium brachte jetzt richtig Schwung in die Sache. Besonders weil dieser Ayman, ein Arseaner, mit der Klärung beauftragt wurde. Als Yanis Sania dann auch noch vor ihm und seiner Heimtücke warnte wurde sie richtig wild«, sagte Ino sichtlich vergnügt bei dieser Erinnerung und rollte das R von ›richtig‹ genüsslich lange.

Dann wurde sie bei Ihrem Bericht nachdenklicher. »Nachdem was Yanis seinen Leuten immer wieder berichtete, hätte ich mir von diesem Ayman allerdings anderes erwartet. Ich dachte der kommt jetzt und setzt alles daran die Schuld für den Anschlag und die Sabotagen nur bei den von uns erfundenen extremen Atlantenen zu suchen. Das hätte auch Sinn gemacht, noch dazu wo Yanis ihn bei seiner Befragung weiter darin bestärkte. Aber er ermittelte tatsächlich in alle Richtungen und erkundigte sich sogar nach möglichen extremen Arseanern, die wir ihnen immer unterstellten, so als ob er noch nie selbst Berichte oder wenigstens Gerüchte von hier gehört hätte. Er war sogar bei meiner Befragung recht forsch, dabei war ich das Opfer.«

»Dann war es ja gut, dass sie sich extra für diese Mission ihre Schwimmhäute zwischen den Fingern haben durchschneiden lassen«, der Mann hörte sich erleichtert an, »ich hielt das immer für übertrieben.«

»Ja«, antwortet Ino überzeugt, »ich konnte schon durch einfaches Fingerwackeln so manche Geste setzen, um überhaupt erst keinen Verdacht aufkommen zu lassen. Zuletzt gerade erst Ayman gegenüber, damit er gar nicht erst auf den Gedanken kommt, eine dritte Partei könnte da mitspielen. Die speziellen Handschuhe, die ich früher trug, gaben mir einfach nicht die Möglichkeit klar mit dem Finger zu zeigen.« Ino zeigte auf mich, stemmte die Hand dann in die Hüfte, schaute hoch und redete mit einem Lächeln weiter. »Die Idee mir das anzutun hatte ich nach Ihrem Unfall, bei dem sie sich zwei Zwischenhäute verletzten und danach, wie die Landbewohner mit dem einzelnen Finger wackeln und zeigen konnten. Wenn mein Auftrag erledigt ist, kann ihr Arzt mir meine hoffentlich auch wieder so schön nähen. Allerdings hatte er mir schon beim Einschneiden prognostiziert, dass es, durch die länger verstrichene Zeit und dass sich damit bildende Narbengewebe, nicht spurlos möglich sein wird.« Sie schaute nachdenklich auf ihre behandschuhten Hände.

»Für ihren Einsatz wird er sicherlich sein Bestes geben, um den Schaden so gering wie möglich zu halten«, versprach die Stimme und fragte ungeduldig weiter, »aber wie ging es mit der Befragung weiter?«

Ino fuhr mit dem Bericht fort. »Als wir zusammen in mein Quartier gingen war ich mir sicher er würde noch nach dem Grund für meine, im Bericht angegeben Rückkehr ins Zimmer fragen. Daher hatte ich mir schon einen Datenkristall vom Schreibtisch genommen, den ich als hier vergessen vorweisen wollte. Da fragt er doch glatt wie der Attentäter mich festhalten und gleichzeitig den Deckel des Aquariums öffnen konnte. Er stellte einfach alles in Frage. Die ganzen Berichte von Yanis schienen an ihm spurlos vorüber gegangen zu sein, ein echter neutraler Alnitaker der vorurteilsfrei aufklären und vermitteln wollte und scharfsinnig noch dazu.«

Die Stimme im Kommunikator antwortete. »Was war mit Sania? So temperamentvoll wie wir sie kennen wollte sie ihn doch sicher fertigmachen, egal wie neutral und scharfsinnig er war.«

»Nein« antwortet Ino gedämpft schreiend und ihre Augen wurden größer. »Das war ja das nächste Merkwürdige. Gerade als wir auf dem Weg zu ihm waren, änderte sie plötzlich ihre Meinung, noch bevor sie mit ihm gesprochen hatte. Sie empfing ihn lieber allein in ihrem Quartier und dort unterhielten sie sich lange. Kein Geschrei, keine einseitigen Vorwürfe. Sie waren wie die besten Freunde, kicherten vor sich hin und scherzten, dabei sahen sie sich zum ersten Mal. Nach dem Essen wollten beide dann plötzlich Yanis sprechen. Sie mussten hinter sein doppeltes Spiel gekommen sein. Diese lange Vorbereitungszeit, um sie gegeneinander aufzuwiegeln und innerhalb von ein paar Stunden hatten die beiden es sich zusammengereimt. Zum Abschied hat sie ihn sogar geküsst.«

»Wie war das nur möglich?«, kam es hörbar verblüfft aus dem Kommunikator, »und wie haben sie es trotzdem geschafft unser Ziel, dass erst beim nächsten Treffen erreicht werden sollte, sofort umzusetzen?«

»Ich weiß nicht was mit den Beiden los war«, antwortet Ino, »aber dadurch konnte ich Yanis seine letzten Hemmungen nehmen und zu dieser Verzweiflungstat bringen. Ich erzählte ihm etwas von uralten falschen Berechnungen über die Asteroiden-Amynen und schon flog er los, um seinen eigenen Stützpunkt zu zerstören und ohne es zu wissen, den der Atlantenen und sich selbst gleich mit. Alles für mich.« Sie lächelte teuflisch verschmilzt und schaute dabei direkt in meine Augen, auch wenn sie diese natürlich nicht sehen konnte. Zu ihrem Glück nicht sehen konnte. Denn dann hätte sie den Wechsel von Überraschung zu Zorn, mit den deutlich aus meinen Augen schießenden Blitzen, gesehen, die nun grimmig zusammengezogenen Augenbrauen, das kalt erstarrte Gesicht, dem eines gewissenlosen Massenmörders gleich. Zu meinem Glück konnte ich es auch nicht sehen – hätte mich vor mir gefürchtet. Nun ja – falls ich tatsächlich so dreingesehen habe.

»Den haben sie ja schön weichgekocht«, kam aus dem Funk anerkennend zurück, »die lange Zeit, die sie in Yanis investierten, war gut angelegt, das hätte ich nicht für möglich gehalten. Wie ist die Situation jetzt? Was passiert gerade?«

Ich beendete meine mimischen Einschüchterungsversuche, die ja sowieso keiner sehen konnte und lauschte neugierig was denn nun geschah. Das fragte ich mich schon die ganze Zeit.

»Alle verlassen diesen offenen Ort, weil weitere Anschläge befürchtet werden. Sie ziehen sich auf andere, befestigte, Stützpunkte auf Terraqua zurück. Um die Situation neu zu bewerten.« Den letzten Satz sprach sie wie zitiert, mit etwas verstellter Stimme. »Was Sania und ihre Leibwache angeht, die werden nicht mehr viel zu bewerten haben. Sie sind gerade auf dem Weg zum Shuttle und das wird bedauerlicher weise kurz nach dem Start abstürzen.« Sie seufzte und machte ein trauriges Gesicht. Auch wenn ihr Gegenüber am Funk es nicht sehen konnte, aber ich konnte es. Daher sah ich auch, dass sie es nicht ernst meinte, war doch ein niederträchtiges Lächeln darin verborgen. Sie hatte doch tatsächlich Sanias Shuttle sabotiert und wollte sie und die Maias umbringen. Ich möchte ihr am liebsten an die Gurgel gehen und müsste dazu nur die Arme ausstrecken, wenn nur dieses Kraftfeld nicht wäre.

Der Mann am anderen Ende des Kommunikators schien den verschlagenen pseudotraurigen Ton schon zu kennen, denn erst lachte er kurz und sagte dann. »Ja, wir werden unser Bedauern über diesen Verlust der Atlantenischen Regierung zukommen lassen.«

»Das wird tröstlich sein und ich werde sicher weinen müssen«, antwortet Ino heuchlerisch. »Damit wird die Stimmung zwischen Atlantenen und Arseanern endgültig kippen. Auch wenn Sania, die sich mit Ayman irgendwie verständigen konnte und uns ziemlich nahekamen, noch Vermitteln will, ihre Zweifel werden nicht mehr gehört werden. Damit ich nicht mitfliegen muss, habe ich angeboten vorher mit Leto noch ins Labor zu fliegen, um nach dem Rechten zu sehen. Leto erzähle ich nachher ich hätte Rhea hier herumschleichen sehen und versucht ihr zu folgen, vergeblich natürlich. Damit kann ich ihr die Schuld an der Shuttle-Sabotage auch noch anhängen. Tatsächlich habe ich Rhea in meinem Schrank versteckt und ihr gesagt, dass wenn sie ihn öffnet sich das ganze Salzwasser aus meinem Aquarium über sie ergießt. Bei ihrer panischen Angst davor sitzt sie noch in Tagen da drinnen.«

»Wie konnten Sie den Verdacht überhaupt auf Rhea lenken?«

»Die liebe überfürsorgliche Rhea, die immer darauf achtete mir auch die neueste Salz-Impfung und Cremen mitzugeben. Sie hatte mir diese Spritze reingejagt, als ich vermeintlich keuchend am Boden lag«, sagte Ino und schaute verächtlich drein.

»Sie hat ihnen eine dieser Salzschutz-Impfungen verpasst?!« unterbrach die Funk-Stimme, betonte das ›ihnen‹ und hörte sich belustigt an.

»Ja mir!«, Ino betonte das ›mir‹ und war sichtlich genervt. Die Symptome, die ich anfangs zeigte, erschienen dadurch. Was andererseits auch gut war, denn alle dachten natürlich die kämen vom Salz. Ich hatte dieses Mal keine Gelegenheit mir ›Haut-Reaktionen‹ anzubringen. Sie ließen mich aus Besorgnis nicht eine Minute aus den Augen.«

Der Mann am Funk lachte laut. »Tut mir leid, aber ich finde das zu komisch. Eine Aquantin wird vor der Enttarnung gerettet, durch ein Mittel, das ihr die Symptome verpasste, vor denen es sie vermeintlich schützen sollte, verabreicht durch Leute, die sie sonst sofort durchschaut hätten.«

»Ja lachen sie nur, aber das Keuchen und die Atemprobleme, die ich erst nur vortäuschen musste, waren wirklich nicht angenehm. Ganz zu schweigen von den juckenden Flecken, die schreibe ich sonst nur in mein Testprotokoll. Falls notwendig, wenn sie es untersuchen wollen, tupfe ich mein selbstgebrautes Mittelchen aus einer Pflanze von hier vermischt mit Kohlenstoff auf eine kleine Test-Stelle in mein

Gesicht, davon bekomme ich auch Ausschlag, juckt aber nicht.« Sie schaute finster drein, musste aber auch schmunzeln.

»Da hat sie diese Rhea, der sie jetzt alles anhängen, doch unbewusst gerettet.«

»Das hat sie, aber beim Durchsuchen meines Schreibtisches nach dem Mittel bemerkte sie auch, dass ich noch nie eine der Cremes auch nur geöffnet hatte. Das ließ ihr keine Ruhe und als alle nach Yanis suchten kam sie zu mir. Ich hatte ihn gerade zu seiner Mission überredet und sie musste ihn beim Weggehen aus meinem Quartier noch gesehen haben. Zu ihrem Pech ist sie trotzdem noch hereingekommen, um mir die Chance zu geben alles aufzuklären. Naiv wie sie ist, hatte sie mir auch noch verraten, dass sie noch niemandem von ihrem Verdacht erzählte. Jetzt sitzt sie im Schrank und traut sich sicher so bald nicht heraus.« Und wieder sah ich dieses fiese Grinsen. »Nach dem Absturz wird sie, dank meines Hinweises, hier intensiv gesucht werden. Keiner wird ihr glauben, jeder wird denken, sie hätte sich dort versteckt, weil sie annahm ich würde in meinem eigenen Zimmer nicht suchen, nachdem ich sie verfolgte. Zumindest werde ich bei ihrem Auffinden eine Bemerkung in diese Richtung machen. Vielleicht ziehe ich auch noch Thole und Bea, die beiden Anhängsel von Ayman, mit rein. Schließlich ist er auch nach Atlan geflogen und hat mit der Hilfe von Sania alle Sicherheitshindernisse überwunden.« Sie schaute selbstzufrieden drein und ergänzte. »Mich wird nie einer Verdächtigen.«

Kaum ausgesprochen vernahmen wir schnelle Schritte, die sich uns näherten. Sania eilte herbei. In der Hand hatte sie die silberne Verpackung meines Energieriegels.

14. Das Ziel 2

Ino zuckte zusammen und starrte der näherkommenden, von ihr schon als abgestürzt und tot erklärten, ›Freundin‹ entgegen. Ihr verschlagenes Grinsen war abgefallen wie eine Maske. Sie rang sichtlich um Fassung, steckte den kugelförmigen Funk ein und stand nun mit beiden Händen in den Taschen wartend da. Äußerlich versteinert, doch schien sie mir von innen her gleich zu zerbersten. Voller Genugtuung sah ich ihr mit einem Schlag aschfahl gewordenes Gesicht von der Seite an. Noch mehr freute es mich, dass Inos teuflischer Plan zunichte gemacht wurde, von einer Schokoriegel-Verpackung, die im Wind tanzend bis zu Simara gefunden haben musste. Aber was wird sie jetzt machen? Wenn sie sich in die Enge getrieben fühlt. Meine Genugtuung wich dem Gefühl der Angst.

Sania kam näher und als sie beim Erklimmen der paar Stufen hochschaute und Ino im Durchgang stehen sah verharrte sie einen Augenblick.»Was machst du denn hier Ino?«, fragte sie neugierig.

Heroben angekommen blickte sie an ihr vorbei und schaute mich freudig an. Ino stand steif da, aber ihr Gesicht spiegelte das Wechselbad ihrer Gefühle wider. Einerseits dachte sie sicher gerade noch Sania wäre hinter ihren Plan gekommen und hier, um sie zur Rede zu stellen, andererseits verwirrte es sie, dass Sania sichtlich überrascht war sie hier vorzufinden, sie ansprach, aber lächelnd links liegen ließ. Zum ersten Mal hörte ich Unsicherheit in ihrer Stimme, als sie in ihrem fast schon stotternden Erklärungsversuch etwas von ›letzte überprüfende Runde drehen‹, von ›Rhea‹ und ›verfolgen‹ von sich gab.

Ich musste Simara warnen. »Das Kraftfeld ist noch da; ich kann nicht raus, du wahrscheinlich nicht rein; keiner kann mich sehen oder hören; ruf unauffällig die Maias denn Ino steckt hinter allem; sie ist eine Aquantin«, sprudeltet es in einem Atemzug aus mir heraus.

»Eine Aquantin?!« entfuhr es ihr laut und überrascht und mit schlagartig ernstem Gesicht sah sie Ino an.

So viel zu unauffällig, dachte ich und schüttelte zu Boden blickend den Kopf. Was würde Ino jetzt tun? Die ist doch zu allem fähig.

Ino stoppte ihre noch immer andauernde Erklärung und sah ebenso ernst zurück. Verwirrung spiegelte sich in ihren Augen, zögerlich kamen Ansätze von Worten aus ihrem Mund, sie sprach aber keines fertig, schließlich blieb sie still und schaute starr, pokerfaceartig, zurück.

»Ruf deine Freunde, Ino ist zu allem fähig, sie hat sogar euer Shuttle sabotiert damit es abstürzt.« Versuchte ich ihr noch einmal eindringlich den Ernst der Lage kurz zu vermitteln.

»Das Shuttle sabotiert?!« rief sie wieder laut heraus, nachdem sie kurz zu mir sah.

Ich fasste mir an den Kopf, konnte sie aber auch verstehen. Schließlich hatten Sania und Ino sehr lange zusammengearbeitet und waren sich freundschaftlich verbunden, zumindest was Sania anbelangte. Diese Infos mussten bei ihr wie ein Blitz einschlagen.

Inos starre Mine wandelte sich mit dem nun weit geöffneten Mund und den aufgerissenen Augen in einen Ausdruck purer Überraschung. Sie sah in meine Richtung, wieder zu Sania und wieder in den Durchgang, woher ihr Gegenüber ja scheinbar Informationen bezog. Sie konnte da aber niemanden ausmachen und als ihr die eigene sich selbst verratende erstaunte Mine bewusstwurde, fasste sie sich schnell und blickte Sania ernst an.

Dann zwang sie sich ein seichtes Lächeln ab. »Was meinst du und mit wem sprichst du da?«, fragte sie und warf dabei ein paar Blicke in den für sie leeren Durchgang.

»Ich spreche davon, dass du eine Aquantin bist und du mein Shuttle sabotiert hast, um uns umzubringen«, und warf damit Ino direkt alles an den Kopf was sie von mir gehört hatte.

»Das ist doch Unsinn«, erwiderte sie in einem Ton, der für fantasierende Leute angebracht wäre oder für Kinder die Angst vor einem Monster unter dem Bett hatten.

Ich warf, wie das Engelchen auf der Schulter, neue Details ein. »Ich habe eben erst alles mitgehört als sie mit ihrem aquantischen Kommunikator Bericht erstattete. Sie hat Rhea in ihren Schrank gesperrt als diese dahinterkam und will ihr jetzt alles anhängen. Um als Agentin hier arbeiten zu können, ließ sie sich sogar ihre Schwimmhäute zwischen den Fingern durchschneiden.«

Sania hörte dieses Mal zu, ohne den Blick von ihr zu nehmen. »Los zieh deine Handschuhe aus!«, herrschte Sie Ino an, »Ich will deine Finger sehen!«

Ino stand immer noch mit den Händen in den Taschen da und versuchte betont gelassen rüberzukommen. Doch als Sania sie auffordere die Finger zu zeigen war es, als ob sich alles in ihr zusammenkrampfte, ihr beim Aufwachen jemand eine monströse Fratze direkt vor die Nase hielt. Ein unglaublicher Schreck, der ihr durch die Glieder fuhr, zwar nur einen Augenblick, sie hatte sich erstaunlich schnell gefangen, aber nicht schnell genug, um den ertappten Eindruck ungeschehen zu machen. Nun stand sie steif da, sagte nichts, tat nichts, schaute Sania nur mit leeren Augen an. Einige schrecklich lange Sekunden vergingen. Die beiden starrten sich gegenseitig, einem Westernduell gleich, an. Die quälende Stille steigerte die Anspannung immer weiter. In einer Komödie würde jetzt ein menschliches, aber peinliches Geräusch eingespielt werden. Was für Gedanken gehen mir da manchmal durch den Kopf?

»Gut dann rufe ich eben Panos,« unterbrach Sania die Ruhe, »der soll Rhea aus deinem Schrank befreien und Juna soll das Shuttle überprüfen.« Dann griff sie in ihre Tasche nach dem Kommunikator.

»Halt!« Ino zog blitzschnell ihre Hand aus der Tasche und richtete einen Laser auf Sania. Eine kleine, aber effektive Waffe in etwa Lippenstift-Größe. Ayman hatte auch so einen bei sich und ohne ihn hätte ich es wohl auch für Lippenstift gehalten. Unscheinbar aber mit genug Energie, um ein paar Mal tödliche Ladungen abzugeben. »Verdammt Sania, woher weißt du das alles so plötzlich?« Die Ratlosigkeit sah man ihr immer noch an, kurz auch noch eine Spur Verzweiflung, aber nun hatte sie sich wieder gefasst, war energisch und blickte entschlossen. »Du kannst mich nicht belauscht haben, vor einer Minute warst du noch überrascht mich hier zu sehen. Dann zack«, sie schnippte mit dem Finger, »jetzt weißt du von Rhea, dem Shuttle, ja sogar von meinen Fingern?! Und was hast du da in deiner Hand?« Sie zeigte auf die Verpackung des Energieriegels.

Sania hob die Hand, schaute selbst was sie darin hielt und überlegte kurz. »Das meine liebe Ino ist der Grund, warum ich noch lebe, und du aufgeflogen bist. Selbst wenn ich dir sage, was das ist wirst du es nicht verstehen. Sieh es als Symbol für dein Scheitern.«

»Mein Scheitern?« Hochmut kam in ihrer Stimme auf. »Wieso scheitern? Stirbst du eben nicht im Shuttle mit den anderen. Ich muss es hier machen, sonst ändert sich nichts. Deinen Maias sage ich sie sollen vorausfliegen, du willst doch noch mit uns ins Labor. Bei meiner Suche nach Rhea, die ich hier gesehen haben will, haben wir uns getrennt und sie hat dich erledigt. Rest ist wie gehabt. Arseaner und Atlantenen sind von hier weg, dank Yanis. Besonders aber dank dir und diesem Ayman. Wie seid ihr Yanis nur so schnell auf die Schliche gekommen?«, fragte sie mit erhöhter Stimme, wobei sie die Schultern hob, aber trotzdem gleich weiterredete. »Das hat mich erst noch überrascht, aber dadurch konnte ich ihn früher als erhofft zum Handeln zwingen und unser Endziel erreichen. Und dank Rhea wird mich nie jemand Verdächtigen.«

»Endziel?«, wiederholte Sania fragend. »Warum wollt ihr uns von hier weghaben? Wir haben doch ein Abkommen und das wurde von uns immer eingehalten. Man kann doch über alles reden.«

Ino schaute sie nachdenklich an, während sie mit dem Laser ein paar Mal zwischen Daumen und Zeigefinger wackelte. Das erinnerte mich an alte schwarz / weiß Gangsterfilme, wo der Revolver während des Dialoges beim in Schach halten, kurz hochgeschwenkt wurde, um Nachdenklichkeit zu visualisieren. Nur sah es mit diesem ›Lippenstift‹ eher lächerlich aus.

»Na gut«, sagte sie, »anscheinend weißt du ja doch nicht alles. Würdet ihr denn von hier verschwinden, wenn wir euch darum bitten?«

Simara schaute betroffen drein. Ich merkte wie sie in sich, in Sania, reinhörte und ihr die Antwort, in Anbetracht des auf sie gerichteten Lasers nicht gefiel. Lügen wollte sie auch nicht und Ino hätte es zudem gleich gemerkt. »Nun ich kann das natürlich sowieso nicht entscheiden«, begann sie langsam,

»aber ich denke meine Regierung würde das eher nicht tun und die der Arseaner auch nicht.« Sie schluckte nervös und redete rasch weiter. »Aber warum wollt ihr das überhaupt? Was hat sich denn geändert? Wir haben uns doch so gut wie nie gesehen. Ihr lebt im Meer und wir an Land fernab der See. Allein schon wegen des Salzes.«

»Warum wohl haben meine Vorfahren, als sie in dieses System kamen, diesen Planeten gewählt?« Ino schaute sie fragend an, wissend das Sania davon keine Kenntnis haben konnte.

Ein kurzes Schulterzucken kam zurück.

»Weil auf diesem das meiste Wasser vorhanden war, er den meisten Lebensraum für uns bot. Die paar Lebewesen an Land störten uns nicht. Auch ihr störtet am Anfang nicht, ihr hieltet euch aus Selbstschutz fern. Eure Taten waren wieder ganz was anderes. Ihr habt ein Energienetzt um den Planeten gelegt und kurz darauf kam die erste Eiszeit. Die Meere gefroren, unser Lebensraum schrumpfte.«

»Aber Eiszeiten hat es hier auch schon vorher gegeben, das geht aus unseren Untersuchungen eindeutig hervor« warf Sania ein.

»Unsinn!« Ino streckte bedrohlich den Laser Richtung Sania. »Das sagten meine Vorfahren, die erst noch bei euren Treffen waren, auch. Die glaubten euch das, naiv wie sie waren. Aber dann noch eure Experimente mit den Affen. Zum einen – was macht ihr wohl, wenn euch ein Mittel gegen die Salzallergie geling? Bleibt ihr dann weiterhin fernab der Meere? Oder werden immer mehr aus dem Heimatsystem kommen und nach Atlan und Arsean auch Terraqua besiedeln? Und zum anderen – eure veränderten Affen haben zwar ihr Fell verloren und sehen euch immer ähnlicher, aber sie werden immer mehr, immer älter, immer klüger, immer forscher. Die hielten sich vorher auch vom Meer fern, aber jetzt besiedeln sie vorzugsweise die Küstenregionen, sie fahren über die Meere, fischen uns einen wichtigen Teil der Nahrung weg und wenn sie einen von uns zufällig in ihren Netzen fangen, schreien sie herum von wegen Monster, während sie ihn gnadenlos erschlagen. So wie sie es mit meiner Mutter taten als sie meinen Vater besuchen wollte.« Sie blickte traurig zu Boden und in diesem Augenblick tat sie mir furchtbar leid.

»Deine Mutter wurde von Fischern erschlagen?« Sania schaute sie mitfühlend an. »Das tut mir so leid. Du erzähltest sie hätte dich und deinen Vater verlassen und forscht in einem sehr weit entfernten System.«

»Ja, das sagte ich. Das erzählte auch mein Vater jedem der nach ihr fragte. Er konnte nicht zulassen, oder besser gesagt, er wollte ja nicht, dass irgendjemand erfährt, dass sie ein Aquantin war und ich ihr kleiner Mischling.« Verachtung kam in ihrer Stimme auf und auch in ihrem Blick. Es quälte sie, aber sie musste es einfach erzählen. »Er hatte sie bei den Verhandlungen kennen gelernt und sie verliebten sich ineinander, aber verheimlichten es vor allen. Eine Mischung unserer beiden Rassen war undenkbar, ist es ja auch heute noch, nicht nur wegen des Salzes. Sie konnten sich nur im Geheimen treffen, wenn er auf Terraqua war. Nach meiner Geburt ließ er sich nach Atlan versetzen, um öfter herkommen zu können. Als wir ihn eines Nachts wieder besuchen wollten, verhängte sich meine Mutter in einem Netz. Die Fischer zerrten sie an Bord und schlugen sie vor meinen Augen tot, dabei taten diese Mörder so als ob sie das Monster wäre.«

»Das ist schrecklich.« Sania sah tief betroffen aus und ich war es auch. »Aber das klingt für mich so, wie wenn sich die

Beiden wirklich geliebt haben. Warum redest du dennoch so verächtlich über deinen Vater?«

»Als ich die paar hundert Meter, die noch zum Ufer fehlten, an Land schwamm, sah ich ihn dort stehen. Er muss die Schreie gehört haben, hat aber nichts getan, nichts gerufen oder sonst irgendwas unternommen. Noch nicht einmal danach, als sie bei den Einheimischen im Dorf ausgestellt wurde, damit sich jeder ein Bild von diesem schrecklichen Ungeheuer, welches die tapferen Helden getötet hatten, machen konnte. Er dürfe sich nicht einmischen! Ich hätte am liebsten ein Shuttle genommen und das ganze Dorf mit dem Laser in Flammen aufgehen lassen. Sie den Zorn der Götter spüren lassen, die sie ja so verehren.« Ino hatte sich richtig in Rage geredet. Was ich auch verstehen konnte.

Nach einer kurzen Pause, in der wir alle bedrückend schwiegen, sprach sie weiter. »Mein Vater machte nichts, er saß tagelang nur da. Mich versteckte er so gut es ging. Nach einer Weile begann er allen die Geschichte von der neuen weit entfernten Arbeit meiner Mutter, die sowieso noch keiner seiner Freunde je gesehen hatte, zu erzählen und dass er sich darum jetzt um mich kümmerte. Bis auf meine Schwimmhäute sah ich auch ganz wie ein Atlantene aus. Meine Haut war so wie die ihre und meine Kiemen lagen nicht außen, sondern innen. Meine Haare schnitt er ab, denn kurz fiel es nicht so auf, dass sie etwas dicker waren. Wenn jemand zu Besuch kam, schirmte er mich so gut es ging ab. Wegen meiner Hände hatte ich immer irgendwas in der Hand oder verbarg sie, damit niemand genauer auf meine spezialangefertigten Handschuhe sehen konnte.«

»Das war sicher nicht leicht für dich«, sagte Sania nach einer kurzen Pause, »hattest du keine Verwandten mehr bei den Aquanten, wo du hättest bleiben können?

»Doch hatte ich, aber mein Vater wollte unbedingt, dass ich bei ihm bleibe, ob ich wollte oder nicht«, und fügte gehässig hinzu, »weil ich alles bin, was ihm von meiner Mutter noch geblieben ist.«

»Das ist doch lieb und verständlich.«

Ino schaute sie wild an. »Lieb und verständlich! Natürlich, und wenn sie mich erwischen und erschlagen, schaut er auch aus der Ferne zu! Nachher würde er es vielleicht wagen meine Überreste heimlich aus dem Dorf zu entwenden und auszustopfen – weil er sonst nichts mehr hätte, was ihn an meine Mutter erinnern würde.«

Sie war wirklich sehr verbittert, was ihren Vater betraf. Sania wollte versöhnlichere Stimmung aufbringen. »Ich bin sicher, er hätte nicht zweimal denselben Fehler begangen. Es muss trotzdem schlimm für dich gewesen sein als er auch noch verschwand. Hat man den nie eine Spur von ihm entdeckt?«

Den Kopf zu Boden gesenkt, als Sania anfing zu reden, blickte Ino sie nun an, ohne den Kopf zu heben, die Augen stachen boshaft hervor und es formte sich ein teuflisches Grinsen. »Verschwunden? Eine Spur?«, wiederholte sie leise und in mir kamen schlimme Vermutungen auf. »Die Meere auf Atlan sind still und einsam für mich, aber er musste mich hin und wieder darin schwimmen lassen. Das ist nun einmal meine Natur. Auch wenn er jedes Mal ganz vorsichtig war, damit mich ja keiner sieht, aber bei einem meiner seltenen Ausflüge habe ich einige Leute kennengelernt, Leute von meiner Art. Die verstanden mich. Die halfen mir. Mein Vater sitzt unten im Meer, gar nicht weit von hier, in einem Aquarium so wie das welches er mir schenkte. Natürlich ist es größer und das Wasser ist außen, aber dort kann er den ganzen Tag und auch die ganze Nacht die vielen lieben Fischlein beobachten und hin und wieder schwimme ich auch daran vorbei. Ich bin ja alles was ihm von meiner Mutter noch geblieben ist.«

Vielleicht lag es daran, dass sie den letzten Satz mit höherer Stimme sprach, aber irgendwie wartete ich noch auf ein ›gnihihihi‹ von ihr und den Abflug auf einem Besen.

Sania schaute sie schockiert an. »Wie kann man nur so grausam sein? Zu deinem eigenen Vater, der dich liebt.«

Ino richtete sich Haltung annehmend auf und schaute ernst. »Wir sind vom Thema abgekommen. Diese Leute haben mir geholfen und ich helfe ihnen. Daher habe ich mich hier bei dir einschleusen lassen, was ja nicht schwer war mit meines Vaters Namen. Ich habe lange alles beobachtet und unbemerkt von Anfang an deine Forschungen untergraben. Einfach, indem ich die Testergebnisse fälschte. Das musste ich allein schon deswegen tun, damit ihr nicht merkt, dass mir das Salz ja gar nichts ausmacht. Dich als unfähig hinzustellen war dabei der Bonus. Mit Yanis Hilfe sabotierte ich dann ganz offen, um Zwietracht zu säen. Unser Ziel war es euch zu vertreiben damit zuerst einmal die Forschungen aufhörten und die beiden Planeten frei würden. Die hätten wir dann zerstört, so wie es jetzt mit Atlan geschehen ist. Viele Trümmer werden jetzt in Richtung Sonne fliegen und in Zeiten von Linientreffen, die die Gravitationskräfte in diese Richtung noch verstärken, liegt Terraqua genau dazwischen. Es wird viele Einschläge geben und einige Flutwellen auslösen, die vor allem die Küstenregionen säubern. Und zusätzlich kommt so das Wasser von Atlan zu uns. Wir rechnen mit einem Zuwachs von fast fünfzig Prozent nur mit dem Wasser von eurem Planeten, dann werden hier über zwei Drittel der Oberfläche mit Wasser bedeckt sein.«

So fies Ino dabei lachte, so entsetzt schaute Sania als sie das Ziel dieser langen Intrige hörte. »Die meisten Brocken werden vorbeifliegen, trotz Oppositions-Stellung von Atlan und Arsean. Aber die Trümmer, die doch hier einschlagen, werden genügen, um fast alle Terraquaner umzubringen, wenn nicht direkt durch die Einschläge, dann danach.«

»Ja, die meisten würden vorbeifliegen«, Ino schaute wieder hochnäsig, »aber wir haben mehrere Asteroiden-Amynen. Mehrere deshalb, weil sie dazu da sind die Asteroiden zu lenken und nicht zu zerstören. Somit benötigen sie weniger Energie und sind daher einfacher und kleiner. Sie können die Brocken wegstoßen oder anziehen, selbst aus größerer Entfernung und am wichtigsten, sie können den Wassergehalt messen. Die Felsigen stupsen wir zurück, die Wasserhaltigen ziehen wir an.« Sie lachte frohgemut und es sah so aus, als ob sie mit dem Laser stupsen und anziehen dirigieren würde. »Und ja, ein paar würden schon genügen, um die Menschen zu dezimieren, aber es werden viele Trümmer einschlagen. Sie werden denken von den Göttern bombardiert zu werden.«

15. Yanis Qualen

Sania traute ihren Ohren nicht, wie gleichgültig Ino diesen Plan, den Tod tausender Menschen, vortrug. Gleichgültig? Nein! Sie freute sich sogar darauf. Sie schaute sie wütend an, dann enttäuscht. »Wie konnte ich dir diese lange Zeit nur so vertrauen.«

Ino schaute sie verächtlich an. »Ja wie konntest du nur. Eigentlich ist es so noch besser, als wenn du mit dem Shuttle geflogen wärst.«

Sania horchte bestürzt auf und ihr Augen wurden größer. Sie ahnte was jetzt kommen würde. Sagte aber nichts.

»Sania, liebste Freundin, da staunst du. Du dachtest die ganze Zeit ich mag dich? Ausgerechnet dich! Die verantwortliche Forscherin hier. Du und deine Vorgänger haben diese mordlustigen Affen hervorgebracht, wolltet sie noch schlauer, noch langlebiger machen. Wie hast du es genannt, das Ding in deiner Hand? Das Symbol für mein Scheitern? Ich werde es gut aufbewahren, als Erinnerung an meine persönliche Rache.« Sie sah Sania mit hasserfüllten Augen an und streckte die Hand, in der sie den Laser hielt, immer weiter in ihre Richtung aus. »Deinesgleichen trägt die Hauptschuld am Tod meiner Mutter!«

Die ganze Geschichte war interessant und auch traurig, aber schlagartig wurde mir klar, dass sie Sania gleich erschießen würde. Ich überlegte fast panisch was ich machen könnte. Flüchtig dachte ich auch daran nichts zu tun, denn dann sollte Simara aus ihrer Verbindung mit Sania gelöst werden, so wie bei mir und Ayman und dann kämen wir wahrscheinlich nach Hause. Aber ich konnte da einfach nicht zusehen. Ich musste etwas unternehmen. Aber was? Meine hektischen Blicke ringsum suchten eine Möglichkeit. Vielleicht einen

Anlauf, wie gegen das Kraftfeld auf Atlan. Aber ohne den Anzug würde ich praktisch gegen eine Wand laufen und mir alles brechen. Sollte ich es langsam versuchen? Langsam gibt es ja etwas nach und dann plötzlich schnell. Mit einem Male wurde ich mir des umwickelten Stockes in meiner Hand wieder bewusst. Ich hob ihn rasch hoch und schlug kraftvoll auf Inos Hand, durch das Feld. Zum Glück stand sie nahe genug davor. Es krachte, sie ließ den Laser fallen und Sania hob ihn schnell auf, während Ino wie vom Blitz getroffen und natürlich vom Stock, dastand und nicht wusste was eben geschehen war. Sie dachte gar nicht daran schnell wieder an den Laser zu kommen, davon zu laufen oder anzugreifen, sie stand nur da und starrte. Was auch verständlich war, ein silberner Stock aus dem Nichts, schlägt sie und verschwindet wieder.

Ich bemerkte, dass der Stock gebrochen war, die vorderen zehn Zentimeter hingen nur noch lose dran und er erinnerte jetzt an einen Golfschläger. Das erklärte das Krachen, ich dachte erst es sei Inos Handgelenk gewesen. Sie schaute immer noch perplex in meine Richtung, sah aber nichts was ihr den Schlag verpasst haben könnte. Ihre Starre löste sich langsam und sie fasste sich an ihr Handgelenk, das gab sicher einen schönen blauen Fleck. Ino stotterte vor sich hin, sie konnte nicht begreifen was eben geschehen war, wie auch. Sania, die nun ihrerseits mit dem Laser auf sie zielte sagte nichts. Ihr Handgelenk haltend stand sie da, drehte sich unschlüssig nach links, nach rechts, schaute in den Durchgang, zu Sania, in den Himmel, zu Boden, in Richtung AQA-Pyramide, wieder zu Sania.

Dann setzte sie sich auf den Boden, lehnte sich an die Wand und sah Sania an. »Was …? Wie …?« Dann bekam sie einen gleichgültigen Gesichtsausdruck, schüttelte den Kopf und schaute in die Gegend. »OK, du hast mich. Ich bekomme zwar meine persönliche Rache nicht, aber meine Freunde an den Amynen sorgen dafür, dass sich dieser Planet zu unseren Gunsten verändern wird. Das kann keiner mehr aufhalten, dafür hat Yanis gesorgt.«

Sania benachrichtigte nun ihre Freunde. Sie erzählte von der Intrige damit das Shuttle überprüfte wurde und jemand Rhea aus dem Schrank holte. Dann wandte sie sich wieder Ino zu. »Wie hast du es geschafft Yanis zu dieser Tat zu bringen?«

Ino sah Sania an, dann wieder in die Gegend, trotzig schweigend mit erhobenem Haupt, sie überlegte sichtlich, ob sie ihr dieses Wissen erzählen oder doch vorenthalten sollte, als letzte Bosheit, als letzte Möglichkeit der Rache. Doch dann kam wieder dieses Grinsen auf, sie musste es ihr erzählen, ihr es aus Genugtuung auf die Nase binden. Die langen Jahre der gelungenen Täuschung, die musste sie aus sich heraussprudeln lassen, allein schon, um ihre Überlegenheit zu zeigen.

»Nun ja«, fing sie an, »als ich hier ankam wusste ich schon, dass ich jemanden finden musste, der mir hilft, ohne meine wirklichen Ziele zu erkennen und später auch als Sündenbock herhalten konnte. Yanis war am geeignetsten. Er war Arseaner, hatte überall Zugang und ein Mann. Zudem war er durch seine Arbeit hier am einsamsten. Die Wächter wählen sich dieses Eremiten-Dasein zwar selbst und kamen in der Regel gut damit zurecht, ja sie empfinden es sogar als Herausforderung, als Prüfung und es ist sicher nicht von Nachteil für die danach erhoffte Karriere bei der Raumflotte, aber sie werden dadurch auch empfänglicher für Beeinflussung, besonders von Seiten des anderen Geschlechts. Schon nach der Hälfte seiner Einsatzzeit hatte ich ihn mir ausgewählt. Noch ignorierte ich ihn regelrecht, hatte mir aber schon Zugang zu seinen Aufzeichnungen, seinen Kommunikationen, seinem Leben hier gemacht. Das war auch nicht sonderlich schwer bei den niedrigen Sicherheitsstandards, wer sollte einen einsamen Wächter schon überwachen wollen. Ich wusste alles von ihm, beobachtete sein Handeln und kannte jeden seiner Schritte. Dann fing ich an sanft einzugreifen. Erst reduzierte ich nach und nach seinen Schriftwechsel mit Ayman, der ihn in sein Team aufnehmen wollte, bis ich dann abgefangene Nachrichten abänderte und eigene stattdessen sendete. Er war überzeugt der gute Ayman hätte ihn im Stich gelassen.« Sie kicherte und in mir kam Mitleid mit Yanis auf. Musste ich doch unweigerlich an seine letzten Minuten denken und sie gleichzeitig so schadenfroh lächeln sehen. »Da er selbst alle anderen Angebote abgelehnt hatte, mit unauffälliger Unterstützung meinerseits, hatte er keine andere Möglichkeit mehr als noch eine Dienstzeit als Wächter anzunehmen. Sonst hätte er seine Kariere aufgeben oder unter Dienstgrad dienen müssen«, sagte sie fröhlich und ergänzte in ihrem pseudo-traurigem Ton. »Bei der nun aufgezwungenen Einsamkeit wurde es dem armen Yanis immer schwerer ums Herz.«

Sie machte eine kleine Pause und versicherte sich, dass Sania auch wie gehofft traurig den Kopf schüttelte von wegen ihrer tollen Geschichte und fuhr boshaft fort. »Ich sorgte dafür, dass keine Aufmunterung durchkam, keine willkommene Ablenkung ihn erreichte oder irgendetwas anderes seine Stimmung heben konnte. Seine Bitten ihm einen anderen Posten zuzuteilen fing ich ab und er bekam keine Antwort. Seine Bereitschaft jeden anderen Auftrag nach Beendigung der zweiten Dienstzeit anzunehmen, wandelte sich wundersamer Weise in die Bitte hierbleiben zu dürfen um. Die Erfüllung dieser Bitte, die er aber als Befehl erhielt, traf ihn schwer. Er verkroch sich lange in seinem Quartier, schrieb nichts mehr auf und tat nichts mehr. Ich dachte schon meine Überwachungsdrohnen funktionierten nicht. Dann, als er bereit war seinen Dienst zu quittieren, seine Kariere zu beenden, kam ich ins Spiel. Ich lächelte ihn an, suchte seine Nähe, lenkte ihn ab. Am Anfang verbrachten wir viel Zeit miteinander und er blühte wieder auf. Als nächstes kamen meine Geschichten von dir, der bösen Atlantenen Hexe, die unsere Beziehung für unpassend hielt und mir, wegen meiner Freundschaft zu ihm und auch aus Eifersucht, die langwierigsten und entferntesten Aufgaben gab, nur um uns voneinander fernzuhalten. Langsam, mit einer Andeutung hier und einer anderen da, konnte ich ihn dann für meinen Plan gewinnen. Also meinen für ihn vorgeschobenen Plan, der nur das Ziel hatte, dass wir beide für immer in Glückseligkeit beisammen sein könnten.« Gehässig nahm sie zur optischen Unterstützung dabei die gefalteten Hände zum Kinn und blickte in den Himmel. »Denn mein sehnlichster Wunsch war es hier auf diesem Planeten forschen zu dürfen und ihn an meiner Seite zu wissen. Und sein sehnlichster Wunsch war es inzwischen meinen Wunsch wahr werden zu lassen.« Dann schaute sie Sania wieder boshaft in die Augen, »Die Einzige, die meinem Verlangen im Wege stand, war die böse Sania.«, und ergötzte sich an ihrer sichtbaren Betroffenheit.

»Am Anfang hatte er noch Bedenken wegen der Sabotagen, aber ich ließ ihn zwischendurch immer wieder einmal lange, oft sehr lange, zappeln. Das war dann ›deine‹ Schuld.« Sie zeigte spöttisch auf Sania. »Diese Pausen, in denen er wieder Angst bekam, allein zu sein, fingen an Wirkung zu zeigen. Er deckte mich, beseitigte meine Spuren oder fingierte welche. Dir erzählte er das eine und seinen Vorgesetzten berichtete er was anderes. Die Saat der Zwietracht zwischen meinen und seinen inzwischen von ihm verachteten Leuten ging auf.« Ino lachte wieder vergnügt auf.

176

Dann wurde sie ernster. »Als wir hörten, dass ausgerechnet ein Arsaner mit der Klärung des Anschlages auf mich zu uns geschickt wurde, dachten wir schon jetzt ist der Gipfel bald erreicht und ihr verscheucht euch gegenseitig. Wir gossen noch ein bisschen Öl ins Feuer. Aber dann kam dieser Ayman und du hast ihn nicht wie angekündigt in der Luft zerrissen. Du hast dich sofort mit ihm verstanden.« Sie schaute Sania entgeistert an. »Wieso?« In ihren Augen konnte man sehen, wie sie alles Revue passieren ließ. »Du hast ihn sogar geküsst! Als ob ihr euch schon jahrelang kennen würdet.«

Sania schaute sie an, dieses Mal konnte sie geheimnisvoll Grinsen und strafte sie mit schweigen. Eine Erklärung hätte außerdem nichts gebracht und war sie ihr schon gar nicht schuldig.

Ino erzählte weiter. »Ist jetzt auch egal, denn es erwies sich für mich als Glückstreffer. Dass ihr Yanis so rasch entlarvt habt, versetzte mich in die Lage ihn zur Handlung zu zwingen. Eine Handlung die erst für die Zeit des nächste Linientreffens, wenn die Planeten wieder in Opposition stehen, vorgesehen gewesen wäre und ihr euch in der Zwischenzeit bekriegt und gegenseitig von hier verjagt hättet. Die Zerstörung eurer Planeten. Yanis hätte das sowieso nicht mehr mitbekommen, er wäre dann schon längst nicht mehr von Nutzen gewesen. So aber konnte er mir bei der Vollendung dienen. Den vierten Planeten, seinen eigenen Stützpunkt, zu vernichten fiel ihm gar nicht mehr schwer. Er zickte nur noch herum, weil er wusste, das Atlan die Überlastung des Asteroiden-Amynen nicht überstehen würde. Also sind mir spontan die groben Berechnungsfehler, die damals gemacht wurden, eingefallen, wonach es sich auf eine Zerstörung beschränken würde. Und diese auch noch so langsam, dass sich ganz sicher alle in Sicherheit bringen könnten. Na, was soll ich noch sagen. Er wollte es unbedingt glauben. War er so verzweifelt, so verliebt, so dumm? Ist mir egal! Eigentlich hätte es den im Fadenkreuz stehenden Arsean sofort zerreißen sollen, wenn nicht dein neuer bester Freund dazwischengefunkt hätte. Aber so sind wir Yanis und Ayman wenigstens auf einen Schlag losgeworden und Arsean können wir später, wenn er erst einmal unbewohnbar und verlassen ist, immer noch hochjagen.« Spöttisch beendete sie ihre Geschichte und schaute recht selbstzufrieden drein.

16. Der Anschlag

Wir schauten beide fassungslos über diese Kaltherzigkeit auf die sitzende Ino hinunter. Ich war erleichtert zu hören, dass ich mit der Verzögerung des Abschusses die Leute doch gerettet hatte und nicht, wie zuerst befürchtet, mit dem Streifschuss in unnötige Gefahr brachte. Dann sahen wir uns gegenseitig an und ich lächelte Simara erleichtert an. Sie war in Sicherheit und wir könnten jetzt versuchen unser eigenes Problem zu lösen. Sie lächelte zurück, wir verstanden uns wortlos. Doch plötzlich wurde sie ernst und kniff nachdenklich die Augenbrauen zusammen, als ob ihr etwas Dringendes eingefallen wäre.

Sie schaute zu Ino und fragte: »Sag mal, wer hatte dich denn nun angegriffen, bevor ich dich kopfüber in deinem Aquarium hängend fand?«

Daran hatte ich auch gar nicht mehr gedacht und sah ebenfalls fragend hinab. Ohne diesen Anschlag hätte man mich als Ayman ja gar nicht hergeschickt und alles wäre ganz anders gekommen.

Ino schaute hoch und begann laut und herzhaft zu lachen, während sie ihre Handschuhe auszog, frech mit den Fingern wackelte und dabei die aufgeschnittenen Schwimmhäute präsentierte. Es sah aus, als ob zwischen den Fingern Pergamentpapier hing, nur sichtlich weicher und mit einigen Adern durchzogen oder Muskelfasern. »Du hast schon inzwischen mitbekommen, dass ich unter Wasser atmen kann?«

Sania schaute verlegen, so als ob sie eine leichte Frage des Lehrers nicht beantworten konnte. »Natürlich, jetzt schon, aber das wusste hier ja keiner.«

Ino hatte sich wieder eigekriegt und sah sie mitleidig an. »Ja du Arme, hattest so einen Schreck bekommen«, kam es in frotzelndem Ton. »Du hast deine gute Freundin salzverachtend aus dem Becken gezogen und wiederbelebt.«

Sania schaute etwas unsicher drein. »Ich bekam Ausschlag, trotz der Handschuhe, einen ganzen Tag lang.« Einerseits war sie als vermeintliche Retterin schon selbst Stolz auf sich, andererseits kam ihr das jetzt im Nachhinein betrachtet auch lächerlich vor.

»Ja, ja, schon gut, du bist eine Heldin. Du wusstest es ja nicht.« Ino sagte das zwar dankbar, gleichzeitig hörte es sich aber an, als ob sie gerade einen Hund tätschelte und lobte, weil er das Stöckchen wiedergebracht hatte.

Sie fing zu erzählen an. «Wie ich schon erwähnte sind meine Kiemen innen im Hals und nicht außen wie bei allen anderen Aquanten. Ich kann auch viel länger ohne Wasser auskommen. Aber nach einem Tag, längstens zwei, benötigen meine Lungen Feuchtigkeit, vorzugsweise salzige Feuchtigkeit und ich muss eine Weile ordentlich unter Wasser ›durchatmen‹. Warum wohl schleppe ich ständig dieses sperrige Aquarium mit mir herum. Weil es mein Vater mir schenkte? Nein wirklich nicht! Das tat er doch nur um mich immer bei sich haben zu können.« Sie war versucht sich wieder gemein über ihn auszulassen, unterdrückte es aber. »Ich komme also ziemlich müde in mein Quartier und freue mich auf das längst notwendig Wasseratmen. So erschöpft wie ich war, habe ich mir nicht einmal die Zeit genommen mein Oberteil auszuziehen und anscheinend auch die Tür nicht richtig geschlossen. Ich hebe den Deckel hoch, wie es Ayman so scharfsinnig feststellte, und tauche ein. Sauge mir das Salzwasser genüsslich durch die Kiemen in meine Lungen. Nach ein paar Minuten höre ich plötzlich dein Geschrei und stelle mich instinktiv tot. Was sollte ich auch sonst machen? Wie sollte ich es erklären? Ausgerutscht beim Fische füttern? Ohne Futter in den Händen. Das ich den finalen Test für unsere Impfung und Creme machen wollte, ganz allein? Nein, ich konnte das nur mit einem Angriff auf mich erklären.«

Sie sah Sania mit schräg gehaltenem Kopf an und lächelte. »Du hast dich so bemüht, herumgeschrien und versucht mir das Wasser aus den Lungen zu massieren, während ich mit aller Kraft versuchte es drinnen zu behalten und mir eine glaubwürdige Geschichte auszudenken. Als du mich dann aber umdrehtest und anfingst umständlich an meinem Gesicht herumzuwischen, um möglichst viel Salzwasser wegzubekommen, da ahnte ich schon was kommen sollte. Du wolltest es mit Mund zu Mund Beatmung versuchen. Ja das war schon sehr heroisch von dir, mein mit Salz verunreinigtes Gesicht mit deinem Mund berühren zu wollen. Du hast mich sehr gemocht, nicht wahr?« Sie hielt ob dieser rhetorischen Frage kurz inne und sah Sania mitleidig an um betont verachtend fortzufahren. »In mir hat der Gedanke deine Lippen auf den Meinen zu spüren solch einen Ekel hervorgerufen. Ich spuckte rasch etwas Wasser aus und machte die Augen auf damit dieser Folterversuch gar nicht erst wahr wurde.«

Sania schaute sie bestürzt an, traurig, Tränen stiegen in ihr hoch die sie aber tapfer zurückhielt. Das aus dem Munde ihrer für sie besten Freundin, ihrer Vertrauten, zu hören, die sie trotz beträchtlicher Gefahr für sie selbst zu retten versuchte. Sie sagte nichts, aber die Enttäuschung, die deutlich ihrem angespannten Gesicht abzulesen war, wich Zorn. Die Hand, in der sie den Laser hielt, hob sich langsam, die Finger zitterten und ein Mundwinkel zuckte. Kurz dachte ich schon sie würde abdrücken, aber sie fing sich wieder.

Ino der dieses Minenspiel auch nicht verborgen blieb lächelte sie provozierend an. Sie freute sich sichtlich über den Schmerz, den sie ihr allein mit ihren Worten bereiten konnte. »Ja«, sagte sie langezogen und freudig, »und wieder hat sich ein unerklärliches, erst vermeintlich negatives Ereignis schlussendlich für mich als positiv herausgestellt.«

Wir sahen sie beide unverständlich an, sehen konnte Ino natürlich nur Sanias wieder wechselnden Gesichtsausdruck.

Ohne erst eine Frage abzuwarten, erklärte sie strahlend ihre Überlegungen. »Zuerst seid ihr rasch auf Yanis gekommen, das war ein Rückschlag, half mir aber zum unverhofft raschen Endziel. Jetzt hat mich irgendwas davon abgehalten dich zu erschießen, was mir aber weit nicht so eine befriedigende und langanhaltende Rache beschert hätte wie die einfache Wahrheit. Dein jetziger Anblick bringt mir weit mehr Genugtuung als es dein lebloser Körper je hätte tun können. All die Jahre in denen ich meine Pläne schmiedete und mir dein Ende vorstellte, all die Jahre wusste ich nicht, dass diese Zeit selbst, bereits die Vergeltung war und noch lange in dir anhalten wird.« Sie schloss die Augen und lehnte sich zurück. »Schieß ruhig«, forderte sie sie mit breitem Grinsen auf.

»Verdient hättest du es«, antwortete Sania nach längerem Überlegen, »aber wie du eben selbst sagtest, bringt ein lebloser Körper nicht die erhoffte Genugtuung. Und ich verstehe sogar, warum du so geworden bist. Mit dem schrecklichen Tod deiner Mutter hat es angefangen. Die Schuld dafür hast du deinem Vater gegeben, der deiner Erzählung nach, danach tagelang zu nichts fähig war und in der Angst dich auch noch zu verlieren dir das Gefühl gab dich nur als Ersatz für deine Mutter zu behalten oder dich besitzen zu wollen. Dieser jahrelange Hass gegen deinen dich liebenden Vater, hat dir nicht geholfen, nein eigentlich nur dein Selbstmittleid, deine

Opferrolle, verstärkt, sodass du die erstbeste Gelegenheit ergriffen hast, um dein Leben den radikalen Ideen von ein paar Spinnern zu widmen. Die haben dich verstanden sagtest du? Die haben dich benutzt! Deinen Selbsthass, weil du genauso wie dein Vater nur stillschweigend zugesehen hast und das konntest du dir selbst nie verzeihen. Deinen Vaterhass, den du die ganze Zeit, als er sich um dich bemühte, abgewiesen hast, weil du jemanden brauchtest auf den du deine Wut fokussieren konntest. Deinen Hass auf uns«, Sania deutete dabei mit beiden Händen erst auf sich selbst, um sich dann in Richtung der offenen wunderschönen Landschaft zu drehen und mit einem Armschwenker in die Gegend zu zeigen, »die wir der Forschung wegen, diese Menschen hier verändert, ja in dieser Weise erst hervorgebracht haben. War es das wert?«, fragte sie wieder zu Ino gewandt. »Eine Welt zerstört, eine andere unbewohnbar und all die Menschen, die hier noch sterben werden, unschuldige Menschen. Für was? Deine persönliche Rache, für mehr Wasser, mehr Lebensraum. War es das tatsächlich wert? Hättet ihr nicht auch in den Meeren auf Atlan und Arsean siedeln können? Hättest du dich nicht dafür einsetzen können, dass die Forschung, die Veränderung der einheimischen Spezies andere, aufgeklärtere, Bahnen einnimmt? Dafür ist Yanis, ein guter Mann, der nichts anderes wollte als uns allen in der Raumflotte zu dienen, gestorben, nachdem du ihn jahrelang gequält hast. Ihn einfach wie deine Mutter zu erschlagen wäre gnädiger gewesen. Dafür hast du mir lange Zeit vorgemacht meine Freundin zu sein, eine Zeit, in der wir tatsächlich Freundinnen hätten sein können und den Menschen die Angst vor dem Unbekannten hätten nehmen können.«

Inzwischen war Panos und Alea eingetroffen. Sie bekamen die letzten paar Sätze noch mit und schauten Ino fassungslos an. Sie konnten noch immer nicht glauben, dass sie für alles Geschehene die Verantwortung trug und sie sie sogar töten wollte. Schließlich kannten sie sich auch schon eine Weile. Nicht gut aber sie waren, durch die gemeinsame Freundschaft mit Sania, doch vertraut miteinander. Wie Alea nun bestätigte, wäre das Shuttle tatsächlich aufgrund einer Sabotage nach ein paar Minuten Flug abgestürzt und Panos hatte Rhea völlig verängstigt im Schrank vorgefunden, die unbenützten Cremes hatte sie auch noch bei sich. Auf Sanias Geheiß nahmen sie die nun schweigsame und nachdenklich wirkende Ino in die Mitte und gingen mit ihr zur AQA-Pyramide. Der betroffene Blick, den sie dabei machte, erinnerte an Reue oder sowas wie in sich gehen, als ob Sanias Worte etwas bewirkt hätten, aber nachdem was ich jetzt alles von Ino gehört und gesehen hatte, könnte es genauso gut die Pause bis zur nächsten Gehässigkeit sein.

Während sich die drei entfernten wandte sich Simara wieder zu mir. »Ich gehe noch mit und Berichte alles den Heimatplaneten damit sie von dieser Intrige und über die noch drohende Gefahr unterrichtet sind. Vielleicht können wir auch noch die Aquanten zu Gegenmaßnahmen bewegen.«

Ich nickte nur kurz zustimmend.

Ino, die sich im Weggehen nach ihr umdrehte, wohl weil sie merkte, dass sie nicht gleich mitging, bekam das vermeintliche Selbstgespräch mit und blieb abrupt stehen. »Was zum …, mit wem redest du da? Wer, was hat dir vorhin geholfen?« Panos nahm sie am Arm, um sie zum Weitergehen zu drängen, doch sie riss sich los. »Sie verbirgt etwas!«, sprach Ino eindringlich zu den beiden, »Sie müsstet ihr abführen und befragen. Ist euch ihr merkwürdiges Verhalten heute denn überhaupt nicht aufgefallen?«

Panos und Alea blickten sich kurz an und sahen dann zu Sania die inzwischen nachkam. Man merkte, es war ihnen auch aufgefallen und innerlich regte sich Neugierde über den Grund für manch überraschende Vorgehensweise und unübliche Handlungen. Ich befürchtete einen Augenblick diese Anschuldigungen trugen Früchte. Denn an ihrem untypischen Verhalten gab es ja keinen Zweifel. Erklärungen würden die Sache aber sicher nur verkomplizieren und Entscheidungen, gerade jetzt wo es galt die guten Beziehungen zwischen Arseanern und Atlantenen zu erhalten und hoffentlich die Aquanten noch rechtzeitig von zerstörerischen Taten abzuhalten, unnötig verzögern. Sania ging unbeeindruckt weiter und würdigte Inos Verdächtigungen mit keinem Wort. Sie zuckte gerade einmal gleichgültig mit den Schultern, nickte zu ihnen und stieß dabei einen Laut aus der wie tz, pff oder ähnlich abwertend klang. Man sah wie ein Ruck, fast synchron, ihre beiden Freunde durchfuhr, dabei schüttelten sie selbstkritisch den Kopf, dass sie überhaupt darüber nachdachten. Dann packten sie Ino links und rechts deutlich nachdrücklicher an den Oberarmen und gingen mit ihr weiter. Schließlich bestand an ihrer Schuld kein Zweifel mehr. Rhea im Schrank, das sabotierte Shuttle, mit dem auch Sania geflogen wäre und ihre durchtrennten Schwimmhäute. Sie vertrauten ihrer Freundin, selbst wenn sie noch manches für sich zu behalten schien. Ino mag noch ein paar Mal widerspenstig aufstampfen, das half ihr nichts mehr.

Erleichtert sah ich ihnen nach. Die Gefahr für Simara war abgewannt, das Geheimnis um den Anschlag auf Ino gelüftet, eine Intrige aufgedeckt. Das Schicksal für Terraqua war zwar noch ungewiss, aber es wurde nun sicher alles unternommen, um das Schlimmste abzuwenden. Wir konnten uns endlich auf unser eigenes Problem der Heimkehr konzentrieren. Ich lehnte mich an die Wand und schaute mir wieder die Gegend an, ging im Durchgang herum und schwang spielerisch mit dem Stock herum. Der hatte Sania das Leben gerettet. Ob ich den mit nach Hause nehmen konnte? Dann erinnerten mich die ganzen Folien an die Energieriegel und ich holte mir einen, nicht weil ich Hunger hatte, einfach nur weil er schokoladig schmeckte und ich genau das jetzt brauchte, meine Sieges-Schokolade.

17. Andere Zeiten

Geraume Zeit war vergangen als einige Raumschiffe angeflogen kamen, Arseanische und Atlantenische. Es waren aber keine Shuttles, sondern größere auch für den Kampf geeignete. Sie schwirrten im Luftraum über mir herum. Bis schließlich eines davon tiefer kam und direkt vor dem Tor zum versunkenen Hof einige Meter über dem Boden schwebend verharrte. Eine Luke ging auf und ein Energiestrahl, den Wänden der Garage gleich, führte bis zum Boden. Drei Arseaner gingen darauf, oder besser glitten, wie auf einer Rolltreppe hinab und kamen direkt auf mich zu – die wollten in den Convenitor. Alle drei trugen Arseanische Commander-Uniformen wie die von Ayman, nur der Ältere, der voran ging, hatte drei Streifen mit Pyramiden, schien der Ober-Commander zu sein, oder General oder was weiß ich – hatte keinen Ayman mehr zum Reinhören. Darüber hinaus hatten sie Laser an den Gürteln hängen, aber richtige, keine von den Lippenstift-Artigen. Nachdem sie unten angekommen waren, schloss sich die Luke und das Schiff machte einen Sprung in die Höhe und einige hundert Meter zurück, so richtig abgestuft und ohne zu beschleunigen oder abzubremsen, einfach zack-zack. Dann schwirrte es gemächlich, aber unregelmäßig mit den anderen in der Luft, über dem ganzen Ort, herum.

Ich machte Platz als die Drei, sicherlich unbewusst, aber eindeutig im Gleichschritt, näherkamen. Nicht nur weil sie finster dreinschauten, auch das ›durch einen durchgehen‹ war mir einfach zu unheimlich. Ihre ernsten Mienen konnte ich gut verstehen. Sie wurden angegriffen und hatten gerade ihren Stützpunkt verloren, scheinbar von den Atlantenen, ihren Verbündeten. Als sie so an mir vorbei marschierten konnte ich nicht anders als hinter ihnen herzugehen und laut »Links – zwo – drei – vier« zu rufen. Da blieb der Anführer stehen, er stand gerade direkt im Kraftfeld, und drehte sich um, so als ob er mich gehört hätte. Er schaute suchend im Durchgang herum. Ich erschrak und blieb stocksteif und mucksmäuschenstill stehen, bis er kopfschüttelnd weiterging. Instinktiv hatte ich die Luft angehalten und als ich sie nun wieder herausließ fragte ich mich, warum? Schlechtes Gewissen, weil ich sie nachäffte? Hätte ich mich nicht besser bemerkbar machen sollen? Wie konnte er glauben etwas zu hören? Ging es überhaupt um mich? Wahrscheinlich hatte er etwas ganz anderes vernommen.

Zaghaft ging ich bis zum Energiefeld nach und fragte mich was die hier wollten. Auf der anderen Seite der Halle kam Sania mit zwei Atlantenen, wovon einer scheinbar auch ein ranghöherer Commander war. Sie näherten sich aneinander, die Arseaner ging auf die rechte Seite, während die Atlantener auf der linken blieben. Keiner Sprach ein Wort, ernste Blicke wurden ausgetauscht und jeder holte seinen Kommunikator heraus und steckte ihn in die Brusttasche. Die Anlage aktivierte sich daraufhin, die Kugel in der Mitte formte sich, wenn auch kleiner als vorher und ein paar Meter über dem Boden schwebend. Jede Seite war auf der jeweils anderen sichtbar. Anscheinend war es Sania gelungen beide Parteien von der Notwendigkeit an Gesprächen, mit neutraler Aufzeichnung durch die Anlage, zu überzeugen. Nachdem was geschehen war, konnte man das sichtbare Misstrauen keinem vorwerfen.

Sania trat einen Schritt vor und begann: »Topcommander Aman, darf ich Ihnen als erstes mein Bedauern über den Tod Ihres Sohnes Ayman versichern.«

Der angesprochene nickte nur ernst und ich erstarrte innerlich. Das war der Vater von Ayman – hatte er mich deshalb vorhin wahrgenommen, denn nun war ich mir sicher, dass er wegen mir zurückschaute. Ich setzte mich auf den Boden, den Stecken quer über die Oberschenkel gelegt und hörte gespannt weiter zu. Dank der Anlage war das wie Kino. Die beiden Seiten standen sich zwar in gebührendem Abstand gegenüber, die Kugel projizierte trotzdem eine gewisse Nähe und sorgte für klare Verständlichkeit. Es hatte was von einem Konzert wo über der Bühne ein großer Bildschirm das Geschehen darunter wiedergab – nur im Zweiwegesystem.

Sania schaute kurz zu mir und fuhr dann fort. »Die letzte Zeit war von Misstrauen zwischen uns geprägt. Intrigen wurden gesponnen, es gab Sabotagen, vermeintliche Anschläge und letztendlich sogar die Zerstörung unseres Stützpunktes Atlan durch Yanis und beinahe auch Arseans, wobei dieser zukünftig leider nicht mehr bewohnbar sein wird.«

Aman fiel ihr wütend ins Wort. »Wagen sie es nicht jetzt auch noch Ayman als Attentäter zu nennen. Wagen sie es ja nicht! Warum unser Yanis wirklich auf Atlan war, was er dort tatsächlich gemacht hat und wie er überhaupt dahin gelangte, wird von uns noch untersucht.«

»Keine Angst mein lieber Aman«, beschwichtigte Sania seinen verständlichen Ausbruch, »ich weiß ganz genau, dass Ayman nichts mit der Vernichtung unseres Stützpunktes zu tun hatte. Tatsächlich wollte er sie verhindern und es ist nur ihm zu verdanken, dass Arsean nicht auch wie Atlan komplett zerstört wurde.«

Sein empörtes Gesicht änderte sich in völlige Verwunderung. »Woher wissen Sie das so genau?«

Sie sah ihn mitfühlend an. »Ich stand während seiner letzten Minuten mit ihm in Funkkontakt. Zuvor entlarvten wir gemeinsam eine langzeitgeplante Verschwörung, um unsere beiden Völker gegeneinander aufzuwiegeln, in einen Krieg zu hetzen und schlussendlich aus diesem System zu vertreiben.«

Aman setze sich nun überwältigt hin. »Ich wusste gar nicht, dass sie beide sich überhaupt kannten.«

»Nun«, Sania hielt kurz inne, »tatsächlich sind wir uns gestern zum ersten Mal begegnet. Es ist zu kompliziert das jetzt genauer zu erklären da die Gefahr noch nicht gebannt ist.«

Er wurde wieder hellhörig. »Wie kompliziert? Welche Gefahr? Wer plante diese Verschwörung und was war mit Yanis?

Sania redete vorsichtig weiter. »Yanis war tatsächlich derjenige der den Asteroiden-Amynen auf Atlan bediente und auch an den Sabotagen und Verschwörungen beteiligt war«, bevor Aman reinreden konnte, sprach sie schnell weiter, »allerdings wurde er dazu in langer Vorbereitung und wie ich meine auf grausame Weise psychisch manipuliert.« Sie winkte zum Eingang, von dem aus sie gekommen waren und Ino wurde von Juna und Panos vorgeführt. »Sie trägt dafür die Verantwortung!«

Aman sprang nun überrascht hoch und witterte eine Intrige. »Aber das ist doch Ino, ihre eigene Assistentin, ihre wie man weiß beste Freundin, eine Atlantenin aus bester Familie. Ich habe oft mit ihrem Vater zusammen gearbeitete. Wollen sie mich für dumm verkaufen? Was soll das hier?« Er gab einen Wink an seine beiden neben ihm stehenden Commanders, die nun mit der Hand am angehängten Laser achtsam die Halle in allen Richtungen nach Gefahren musterten.

Ino sah eine Gelegenheit und versuchte sie zu ergreifen. Sie riss sich los und schrie quer durch die Halle, verknüpften

Kommunikator hatte sie ja keinen. »Topcommander, helfen Sie mir. Ich soll hier für atlantenische Intrigen geopfert werden nur weil ich nicht mitspielen wollte!«

Es folgte ein schreiendes Durcheinander, die Maias fasten Ino härter an und hielten sie zurück. Heron, Topcommander der Atlantenen auf Atlan, mit dem Sania gekommen war faste ebenfalls an seine Waffe, während einer der arseanischen Commanders sie bereits gezogen hatte. Aman, schaute nervös hin und her, dann zu Ino die sich gegen Juna und Panos wehrte und wollte nun auch seinen Laser ziehen.

»STOPP!«, schrie Sania aus Leibeskräften so laut und lange sie konnte, »ich kann alles beweisen, aber bitte beruhigen sie sich!« Sania stand, die Arme in Richtung der beiden gegnerischen Parteien gehoben, da. Beschwichtigend drückte sie mit ihren offenen Handflächen nach außen, einem symbolischen Puffer gleich.

Wie durch den Schrei zu Salzsäulen erstarrt, verharrten alle in ihren Bewegungen, während sie sich gegenseitig misstrauisch musterten. Dann richteten sie sich in Zeitlupe aus der leicht gebückten Abwehrhaltung, die sie automatisch eingenommen hatten, wieder auf, steckten die Waffen ein, sahen sich besonnen an und nahmen eine deutlich entspanntere Position ein.

»Danke!« Sie ließ erleichtert die Arme wieder fallen.

Dann fuhr sie fort: »Ja, Ino ist ...«, sie musste betroffen schlucken, »sie war, meine Assistentin und Freundin. Sie ist auch Atlantenerin, zumindest zur Hälfte. Ihre Schwimmhäute und andere untersuchbare Eigenschaften beweisen ihre aquantische Seite. Sie hat die Forschungsarbeiten sabotiert und Yanis dazu gebracht sie dabei zu unterstützen und schlussendlich sogar den eigenen Stützpunkt anzugreifen. Als Rhea dahinterkam, hat sie sie eingesperrt und bedroht.«

Aman unterbrach sie wieder ungeduldig und auch etwas wütend. »Wo sind die Beweise?! Rhea ist auch ihre Assistentin und wird sagen was sie wollen. Yanis ist tot und kann nichts mehr sagen. Ihr die Mischlingsherkunft anzulasten ist veraltet und spricht jetzt mehr gegen sie Sania.« Er schaute sie empört an, Sania schaute beklommen zurück und Ino grinste schadenfroh im Hintergrund. »Und außerdem«, fuhr Aman fort, »wusste ich schon immer, dass Ihre Mutter Aquantin war.«

Ino, die mit ihrem gemeinen Blick Sania fixiert hatte, horchte ungläubig auf. Ihre steten nach vorn zerrenden Bewegungen, mit denen sie Juna und Panos nötigte, sie immer fester zu halten hörten mit einem Schlag auf und sie stand perplex und aufrecht da. Nun starrte sie Aman regungslos an. Jeder im Raum starrte ihn nun an.

Sania entfuhr, genauso wie mir, ein überraschtes langgezogenes »Was?« und sah ihn fragend an.

Aman weiter. »Ich hatte nicht nur oft mit ihrem Vater Zeno zusammengearbeitet, nein ich durfte mich auch seinen Freund nennen. Er erzählte mir schon von seiner heimlichen Liebe als wir noch gemeinsam mit den Aquanten verhandelten. Danach deckte ich die beiden oft, wenn sie sich trafen und als sie ein Kind von ihm erwartete war er überglücklich. Nur die Zeiten damals waren für so eine Partnerschaft noch nicht bereit. Leider sind sie das in den Köpfen vieler Leute, Arseaner, Atlantenen sowie Aquanten, auch heute noch nicht. Obwohl es seiner Karriere schadete, hatte er sich sofort nach Atlan versetzten lassen, um so oft wie möglich bei ihnen sein zu können. Als Nika, Inos Mutter, dann starb ist seine Welt zusammengebrochen. Aus Angst um die Sicherheit seiner Tochter bestand er darauf, dass sie fortan bei ihm bleiben würde. Er hatte immer den Verdacht seine politischen Gegner könnten hinter dem Mord an Nika stecken, ja Mord, denn sie wäre nie auch nur in die Nähe dieser Fischer geschwommen, schon gar nicht mit Ino an ihrer Seite. Die wussten ganz genau, wo sich die Beiden aufhielten. Zeno erzählte mir von den furchtbaren Schreien, die er hören musste als sie über die Wasseroberfläche zu ihm hallten. Das Schiff war aus dem Nichts aufgetaucht, entweder hatte es ein tarnendes Kraftfeld oder einen unserer Antriebe, jedenfalls waren das keine gewöhnlichen Fischer. Alles was er noch tun konnte war sein Kind in Sicherheit zu bringen. Er hat bis zu seinem Verschwinden nach Beweisen für die Beteiligung eines seiner Kontrahenten gesucht denn die Einheimischen hätten das nie allein bewerkstelligen können.«

Er hatte sich inzwischen hingesetzt, blickte traurig in Gedenken an seinen Freund zu Boden und man konnte sehen, wie gerne er sich endlich die Last dieses Geheimnisses von der Seele sprach. Besonderes da er es tat, um die vermeintlich falschen Anschuldigungen von Ino zu nehmen und offen den Mordverdacht an Nika und das bisher ungeklärte Verschwinden Zenos anzuprangern. Die Kampfschiffe kreisten und der Konflikt schien unausweichlich, da wollte er reinen Tisch machen, auch wenn nie etwas nachgewiesen werden konnte. Er hoffte irgendjemand, der sich später die Aufzeichnungen der Vermittlungsversuche ansah, würde die richtigen Schlüsse ziehen und vielleicht den oder die Schuldigen entlarven.

Er blickte wieder hoch und sah direkt zu Ino, die gebannt zuhörte. »Ich und einige andere Vertraute deines Vaters haben nach seinem Verschwinden immer darauf geachtete, dass es dir an nichts mangelte und dir im Hintergrund Türen für deine Kariere geöffnet. Als ich von einem Anschlag auf dich hörte, sorgte ich unauffällig dafür, dass mein Sohn die Untersuchung leiten würde. Nur ihm konnte ich trotz aller

Vorurteile und Gerüchte, die schon bestanden, vertrauen in alle Richtungen zu ermitteln. Dein Vater wollte dich nie mit seinem Verdacht belasten und hat so gut es ging alles von dir ferngehalten, auch weil er Verbindungen zwischen seinen Gegnern und extremistischen Aquanten vermutete.«

Dann sah er zu Sania und stand entschlossen auf. «Ich hätte nach all den Jahren nicht angenommen, dass ich Ino eines Tages vor ihrer vermeintlich besten Freundin schützen müsse, aber auch wenn ich Zeno selbst nicht helfen konnte, bei seiner Tochter werde ich nicht versagen. Nicht bei ihr!«

Sania schaute ihn betreten an, dann sah sie zu Ino, die nun still in sich gekehrt wirkte. »Topcommander Aman, das kommende wird nicht einfach für Sie sein, aber ich habe Inos Geständnis aufgezeichnet.«

Ich war genauso überrascht wie Aman. Mir war nicht aufgefallen, dass Sania heimlich bei ihrem Kommunikator die Protokollierung aktivierte und damit einen unwiderlegbaren Beweis für Inos Worte hatte. Sie nahm ihn aus der Brusttasche und richtete ihn auf die Anlage. Damit wurde alles überspielt und abgespielt. Alle im Convenitor konnten nun hören, wie Ino Sania mit dem Laser bedrohte, vom Endziel sprach und ihr die Forschungen vorhielt. Ihre Erinnerungen an den Tod der Mutter und die Abscheu auf den Vater bis zu ihrer Rolle an seinem Verschwinden. Wie sie kaltblütig die Pläne für Terraqua und den Tod der Einheimischen verriet. Die Sabotagen an der Arbeit, den Hass auf Sania bis zum Mordversuch mit dem Shuttle. Den jahrelangen Psychoterror mit dem sie sich Yanis gefügig machte und die Erklärung über den angeblichen Anschlag auf sie selbst.

18. Primo Costo

Nach dem Ende der Aufzeichnung herrschte gespenstische Stille in der Halle. Betroffenheit in den Gesichtern und ein gebrochen wirkender Aman. Er stützte sich auf einen Tisch unentschlossen sich hinzusetzen und jedem seinen offenkundigen Schmerz sichtbar zu machen oder tapfer und beherrscht stehenzubleiben wie es viele von einem Topcommander erwarten würden. Er entschied sich für den diplomatischen Mittelweg und lehnte sich an die Tischkannte, die Arme verschränkt und mit leer wirkenden Augen in Richtung Ino blickend. Diese stand, den Kopf zu Boden gesenkt, ruhig da und wagte es nicht den schwer enttäuscht schauenden Mann anzusehen. Die Informationen von Aman mussten selbst sie in ihrer von Hass erfüllten Blase erreicht haben. Informationen die nun alles in völlig neuem Licht darstellten. Schien es doch nun so, dass Ino mit genau denselben Extremisten zusammen arbeitete die für den Mord an ihrer Mutter verantwortlich waren und ihren Vater nur verschwinden ließen, weil er ihnen auf die Spur kam. Ino musste nun begriffen haben, dass sie nur benutzt wurde – so wie sie Yanis benutz hatte.

Sania wies die Maias an mit ihr wieder nach draußen zu gehen und Ino folgte dieser Anweisung noch bevor die Beiden reagieren konnten. Sie fühlte sich unzweifelhaft unwohl in ihrer Haut und konnte es nicht erwarten den traurigen Blicken ihres heimlichen Förderers und Freundes ihrer Eltern zu entgehen. Während die drei die Halle verließen wendete sich Sania wieder an Aman. »Vielleicht wäre es von Zeno doch besser gewesen seine Tochter nicht ganz im Dunklen zu lassen und mit ihr über die Geschehnisse und seinen Verdacht zu reden.«

Aman schaute Ino noch gedankenverloren nach, bis sie draußen war, dann sah er Sania an, bestürzt und entschuldigend gleichzeitig. »Ja, das wäre es vermutlich gewesen.« Er stieß sich schwungvoll vom Tisch ab und ging etwas näher an die Gegenseite heran. »Aber was für Zeno zählte war das Wohl und die Sicherheit, seines Kindes und die sah er in Gefahr, wenn er ihr die schrecklichen Tatsachen mitteilen würde. Er wollte sie nicht mit dem Wissen belasten, dass, so etwas furchtbares zu tun, von unseren eigenen Völkern ausgehen könnte. Er hielt es für besser sie dachte es wären einfach ein paar rückständige Wilde gewesen, mit denen wir experimentieren. Vor allem aber wollte er nicht, dass sie, einmal mit seinen Vermutungen konfrontiert, vielleicht Fragen bei den falschen Leuten stellte und damit ins Ziel seiner Feinde rückte. Dass er sie damit anfällig für radikale Beeinflussungen machen würde, konnte er sich sicherlich nicht in seinen schlimmsten Träumen vorstellen, niemand konnte das, ich auch nicht.« Er stand da, die Arme verschränkt und gedankenvoll die Halle betrachtend, dann, sich wieder an Sania richtend und noch ein paar Schritte näherkommend. »Wissen sie Sania was das Paradoxe an der ganzen Sache ist?

Sania kam auch näher, fühlte sich ihm gegenüber nun sicherer und schüttelte nur sachte den Kopf.

»Zeno hatte sich diese Feinde gemacht, weil er sich für die Terraquaner einsetzte. Er fand Bestrebungen, die zum Ziel hatten, den Umgang mit den Bewohnern hier eine andere Richtung zu geben und den mittlerweile vorherrschenden Gottglauben auszunutzen. Leider gibt es inzwischen bereits Gebiete wo sich als König aufgespielt wird, sich Kulte und Göttersagen formen, ja uns sogar Menschliche Opfer dargebracht werden. Viele ziehen ihre eigenen Vorteile aus der Frömmigkeit und lassen die Menschen, die auf diesem

Planeten reichlich vorkommenden guten Rohstoffe für sich abbauen. Zeno wollte damals aktiv gegen diese sich abzeichnende Entwicklung vorgehen und generell einen anderen, neuen, Weg einschlagen. Wo nicht offen unsere Überlegenheit dargestellt, sondern im Hintergrund gelenkt und gelehrt würde. Er war da einer Meinung mit Marik, der seit Zenos Verschwinden niemanden mehr unter den Atlantenen findet, um diese Pläne umzusetzen. Stur wie er ist, versucht er es bei jeder Gelegenheit allein – daher geratet ihr beiden so oft aneinander«, er schmunzelte sie kurz freundlich an, um sogleich wieder ernst zu werden. »Zeno hatte sich damit einige einflussreiche Widersacher zugelegt. Dass er sich Ino gegenüber so verächtlich über die Terraquaner äußerte, war eigentlich entgegen seinen Ansichten und Absichten, er wollte sie immer schützen, aber vermutlich hatte er innerlich auch noch den Tod von Nika zu verarbeiten und getan haben es ja die Fischer, egal wer sie nun dazu angestiftet hatte und unterstützte«, schwermütig senkte er den Kopf und machte mit den Armen eine hebende Geste, die wohl sein Verständnis zum Ausdruck bringen sollte. «Er war immer der Ansicht, dass wir überhaupt erst gar nicht in die natürliche Evolution hätten eingreifen dürfen. Nicht biologisch und auch nicht mit unserer sichtbaren Anwesenheit.« Er lächelte in Erinnerung an seinen Freund. Dann schreckte er mit aufgerissenen Augen hoch und sah Sania aufgeregt an. »Aber – Ino zufolge ist er ja gar nicht tot und sie weiß auch, wo er ist!« Er wurde beinahe hyperaktiv. Schritt schnell zu seinen Commanders, um dann doch wieder umzudrehen und zu Sania und Heron zu marschieren. »Wir müssen sofort mit den Aquanten in Verbindung treten! Die sollen ihn sofort freilassen!«

Sania, fast erschrocken über seine plötzliche Energie, antwortete mahnend. »Ja, das hatten wir vor, aber wir dürfen

nicht vergessen, dass die Aquanten dabei sind fast alle Land-
lebewesen auf diesem Planeten auszulöschen. Wir müssen
unbedingt versuchen sie davon abzuhalten mit ihren Amynen die Reste Atlans anzuziehen, besser noch, sie zu bitten
die Zufallstreffer abzustoßen.«

Aman hielt inne und beschämt sagte er: »Ja natürlich,
dazu müssen wir sie unbedingt bringen.«

Heron trat nun hervor und erklärte. »Wir versuchen bereits einige Zeit mit der Aquanten-Kommandantur in Verbindung zu treten, meine Männer sollten es inzwischen geschafft
haben.« Er hantierte mit seinem Kommunikator herum und
darauf hin, wurde in der Kugel ein neues Bild angezeigt. Ein
einfärbiger Ort den man aufgrund des fehlenden Hintergrun-
des nicht als Raum wahrnehmen konnte. Zwei Aquanten,
flankiert von zwei weiteren, die in geringem Abstand seitlich
dahinterstanden, waren zu sehen, aber nur bis zu den Hüften.
Sie sahen wie von Ino beschrieben aus und trugen Uniformja-
cken. Der links vorne, schien der Ober Boss zu sein, er trug
eine kragenlose Jacke in grau mit Knopfleiste und Schulter-
Quasten in Gold, bei dem daneben waren sie silbern. Die
Oberteile von den beiden dahinter waren lila mit blauen
Quasten und auch weniger davon. Eigentlich waren es keine
herkömmlichen Quasten wie man sie von Vorhangschnüren
oder Mützen kannte. An den auf den Schultern liegenden flachen Verstärkungen hingen im Halbkreis rundum dicke Fäden, wie die von Quasten, nur eben nicht büschelartig gebunden. Es erinnerte mich an die Uniformen von Admirälen wie
sie auf alten Gemälden aus dem 17. oder 18. Jahrhundert zu
sehen sind. Entweder, die Vier standen an einer windigen
Stelle, oder diese Schnurquasten bewegten sich, weil sie unter
Wasser waren. Ich tippte mal auf unter Wasser, was auch den
raumlosen Ort erklären würde und – naja Aquanten eben.

»Ich bin Costo der Primo von Aquantis«, stellte sich der Goldbequastette vor, »eure Anschuldigungen gegen Ino und andere meiner Quanten sind sehr schwerwiegenden, aber ich kann euch versichern wir haben keine Amynen, schon deswegen nicht, weil Asteroiden für uns keine Gefahr darstellen. Auch ist es nicht unser Bestreben Terralinge oder andere unterlegene Spezies einfach so auszulöschen. Wir möchten friedlich und für uns das Dasein leben. Die von euch beschriebenen Verschwörungen sind absolut undenkbar. Nicht unter meiner Herrschaft. Wenn Ino solche Fantasien entwickelt hat, dann liegt das sicher an ihrem terranischem Lebensstil. Als sie noch mit ihrer Mutter unter unsereins schwimmen durfte, konnte ich jedenfalls keine derartigen zerstörerischen Stimmungen ausmachen.«

Sania und Heron schauten sich kurz an, er nickte ihr zu damit sie das Reden übernahm. Ich auf meinem Platz im Lichtspielhaus Tiwanaku, erste Reihen fußfrei, war überrascht von der Verständlichkeit der Aquanten, immerhin sprachen sie unter Wasser. Eine etwas eingebildete überhebliche Art war Costo nicht abzusprechen. War es sein Herrschaftsdünkel oder sind die generell so? Ino und der mit dem sie am Funk geredet hatte waren ja ähnlich veranlagt.

»Costo von Aquantis«, begann Sania förmlich.

»Primo Costo!«, unterbrach er sie sofort, vordergründig gelangweilt, aber doch einfordernd und wie ich mir einbildete auch in typisch nasalem Ton.

»Primo Costo von Aquantis«, wiederholte sich Sania widerwillig aber noch freundlich. »Ihre friedlichen Bestrebungen freuen mich, die Zerstörung von Atlan die …«

»… von einem Arseaner ausgeübt wurde …«, unterbrach Costo sie abermals und dieses Mal sehr unwirsch und laut, »eurem Wächter auf Terraqua noch dazu. Ein Zeichen für euren schlampigen Lebensstil und der Versuch euer Versagen der Kontrolle und Sicherheit jetzt auf uns abzuwälzen. Das ist der eigentliche Skandal.« Er verschränkte die Arme und blickte beleidigt nach rechts oben.

Für mich war diese Geste – einem kleinen Jungen gleich der seinen Willen nicht bekommen hatte und nun mit Luftanhalten drohte – das i-Tüpfelchen auf seinem Gehabe, vermutlich stampfte er gerade auch noch mit dem Fuß auf.

Nachdem sie mir einen Blick zuwarf, der mir bestätigte, dass sie dasselbe über ihn dachte wie ich, antwortete Sania. »Aber Costo …«, er schaute sie scharf an, »Primo Costo – es liegt uns fern euch etwas zu unterstellen, aber wir haben das Geständnis von Ino aufgezeichnet und auch wenn sie keinen Mittäter verrät, die Amynen müssen bereits unter Energie gesetzt worden sein und wären somit leicht für euch aufzuspüren. Wir bitte euch nur sie zu suchen, den Extremisten die Kontrolle darüber zu entziehen und für die Abwehr der auf Terraqua zufliegenden Bruchstücke zu verwenden.«

Costo, immer noch beleidigt, antwortete. »Ich habe meinen Sec Nautalo bereits vor unserem Gespräch damit beauftragt.« Er deutete mit dem Kopf auf den Aquanten in Silber behangen neben ihm und befahl: »Los gehen sie sich nach den Ergebnissen erkundigen, ihre Leute müssten inzwischen alles gescannt haben. Ich will diese unverschämte Unterhaltung endlich beenden.« Der angesprochene nickte und verschwand.

Heron wandte sich jetzt an ihn. »Primo Costo, kurz vor dem Zustandekommen unserer Verbindung, haben wir von Ino noch den Standort ihres eingesperrten Vaters erfahren und ich erlaubte mir ihn direkt an ihr Haus zu senden. Darf ich sie bitten sich auch nach dem Stand dieser Nachforschung zu erkundigen.«

Er blickte genervt auf seinen Kommunikator. »Ja ich sehe die Anfrage. Mein Sohn ist gerade in dieser Gegend unterwegs und hat sich dessen angenommen.« Nach kurzer Überlegung fügte er hinzu: »Er erhofft sich wahrscheinlich einmal einen Atlantenen in Natura zu sehen der in einer für ihn unnatürlichen Umgebung mit Ausschlag übersät ist und sich unaufhörlich kratzen muss«, er kicherte boshaft in sich hinein, »Zeitverschwendung in meinen Augen, aber er soll ruhig auch mal etwas anderes tun, als meinen Assistentinnen nachzujagen.«

Heron, der diese Antwort zwar zurecht als Affront auffasste, aber auch froh darüber sein musste, dass nach Zeno überhaupt gesucht wurde, gab ein pampiges »Danke« zurück. In seiner Überheblichkeit und weil er sich anscheinend selbst noch am Gedanken des dauerkratzenden Atlantenen erfreute, registrierte Costo das gar nicht, sonst hätte er sicherlich wieder sein beleidigtes Gesicht aufgesetzt und geschmollt.

Es vergingen noch ein paar unangenehme Minuten, in denen sich die Beteiligten in der Halle mit Blicken die ungeschminkte und zweifellos unvorteilhafte Meinung über Costo wortlos, aber einvernehmlich mitteilten, ganz besonders wenn der wieder und wieder in sich hinein kicherte.

Dann kam endlich Nautalo zurück und berichtete. »Primo Costo, meine Leute konnten keinerlei Anzeichen für Amynen finden.«

»Na bitte«, quoll es süffisant von Costo Sania und den anderen entgegen, »da seht ihr es, können wir diese Farce nun endlich beenden oder kommen noch mehr Beleidigungen von euch Terralingern?«

Alle in der Halle schauten sich entsetzt an und redeten durcheinander. Ich war mit einem Satz aufgesprungen, trat ganz dicht an das Kraftfeld und fixierte diesen Nautalo mit zusammengekniffenen Augen. Die Antwort schockiert mich genauso wie die anderen, aber weniger vom Inhalt her als von der Stimme. »Das ist er!« schrie ich zu Sania die sich verwundert zu mir wandte. »Dieser Nautalo ist der dem Ino Bericht erstattete, ich erkenne seine Stimme wieder. Der gehört zu den Extremisten für die Ino tätig ist.«

Sania, hielt merklich den Atem an, drehte sich wieder zu den Aquanten, sah sich Nautalo genau an und ihren sich lautlos bewegenden Lippen zufolge überlegte sie, was jetzt am besten zu sagen wäre, wie sollte sie diese Information nützen und das auch noch schnell bevor die einfach abschalten. »Sie Nautalo sind einer dieser Verschwörer die Zeno verschlepp und Ino dazu gebracht haben die Schmutzarbeit zu machen, sie gehören zu den Extremisten, die alles zu verantworten haben«, schrie sie in dem Sprachgewirr laut hervor und zeigte mit dem Finger auf ihn.

Mit einem Schlag war es still in der Halle und alle schauten sie überrascht an. Leider, denn hätte einer zu Nautalo gesehen, seinen ertappten Gesichtsausdruck, wäre jedes weitere Wort nicht mehr nötig gewesen. So aber, nach dem das Überraschungsmoment vergangen war, begann Costo laut zu lachen und Nautalo stimmte, zuerst noch verlegen, mit ein. »So verzweifelt meine Liebe, dass sie jemanden Beschuldigen den Sie noch nie gesehen haben können. Wie armselig dieses terranische Verhalten doch ist, das grenzt ja schon an geistige Verwirrung«, er sah sie mitleidig an und neigte dabei den Kopf zuerst nach rechts, dann nach links, schließlich richtete er sich an Heron, »Und von dieser Person haben Sie ihre Informationen? Sind Sie sicher, dass Ino nicht von ihr zu den Aussagen genötigt wurde? Das ist doch noch dazu ihre führende Wissenschaftlerin, ihre führende erfolglose

Wissenschaftlerin. Vielleicht will sie nur etwas Aufmerksamkeit erhaschen?«

Heron schaute ihn wortlos an, es wurmte ihn von diesem arroganten Schnösel nun auch noch vorgeführt zu werden. Noch bevor er etwas antworten konnte, sprach Costo weiter, wieder an Sania gerichtet. Seine Stimme, absichtlich übertrieben beruhigend, aber deutlich frotzelnd. »Meine Liebe, alles wird gut. Ich erniedrige mich sogar soweit Sie noch zu fragen, ob sie auch irgendwelche Beweise dafür haben, außer ihrem forschen Finger, mit dem Sie auf meinen Sec zeigen?«

Sania zeigte immer noch, wenn auch nicht mehr mit durchgestrecktem Arm, auf den Beschuldigten. Sie fühlte sich nun sichtlich unwohl, alle, nicht nur die Aquanten, auch die Arseaner und Atlantenen sahen sie an. Ihre Anschuldigung, ein spontaner Aufschrei, der Dringlichkeit geschuldet, war nicht so durchdacht gewesen, wie sie es sich vorgenommen hatte. Die Blicke durchbohrten sie. Einerseits von den Aquanten, die sich mit jedem weiteren Zögern bestätigt fühlten, andererseits von den eigenen Mitstreitern in der Halle, die zwar ganz und gar auf sie bauten, sich aber selbst nicht im Geringsten vorstellen konnten, wie sie zu dieser Erkenntnis gekommen war. Sichtbares Zweifeln verbargen sie nur noch, weil sie dem eingebildeten Primo den Triumph nicht gönnten. Wenn er nun recht hatte? Sie haben das aufgezeichnete Geständnis von Ino zwar gehört, aber was, wenn es nicht so, wie von Sania erzählt, dazu gekommen war. Sania hielt den ganzen auf sie gerichteten stechenden Augenpaaren nicht stand und musste, wenn auch mit erhobenem Haupte, zu Boden schauen und verschränkte die Arme schützend vor dem Körper. Sie neigte den Kopf verhalten in meine Richtung vermied es aber zu mir zu sehen. Erhoffte sich von mir eine erlösende Antwort. Einen Beweis.

Zum Glück konnte ich ihr den auch liefern und dank der Stille in der Halle musste ich nicht einmal laut schreien. Als sich alle schon von der zu Boden blickenden Sania abwenden wollten sagte sie ruhig und bestimmt. »Sie Nautalo hatten einmal einen Unfall, bei dem sie sich die Zwischenhäute an einer ihrer Hände durchtrennten. Ino brachte dies auf die Idee sich für Ihre Mission hier dasselbe anzutun und der Arzt, der die Ihren wieder zusammennähte, hat die von Ino durchtrennt«, sie schaute wieder auf, direkt in Costos Augen und fuhr fort, »Sagen Sie mir ›Costo‹, wie ich, der ich ihrer eigenen Aussage zufolge Nautalo nicht kennen kann, wie kann ich von diesem Unfall wissen? Von seiner Verletzung? Von seinem Arzt? Warum fragen sie den nicht ob und warum er Inos Häute durchtrennte?«

Costo verging der überhebliche Ausdruck, überhörte sogar das absichtlich unhöfliche weglassen seines Titels von Sania und sah Nautalo an. So wie alle anderen auch und dieses Mal entging keinem seine überrascht entsetzte Mine.

»Sec, wie kann diese Terralinga von ihrem Unfall wissen?« Costo wandte sich ihm drohend zu. Beschämt und von seiner Überheblichkeit befreit erhoffte er sich eine zufriedenstellende Antwort von dem schuldbewusst dreinsehenden Nautalo.

Dieser rang sichtbar um Fassung und stotterte erst noch ein paar Silben dahin, bis er sich fing und selbstbewusst behauptete. »Sie muss diese Information Ino abgepresst haben!«

»Ja, das wird es sein«, sagte Costo ruhig, aber noch deutlich misstrauisch seinem Sec gegenüber, »Von Ino wird sie es erfahren haben – aber warum sollte sie nach so etwas fragen und warum sollte Ino ungefragt so etwas erzählen?«

Heron und Aman weideten sich an der neuen Situation und an dem seiner Hybris verlustig gewordenen Primo

Costo. Unsicher schauten sie sich aber auch gegenseitig fragend in Richtung Sania an. Wie konnte sie das alles wissen?

Dem in Bedrängnis geratenem Nautalo musste derselbe Gedanke gekommen sein und ging frech zum Gegenangriff über. »Mein Primo, diese Terralinga kann das alles doch nur wissen, wenn sie selbst daran beteiligt ist. Sie«, er zog das Wort in die Länge und zeigte gehässig auf Sania, »hat sicher überall ihre Spione sitzen, von denen sie mit Informationen versorgt wird, um alle gegeneinander aufzuhetzen.«

»Warum sollte ich dann genau dieses gegenseitige Aufhetzen zu verhindern versuchen. Ich habe uns schließlich alle hier zusammengebracht«, warf Sania lautstark und empört ein noch bevor irgendeiner Gelegenheit hatte zweifelnd zu ihr zu sehen. Nichtsdestotrotz stellte sie sich in kämpferischer Pose, ein Bein einen Schrittweit nach vorne, hin. Den Kopf herausfordern aufwärts blickend, die Brust geschwellt und die Arme nach unten gestreckt in Fäusten endend.

Die in der Halle anwesenden nickten zustimmend und verwarfen den auch in ihnen aufkommenden Verdacht gegen Sania. Sie wussten zwar nicht, wie sie zu ihren Informationen gekommen war, aber sie setzte sie definitiv nicht ein, um den Konflikt zu verschärfen, sie wollte aufklären und Schaden von Terraqua abwenden. Costo schwankte hin und hergerissen. Er war zwar misstrauisch seinem Sec gegenüber geworden, aber seine Selbstgefälligkeit hinderte ihn daran zu glauben, dass unter seiner Herrschaft etwas derartiges Vorgehen könnte. Sein Kommunikator meldete sich und er ließ sich dankbar davon ablenken. Sein erst erfreutes Gesicht wich urplötzlich einer schockierten steinerne Maske.

Er starrte lange auf sein Gerät dann wendete er sich wieder Nautalo zu. »Mein Sohn hat an der von Ino angegeben stelle tatsächlich ihren gefangen gehaltenen Vater vorgefunden und ihn mithilfe seiner ihn begleitenden Freunde befreit. Seiner Aussage zufolge und den Geständnissen der überwältigten Aufpasser ist alles was uns hier vorgeworfen wurde wahr«, er hielt ihm sein Gerät hin, welches Bilder davon zeigte.

Der Beschuldigte zeigte sich überrascht und das war er ja auch. Nicht von wegen des Gefangenen, sondern das nach ihm gesucht wurde. Er war schließlich gerade nicht anwesend gewesen als Heron um die Suche bat, die ausnahmsweise auch noch direkt an das Haus des Primos ging. Es folgte ein wortreiches Gestammel, eine offensichtlich Suche nach Ausreden. Jeder konnte sehen, wie sich die Wut über die Entdeckung von Inos Vater abwechselte mit dem verzweifelten Bemühen noch eine Erklärung dafür zu finden.

»Das reicht!«, schrie der Primo ihn schließlich an und beendete den immer peinlicher werdenden Versuch der Rechtfertigung Nautalos. So überheblich Costo vorher war, so wütend wurde er nun. »Los nehmt ihn fest und steck ihn in den tiefsten Gefangenengraben, den wir haben«, befahl er den beiden die hinter ihnen standen.

Nautalo zuckte zusammen, redete aber immer noch, wenn auch leiser, weiter. Als ihm die Ausweglosigkeit bewusstwurde, hörte er auf und richtete sich mit einer unerwarteten Sicherheit, eigentlich schon fast stolz, auf. Da die beiden Befehlsempfänger im Hintergrund bisher nicht reagierten, kam in mir einmal mehr ein schlimmer Verdacht auf.

Er zeigte verächtlich auf Costo und sagte nur knapp. »Packt ihn!«

Woraufhin Costo, der Primo von Aquantis, von den beiden mit den blauen Quasten hart an den Schultern gepackt wurde. Die Schulterverstärker, an denen das ganze goldene Lametta hing, erwiesen sich nun auch noch als praktisch, da sehr griffig. Im ersten Augenblick noch völlig perplex, schaute Costo an seine ergriffenen Schultern, erst die Rechte, dann die Linke, jeweils gefolgt von einem suchenden Blick am Arm entlang bis zum Gesicht des jeweiligen Mannes. Verraten von seiner eigenen Leibgarde. Er sah sie fragend und enttäuscht an, aber bei keinem von beiden regte sich auch nur eine Mine. Er sagte nichts zu ihnen, er wollte zwar, aber scheinbar kannte er nicht einmal ihre Namen. Als die Schockstarre nachließ und er sich der demütigenden Situation bewusst wurde begann er den beiden und Nautalo zu drohen, nicht ohne zwischendurch immer wieder nach anderen Wachen zu rufen – es kamen aber keine. Sein ständiges ›Ich bin der Primo‹ oder ›Ich bin euer Herrscher‹, zeigten mir nur die Angst vor der Erniedrigung. Dass nun er in einen tiefen Graben gesteckt wurde, wenn nicht noch schlimmeres, schien er noch nicht begriffen zu haben. Den Augenblick sichtlich genießend winkte der Sec den beiden nur entspannt in der Art zu, dass sie das sich windende Häufchen Herrscher wegschaffen sollen. Sie griffen ihn zusätzlich an den Handgelenken und der immer empörter schreiende Primo fing nun an sich körperlich zu wehren. Es entstand ein Gerangel dessen Ende sicher jeder von uns in der Halle gerne beobachtet hätte, aber die Verbindung brach ab.

Alle starrten noch eine Weile auf die Kugel – Friedhofsstille – wie in dem ungläubigen ersten Moment, wenn der Fernseher ausfällt, genau dann, wenn der Mörder entlarvt werden sollte. Das Mitleid mit Costo hielt sich in Grenzen, aber die Situation hatte sich nun weiter verschlechtert. Die Extremisten unter den Aquanten hatten übernommen.

19. Entscheidungen

Schweigen herrschte in der Halle, unterbrochen von kurzem Geflüster und betroffenen Blicken, bis Aman die Kugel ausschaltete und mit seinen Männern zu den anderen ging. Sie diskutierten eine Weile miteinander, aber ich konnte ohne diese Aufzeichnungsanlage leider nur Bruchstücke verstehen. Sania schaute zwischendurch immer wieder mal her. Als sie dann weggingen und den Convenitor auf der anderen Seite verließen gab sie mir unauffällig mittels Handzeichen zu verstehen, dass ich abwarten sollte und sie bald wiederkäme. Anscheinend gingen sie nun in die AQA-Pyramide, um die weitere Vorgehensweise zu klären. Ich sollte abwarten – blieb mir ja auch gar nichts anderes übrig. Wieder ganz alleine stand ich an die Wand gelehnt vor dem Kraftfeld, spielte mit dem Finger daran herum und machte Knistergeräusche. Wenigstens war der Konflikt zwischen den Atlantenen und Arseanern nun bereinigt und die beiden konnten wieder vertrauensvoll miteinander umgehen. Gemeinsam würden sie jetzt sicher versuchen die geplante Katastrophe auf Terraqua durch die extremistischen Aquanten zu verhindern. Es fühlte sich gut an zur Klärung beigetagen zu haben und dass wir zumindest den Krieg zwischen unseren beiden Wirts-Spezies verhindern konnten. Der Plan sie aus dem System zu vertreiben, wird nicht mehr aufgehen. Nun galt es sich wieder unseren eigenen Problemen zu stellen. Ich ging zur anderen Seite um, anstatt die deprimierend leeren Halle, die Hochebene zu betrachten. Ich schaute in die wunderschöne Landschaft, aber sah sie nicht, mein Blick ging ins Leere. Stellte ich mir doch die für uns nun alles entscheidende Frage. Wie kam Simara aus Sanias Körper und konnte zu mir innerhalb des Kraftfeldes gelangen?

Erneut ertappte ich mich bei dem Gedanken, dass ich den Schuss auf Sania doch hätte zulassen sollen. Der Tod des Wirtskörpers ist bisher der einzig bestätigte Weg. Ich schüttelte diese Denkrichtung sofort wieder ab, es kam überhaupt nicht in Frage irgendwen zu opfern. Es gibt immer alternativen, man muss sie nur finden. Und was, wenn die Heimkehr trotz unserer beiden Körper hier innerhalb des Feldes nicht funktionierte? Jemanden außerhalb zu haben der von unserer Anwesenheit weiß und uns notfalls versorgen könnte wäre nicht nur von Vorteil, sondern überlebenswichtig. Sania ist als Wissenschaftlerin mit Beziehungen dafür ideal. Wenn alles nichts hilft, schafft sie es vielleicht uns aus dem Kraftfeld zu befreien, falls es mit uns beiden hier drinnen nicht sowieso zusammenfällt. Dann müssten wir eben hierbleiben. Gäbe schlimmeres und die sind uns nach allem was wir für sie getan haben sicher wohlgesinnt. Ich klemmte den Stecken unter den Arm, steckte die Hände in die Hosentaschen, stellte mich breitbeinig hin, ließ auch den Bauch entspannt raushängen und schaute suchend herum, so als ob ich schon nach einem geeigneten Platze für unser Haus Ausschau halten würde. Da erinnerte ich mich an das Essen und verwarf die Überlegung hier Fuß zu fassen. Andererseits, wir wären ja dann in unseren eigenen Körpern und vertrugen sicher das Essen der Einheimischen. Und die ganzen Möglichkeiten die sich einem hier boten. Mit dem Fluganzug über die Erde zu fliegen, zu anderen Planeten, den Weltraum zu erforschen. Science-Fiction pur nur das es nicht in der Zukunft, sondern der Vergangenheit spielte. Wäre das dann Ancient-Fiction?

Es verging noch einige Zeit, in der ich Kunststückchen mit dem Stock aufführte, wiederholt die Gegend betrachtete und den Durchgang nach auffälligen Steinen oder Markierungen an der Wand absuchte, die uns bei der Rückkehr helfen könnten, bis ich wieder Schritte hörte. Sania kam mit ernstem Gesicht näher.

»Wie sieht es aus, alles OK?« fragte ich sie, obwohl mir ihr Gesichtsausdruck nichts Gutes verhieß.

»Leider ist nichts OK«, antwortete sie betrübt und fuhr fort, »Es ist uns zwar gelungen wieder Kontakt mit den Aquanten herzustellen, also mit den Extremisten, die die Kontrolle übernommen haben, aber die denken natürlich nicht im Traum daran von ihrem Plan abzuweichen. Warum sollten sie auch, nach der langen Vorbereitungszeit? Nun wo er für sie, wenn auch nur zum Teil, endlich wahr geworden ist. Gesprächsbereit waren sie nur was Ino betrifft. Wenn wir sie freilassen und ihnen übergeben, bekommen wir dafür ihren wieder eingefangenen Vater – quasi Gefangenenaustausch.«

»Wieder eingefangen?«, warf ich fragend ein.

»Ja«, sie verzog den Mundwinkel und schüttelte den Kopf. »Zeno haben sie dem Sohn von Costo flugs wieder abgenommen. Sein zufällig errungener Sieg über die ganzen drei Bewacher, den er mithilfe seiner acht Freunde errungen hatte, ist im zu Kopf gestiegen. Von sich eingenommen wie sein Vater, dachte er, er könnte nun auch ihn befreien und wurde im Handstreich überwältigt. Da er Zeno dabei mitgeschleppte, allein kann der in seiner Schutzkapsel ja nirgends hin und vermutlich, weil er eine sichtbare Bestätigung für seinen Heldenmut benötigte, war seien Freiheit nur von kurzer Dauer. Jetzt sitzt er wieder in seinem ›Aquarium‹.« Sie hob die Arme und ließ sie enttäuscht wieder fallen.

»Aber wir wissen doch wo das ist, und auf die Schnelle konnten sie sicher keinen anderen Ort für ihn einrichten. Der muss doch zu befreien sein?« Ich sah sie kämpferisch an und ballte eine Faust in Boxerpose.

Sie lächelte mich an, mein energisches Auftreten gefiel ihr. »Ja, aber es ist einfacher die beiden einfach auszutauschen. Was sollen wir uns auch noch mit Ino belasten, soll sie doch zu ihren ›Freunden‹ – Freunde, die tatsächlich schuld am Tod ihrer Mutter sind. Das ist sicher eine härtere Strafe als wir uns je hätten ausdenken können«, ein Anflug von Schadenfreude kam auf wurde aber gleich wieder unterdrückt, »eigentlich tut sie mir ja leid – naja, fast.«

Ich verstand genau ihre gemischten Gefühle. Ino war hinterlistig, berechnend und kaltherzig, aber nachdem wir nun ihre ganze Geschichte kannten und vor allem, da nun auch Ino ihre ganze Geschichte kannte, konnte sie einem auch leidtun. In gewissem Sinne war sie auch ein Opfer.

»Na jedenfalls«, fuhr Sania fort, »haben wir andere Probleme. Die Asteroiden-Amynen sind bereits in regem Betreib und bringen wasserhaltige Planetenbrocken auf Koalitionskurs mit Terraqua. In ein paar Tagen werden die ersten einschlagen. Es wird, wie von Ino angedroht, Meteoriten hageln.«

Ich konnte kaum fassen was ich da hörte. »Was bedeutet das für uns?«

Sania hatte Tränen in den Augen und ihre Stimme war zitterig. »Die meisten Einheimischen werden es nicht überleben. Wenn sie nicht durch den direkten Einschlag sterben, dann danach. Treffer an Land werden neben der Zerstörung viel Staub aufwirbeln, der, in die Atmosphäre gelangt, das Sonnenlicht abhalten wird. Kein Licht – keine Pflanzen – kein Futter – keine Tiere – keine Menschen. Treffer in den Ozeanen werden Flutwellen verursachen, die bis weit in das Land hinein alles fortspülen. Das Wasser in den Meteoroiden wird beim Eintritt in die Erdatmosphäre verdampfen und für wochenlangen Sintflutartigen Regen sorgen«, sie überlegte kurz,

»eigentlich nicht Sintflutartigen, sondern für die Sintflut. Selbst hier wird alles fortgerissen werden.« Sie drehte sich um und schaute die Häuser und Tempel an, dann schaute sie mich an. »Wir haben ja schon gesehen, wie das Ergebnis aussehen wird.«

Ich sah sie betrübt an. »Könnt ihr gar nichts tun, um den ganzen Leuten zu helfen?«

Sie blickte verzweifelt zurück. »Es wurde die Anweisung an alle Stationen auf Terraqua gegeben bis zum Schluss von so vielen Arten wie möglich die DNA zu sammeln und in den Speicherpyramiden zu konservieren. Wir selbst werden in unsere Hauptstation am südlichsten Kontinent fliegen, dort ist das Kraftfeld stark genug, um alles zu überstehen und die Energieversorgung funktioniert auch abgetrennt von den anderen Energieabnehmern auf dem Planeten die ja voraussichtlich beschädigt werden.«

Wir sahen uns schweigend noch eine Weile an. Beide wussten wir was das für uns bedeutet. Ich kam nicht hinaus, sie nicht herein, geschweige denn aus Sanias Körper. Es gab nicht genug Zeit, um Nachforschungen oder Versuche anzustellen, wie wir zurückkommen oder gemeinsam hierbleiben könnten.

»OK« sagte ich und obwohl ich verzweifelt war, bemühte ich mich es wie einen nüchternen Bericht klingen zu lassen, denn zum Scherzen war mir dieses Mal nicht, »da das Kraftfeld nur mich aufhält aber keinen anderen, auch nicht den Wind, wird es sicher auch keine anderen Elemente, wie das Wasser, aufhalten. Daher werde ich hier wohl erneut draufgehen, wenn die Sintflut alles überschwemmt.«

Simara schaute mich entsetzt an. »Das kannst du doch gar nicht wissen. Vielleicht wird das Wasser ja doch vom Kraftfeld aufgehalten.«

Ich blickte abschätzend hin und her. »Na die Luft kommt doch auch rein. Was gut ist, sonst wäre ich wohl schon erstickt und die ganzen Leute, die schon durgegangen sind, haben ja auch geatmet. Warum sollte Wasser eine Ausnahme darstellen?«

Sie schaute betroffen drein, dass das Kraftfeld das Wasser abhalten würde einzudringen glaubte sie auch nicht, das war mehr ein Wunschgedanke. Was aber wenn doch? War das meine Chance? Wäre ich tatsächlich schon erstickt? Ich versuchte mich zu erinnern wieviel Luft ein Mensch benötigt. Der Durchgang hatte so an die fünfundzwanzig Kubikmeter, das Kraftfeld ist aber kleiner, also etwa zwanzig Kubikmeter. Damit sollte ich zwanzig Stunden auskommen. Allerdings atme ich auch CO_2 aus, von der Höhenlage mal ganz abgesehen, nach über einem halben Tag, den ich schon längst hier bin, müsste ich bereits Anzeichen bemerken. Nun hatte ich bisher weder Kopfschmerzen noch Atemnot. Ich kann also davon ausgehen, dass die Luft in meinem Kraftfeld durchkommt – damit auch das Wasser. Aber wozu rechnete ich da herum? Dass der Wind durchzieht, ist ja schon bewiesen, sonst wäre die Folie des Riegels nicht rausgeflogen, Sania hätte sie nicht finden können, wäre schon längst abgeflogen und tot. Simara bei mir und wir beide entweder schon zuhause oder würden dann eben in ein paar Tagen gemeinsam ersaufen. Ich schüttelte den Kopf und versuchte diese Gedanken loszuwerden – besser wieder anfangen zu scherzen. Eines meiner Lieblingszitate ist immerhin: Um das Mögliche zu erreichen, muss immer wieder das Unmögliche versucht werden.

»Ist schon OK«, sagte ich zu der verzweifelt blickenden Sania, »irgendwas wird uns schon noch einfallen.«

Sie antwortete nicht, schaute nur traurig drein und ich sah ihr an, dass sie mich keines Falles hier alleine lassen wollte. Ich muss irgendwas finden, womit ich ihr wenigstens das Gefühl geben konnte, dass sie mich nicht zum Sterben zurücklässt. Wenn ich an ihre verzweifelten Funkrufe denke, als ich als Ayman auf dem explodierenden Planeten lag, das war schrecklich anzuhören.

»Ich weiß was«, sagte ich erst beruhigend, fuhr dann aber enthusiastisch fort, weil mir während ich es aussprach tatsächlich eine Idee gekommen war, die Erfolg versprach und nicht nur als Ablenkung diente. »Du lässt einen Fluganzug hier in den Durchgang bringen. Ich kann den dann anziehen und bin vor den Wassermassen geschützt.«

»Ja, eine super Idee«, sie strahlte und drehte sich schon zum Weggehen, »aber, damit kannst du gerade mal einen Tag überleben, vielleicht zwei, da er nicht zum Fliegen genutzt wird. Bis die Sintflut wieder zurück gehen wird, werden wahrscheinlich Wochen vergehen.« Simara hatte den Haken in meinem sporadisch entwickelten Plan gefunden.

»Das ist die einzige Möglichkeit, meine einzige Chance.« Noch während ich diesen Satz sprach, der die Realität laut benannte, kam in mir ein neuer Hoffnungsschimmer auf, der ihre und auch meine Sorgen beschwichtigen sollte. »Du sagtest selbst, hier wird alles fortgespült werden. Dabei wird sicher auch das Kraftfeld ausfallen und ich kann raus und in dem Anzug gleich zu dir fliegen.«

Nun schien sie tatsächlich überzeugt. Und auch ich konnte an diese neue Möglichkeit glauben, ich musste daran glauben. Es war eine reelle Chance. Dass wir hierher gelangten, weil dieser Teil nicht fortgespült wurde, behielt ich für mich und es setzte sich unangenehm in meinem Hinterkopf fest wie ein fahler Beigeschmack. Aber das Energiefeld konnte ja doch trotzdem dadurch ausgefallen sein, damals, und hat sich halt mit der Zeit wieder aufgebaut oder erneut aktiviert durch die Sanierungsarbeiten, die die Bolivianer anstellten, um eine Touristische Attraktion zu bekommen. Vielleicht würde das viele Wasser das Feld auch nur genügend schwächen damit ich mit dem Anzug durchbrechen könnte, wie auf Atlan. Viele Fragen, Vielleicht und Wenn und Aber, aber der Anzug würde mir jedenfalls Zeit verschaffen und Hoffnung, denn Aufgeben kam nicht in Frage. Aufgegeben wird nur ein Brief – zumindest in ein paar tausend Jahren einmal.

»Kannst du den Anzug überhaupt berühren?« fragte sie noch ein wenig misstrauisch nach und riss mich aus meinen Überlegungen.

»Siehst du diesen Stock?«, fragte ich und hielt ihn hoch. »Der ist nicht von uns, der lag hier drinnen und wurde glaube ich von einem der Einheimischen hier vergessen. Den kann ich anfassen, damit habe ich dich vorhin gerettet. Ich denke ich kann alles was hier abgelegt wird auch benutzen.«

Sie sah den silberfolienüberzogenen Stock, den ich mit ausgestrecktem Arm schräg vor mich hielt, an. »Ja, das hat mich vorhin schon überrascht, wie du Ino damit den Laser aus der Hand geschlagen hast, wenn auch nicht so wie Ino.« Sie kicherte und die Erinnerung daran ließ ihre Augen aufblitzen, doch dann sah sie betrübt zu Boden. »Hättest du es nur nicht getan. Anscheinend komme ich nur aus diesem Körper raus, wenn er stirbt. Dann wäre ich sicher schon bei dir und wir wären vielleicht schon wieder zuhause.«

Sie hatte anscheinend schon ähnliche Überlegungen angestellt wie ich. »Ja, aber was, wenn nicht. Es ist wichtig jemanden da draußen zu haben der von uns weiß. Glaube mir, ich hatte schon genügend Zeit hier drinnen, um darüber nachzudenken. Außerdem hätte ich nie zusehen können, wie dir jemand etwas antut, auch nicht in anderer Gestalt.«

Sie lächelte mich an. »Ist dir klar, dass wenn der Durchgang zerstört wird und du rauskommst, wir dann wahrscheinlich nie mehr nachhause können, wir dann hierbleiben müssen?«

»Das ist mir bewusst«, antwortete ich, »aber es ist mir egal, wo wir sind, auch wann wir sind, solange wir zusammen sind.« Ich sah ihr in die Augen und lächelte sie auch an. Dann legte ich meine Hand sanft an das Kraftfeld, gerade so dass ich es spürte und es leicht knisterte. Sie sah mir auch in die Augen und wären wir in einem Zeichentrickfilm würden jetzt lauter kleine Herzchen zwischen uns hin und herfliegen. Dann nahm sie auch die Hand hoch und legte sie vorsichtig an meine Hand.

Gerade als ich ihre Hand hinter dem Energiefeld wahrnahm, fing es an lauter zu knistern, was mich nicht überraschte, aber schlagartig durchfuhr es mich wie ein Blitz. Es wurde kurz finster und ich schwankte mit dem Kopf zurück und wieder nach vorne. Wie wenn man mit dem Finger so einen Wiederaufsteh-Kegel, der unten rund und beschwert ist, anstupste und der sich dann wiederaufrichtet. Als mein Kopf gerade nach vorne kam bemerkte ich, dass es Sania genauso ergangen war. Sie öffnete die Augen im Vorschwenken und schaute mich an. Überraschung und Neugierde in ihrem Blick, so als ob sie mich zum ersten Mal sah. Sie musterte mich zuerst und lächelte dann freundlich und sachte nickend, als ob ihr gerade etwas klar geworden wäre. Eine kurze wortlose Zeitspanne verging, in der sie mich erstaunt ansah und ich wollte sie gerade auf ihr Verhalten ansprechen, als sie zuerst suchend mit großen Augen an mir vorbeischaute, um anschließend noch mehr zu lächeln.

»Aramis«

Erschrocken riss ich den Kopf nach rechts. Da stand Simara neben mir und strahlte mich an. Ihr erfreuter Blick wechselte zwischen mir und ihrem Ex-Wirtskörper, den sie neugierig bestaunte, hin und her. Eine gefühlte Ewigkeit sah ich Simara an, dann Sania und wieder zurück. Ich sah mit meinem offenen Mund und den aufgerissenen Augen vermutlich nicht sehr intelligent aus, aber ich wollte sicher sein, dass nicht der kurze Schlag, den ich bekommen hatte, eine Sinnestäuschung ausgelöst hatte. Schlussendlich war ich überzeugt, dass vor dem Kraftfeld ist Sania – nur Sania.

20. Wiedervereinigung

Nach einigen Momenten der freudigen Überraschung nahm ich meine Hand vom Kraftfeld, um Simara zu umarmen. Wir hielten uns lange fest, dieses Mal, zum ersten Mal, als Simara und Aramis. Nachdem wir uns lange genug gedrückt hatten, ließen wir los, aber nur einseitig. Ich hielt sie weiterhin im rechten Arm, während wir uns beide Sania zuwandten. Leider konnte sie uns nun scheinbar nicht mehr sehen oder hören. Sie sah zwar dorthin, wo wir waren aber ihr Blick ging ins Leere. Auch die Handbewegungen mit der sie das Energiefeld ertasten wollte scheiterten.

Schließlich fragte sie: »Könnt ihr mich noch hören? Gebt mir irgendein Zeichen.«

Sanias Verhalten und das sie uns nicht sah ließ es uns zwar schon vermuten, aber wir versuchten dennoch vorsichtig hinauszukommen. Das Kraftfeld ließ uns aber immer noch nicht durch. Daraufhin brauchte ich nicht lange zu überlegen, denn Stock hatte ich schließlich noch immer in der Hand, also steckte ich einen Teil davon durch das Feld und wackelte damit auf und ab.

Erst entfuhr Sania ein kleiner Überraschungslaut, doch dann lachte sie. »Jetzt kann ich Inos schrecken erst so richtig nachvollziehen. Das sieht sehr unheimlich aus.«

Als Antwort fuhr ich mit dem Stock etwas unförmig herum und wir machten beide so Buhu Gespenster-Geräusche, aber die hörte sie natürlich gar nicht.

Sania wurde wieder ernster. »Ich hoffe ihr kommt jetzt beide zurück.« Sie schaute unsicher hin und her in unsere Richtung. »Irgendwie unangenehm mit nicht sichtbaren Personen zu sprechen, aber ich weiß ja genau, dass ihr da seid. Es hat mich sehr gefreut zu sehen, wie ihr tatsächlich aussehst.

Besonders dich Simara, der du mir nun näherstehst als es eine Schwester je könnte. Das Ganze war aus meiner Sicht wie ein verschwommener Traum. Erst jetzt verfestigen sich alle Gedanken und Erfahrungen. Wenn sonst nach dem Aufwachen viele Erinnerungen an das im Schlaf geträumte verschwinden, verwirklichen sie sich nun erst, werden plötzlich real. Es ist unglaublich was euch – was uns – da widerfahren ist, wie ihr hierhergekommen seid und dass ausgerechnet in mich und Ayman. Ihr fühlt euch zueinander seelenverwandt, ich denke wir vier sind es. Und das über Zeit und Raum hinweg, sonst könnte das alles einfach nicht möglich gewesen sein.« Sie dachte kurz nach und wurde traurig. »Schade, dass ich Ayman nie kennenlernen durfte, also meinen aus dem hier und jetzt.« Sania drehte sich um und schaute nachdenklich in die Ferne, zum Himmel und wandte sich dann wieder uns zu. »Schrecklich was hier auf die Menschen noch zukommen wird. Ich werde die kurze Zeit, die uns noch bleibt, versuchen herauszufinden, wie ich euch da herausbekommen könnte, falls ihr es nicht nach Hause schafft. Als letzten Ausweg lasse ich zwei Fluganzüge bringen, für den ursprüngliche Plan. Die Zielkoordinaten unseres Stützpunktes programmiere ich ein. Ich hoffe ihr kommt gut Heim, aber ich freue mich genauso, wenn ihr hier bei uns bleiben würdet und wir uns richtig kennenlernen könnten.« Sie wendete sich zum Gehen. »Wie kann ich erfahren, ob ihr von hier weg nach Hause gekommen seid?«

Wir sahen uns an, es kam eigentlich eh nur irgendwas mit dem Folienstock in Frage. Also fuhr ich damit ein paar Mal hin und her, dann zog ich ihn ein, ging an den Rand zur Mauer, steckte ihn halb durch und legte ihn zu Boden.

Sania folgte dem Stock. »OK, also wenn der Stock da liegt, seid ihr auch da?

Ich nahm ihn wieder auf und fuhr damit auf und ab.

Sania: »Auf und ab für Ja, hin und her für Nein.«

Ich winkte wieder auf und ab.

Sie lächelte und winkte. »Ich gehe jetzt, aber in ein paar Stunden schaue ich noch einmal nach. Falls ihr dann noch da seid, lasse ich Wasser und was zum Essen reinstellen.« Dann ging sie, aber im Weggehen sagte sie über die Schulter noch. »Keine Angst, das Essen wird von den Einheimischen sein.«

Wir mussten lachen, dieser letzte über die Schulter geworfene Satz – ein Zeichen, dass sie sich auch sehr gut in uns hineinversetzen konnte. Arm in Arm standen wir wieder da und sahen ihr nach, bis sie verschwunden war. Als auch die Schritte verklangen betrachteten wir noch einmal die Aussicht, die grüne Ebene mit den Tempeln, direkt vor uns der versunkene Hof. Da erspähte ich einen Kopf, der sich bewegte, wir wurden beobachtet und wie es schien war es ein Einheimischer. Als ihm bewusst wurde das ich ihn entdeckt hatte, ging er langsam rückwärts. Es war ein Junge, vielleicht zehn Jahre alt und er konnte uns zweifelsohne sehen.

Ich machte Simara auf ihn aufmerksam. »Schau mal, da beobachtet uns einer. Denks du auch er kann uns tatsächlich sehen?«

Sie schaute ihn eine Weile an. »Ja, unglaublich, der sieht uns wirklich an.« Dann winkte sie ihm zu und wir lächelten ihn freundlich an.

Er winkte freundlich, aber verhalten zurück. Wer weiß wie lange er uns von da schon beobachtete, was er alles gesehen hatte? Ich wollte ihm mit der Hand, in der ich den Stock hielt, auch zuwinken. Dabei zog ich ihn aus dem Kraftfeld zurück. Der Junge hörte auf zu winken und seinem suchendem Blick zufolge konnte er uns nun nicht mehr sehen. Sichtlich erschrocken drehte er sich um und lief weg, geschrien hatte er aber nicht. Ich vermutete, dass er es war, der diesen mit geschnitzten Verzierungen versehenen Stock hier vergessen hatte und ihn sich jetzt holen wollte. Das war sicher auch der Grund, warum er uns sehen konnte, solange ich damit das Kraftfeld berührte. Ob ihm die Geschichte jemand glauben wird. Ein Pärchen, Arm in Arm, der Mann mit einem halb silbernen Stock und sie verschwinden vor seinen Augen. Wahrscheinlich schon, es gibt in der Geschichte ja genug solcher Erscheinungen, also nicht genau solcher, aber Erscheinungen eben und jetzt wissen wir auch wie sie zustande gekommen sein konnten. Ich hoffte nur er würde nicht denken daran schuld zu sein, wenn in den nächsten Tagen seine Welt untergeht. Weiß man ja nie, was für abwegige Gedanken solch Erscheinungen in den gottgläubigen Menschen hervorbringen. Andererseits haben wir ihn doch freundlich angelächelt und gewunken, also ist es vor allem einmal wichtig, dass er die kommende Apokalypse überhaupt überlebt.

21. Heimkehr

Schlussendlich wandten wir uns von der Aussicht ab und gingen zu unseren Rucksäcken, die wir schulterten. Ich fixierte vorher noch den Stock an der Seite, der musste unbedingt mit. Wir bewegten uns wortlos, beide wussten wir was zu tun ist und die Spannung, die Hoffnung, ob wir jetzt tatsächlich wieder zurückkämen, war fast unerträglich, ja elektrisierte geradezu die Luft. Wir nahmen uns bei den Händen, ein letzter Blickkontakt und dann drückten wir die Steine an der Wand.

Nichts geschah. Angespannt sahen wir uns an. Keiner von uns wollte es wahrhaben. Unbewusst hielten wir den Atem an.

Den letzten Strohhalm greifend sagte ich: »Letztes mal hattest du zuerst die Hand am Stein, dann drückte ich auf meinen Stein und erst danach gaben wir uns die Hände.«

Sie riss die Augen auf und nickte dankbar für diese Idee, diesen Verzweiflungsakt, der, wenn auch weit hergeholt, einen Hoffnungsschimmer barg. Wir machten es genauso wie beim ersten Mal. Und wieder nichts. Endtäuscht ließen wir alles los, streiften die Rucksäcke ab und kauerten uns gegenüberliegend an die Wände.

Schweigend saßen wir minutenlang da bis Simara auf meinen Stock deutete. »Den solltest du wohl unters Kraftfeld legen.«

Ich sah sie an, dann den Stock und schließlich raffte ich mich auf und legte ihn an die mit Sania abgesprochene Position. Dort blieb ich an die Wand gelehnt stehen und betrachtete die Gegend, wieder einmal. Nach einer Weile kam Simara, umarmte mich von hinten und wir schauten beide in die Landschaft. Als die Stille unerträglich wurde drehte ich mich zu ihr um und wir sahen uns lange an. Mir wurde bewusst, dass ›wir‹ uns noch nicht einmal geküsst hatten.

Mein Blick wechselte zwischen ihren Augen und den Lippen hin und her. Ich bemerkte, dass es ihr ebenso erging und wie von einer inneren Macht getrieben, nein, von einer immer stärker werdenden Anziehungskraft, die uns zueinander zog, kamen wir uns ganz langsam näher. Erst die letzten paar Zentimeter wechselten von Zeitlupe in Zeitraffer. So wie wenn man zwei Magneten getrennt hält, langsam ihren Abstand verringert, man gegen die Zugkraft ankämpft und erst ganz am Schluss, wenn man sie fast schon nicht mehr halten kann, loslässt, sodass sie zusammenfinden.

Auch wenn wir uns das letzte Stückchen in Lichtgeschwindigkeit annäherten, zack-zack den Raumschiffen gleich, trafen sich unsere Münder doch vorsichtig und erst noch verhalten. Ich legte meine Hand an ihren Kopf, der Daumen streichelte zärtlich ihre Wange und die Fingerspitzen den Haaransatz hinterm Ohr, sie schmiegte sich zustimmend daran. Unsere suchenden Lippen erkundeten sich gegenseitig und immer forscher werdend. Einfühlsame gegenseitige Liebkosungen wechselten sich ab, sanft, leidenschaftlich, fordernd, neckend … Die fremde körperliche Wärme, der feuchte Atem mit dem dazugehörigen leisen Keuchen und der sinnliche Duft ihrer weichen Haut verursachten in mir, unterstützt von ihren Fingernägeln, mit denen sie mich am Hinterkopf kraulte, ein Kribbeln von den Nackenhaaren nach oben über die Ohren aufsteigend bis in die Haarspitzen; knisternd, elektrisierend – zeitlos.

Vergingen Sekunden oder Minuten, keine Ahnung. Es schien sich auch wieder alles zu drehen und ich musste zwischendurch mehrmals kurz die Augen aufmachen da ich schon dachte wir seien zurückgekehrt. Was leider nicht der

Fall war. Dem langen Kuss folgten mehrere kurze Busserln und Lippennascher, unterbrochen von langen Blicken, ernsten und lächelnden, in denen wir gegenseitig unsere Augen durchsuchten und ich mir jedes farbige Muster darin, jede Farbnuance, einprägte. Schlussendlich kuschelten wir uns an der Wand hockend zusammen und schauten in die Weite der Hochebene, die nun grüner als vorher erschien und den Himmel, der nun blauer strahlte als kitschige Postkarten es je vermochten. Er bekam gerade nebelartig orangene Streifen, die den Sonnenuntergang ankündigten. Nachdem die Nacht hereingebrochen war breitete sich über uns ein märchenhaftes Sternenzelt aus mit der einen oder anderen Sternschnuppe. In unserer lichtüberfluteten Zeit konnte man so etwas nur noch weit abseits der Städte finden. Wir erfreuten uns an diesem romantischen Anblick eng umschlungen und händchenhaltend und obwohl es nach wie vor absolut ruhig war, kam uns diese Stille nun nicht mehr bedrohlich vor.

Ich deutet auf eine Stelle die nebulös erschien, wolkenartig. »Das dürfte das zerstörte Atlan sein. Bis in unsere Zeit werden sich die Bruchstücke, die von den Aquanten nicht angezogen wurden, zu dem uns bekannten Asteroidengürtel verteilt haben. Der Punkt davor müsste Arsean sein. Wenn die Atmosphäre mal weg ist und die Pflanzen sowie das Wasser auch, dann werden die dort reichlich vorkommenden eisenhaltigen Mineralien oxidieren, der Rost-Staub sich über den Planeten verteilen und er wird zu dem roten Planeten so wie wir ihn kennen.«

Simara betrachtete ihn lange. »Ist dir klar, dass wir jetzt nicht nur wissen wozu Puma Punku diente, sondern auch das Geheimnis um das Verschwinden von Atlantis kennen?«

»Wie meinst du das?«

»Einer von Sanias Kollegen am Mittelmeer hat vermutlich einmal auf Atlan gezeigt als er vor den Einheimischen über seine Herkunft in diesem System sprach und der Planet dürfte da wohl gerade am Horizont untergegangen sein. So kam es zu Platons Aussage, dass Atlantis hinter den Säulen des Herakles liege.«

»Ja, klingt logisch«, erwiderte ich und stellte mir die eigentlich banale Situation vor, die zu dieser bekannten Behauptung führte. »Die Anlagen waren auch, wie in den alten Beschreibungen, alle Kreisförmig angelegt, genauso wie die atlantenischen Baute hier.« Dann fügte ich grinsend besserwisserisch hinzu. »Das weiß ich genau, schließlich bin ich da ja schon mal hingeflogen.«

Simara lachte und gab mir einen Klapps. »Du Angeber!«

»Wenn das mit den Anzügen funktioniert, können wir uns anschließend überall niederlassen. Tropische Insel, Bergspitzen, Tempel im Dschungel, wo du willst. Marik baut uns mit seinem Konstruktor im Nu einen wundervollen Tempel oder Haus, Energie ist auch kein Problem und wenn uns dort langweilig ist steigen wir in den Anzug oder ein Shuttle und fliegen woanders hin.«

Simara stellte es sich vor und schmunzelte. »Ja, eine tropische Insel wäre nett, aber keine die touristisch überlaufen ist.«

Erst schauten wir bei dieser Fantasie noch gemeinsam Löcher in die Luft. Dann wurde uns schlagartig klar, hier hat es bisher sowas wie Urlaub, Touristen oder überlaufene Ferieninseln noch nicht gegeben und in ein paar Tagen wird es überhaupt fast keine Menschen mehr geben. Wir blickten uns verlegen an. Aber hätten wir es verhindern können? Nein!

»Was denkst du?«, fragte ich, »ob wir die Geschichte verändert haben?

»Wie verändert?«

»Na immerhin haben wir Inos Plan geändert. Selbst wenn Ayman unvoreingenommen ermittelt hätte, wie es sein Vater von ihm erwartet hatte, Sania hätte ihm ohne unsere spezielle Verbindung nie vertraut. Die Sticheleien und Einflüsterungen seitens Ino und Yanis hätten nicht aufgehört und der Konflikt wäre nicht so rasch beendet worden. Die ganze Zerstörung und fast Auslöschung der Menschheit wäre ohne uns erst nach dem nächsten Linien-Treffen geschehen.«

»Ja und? Wie sollte das die Geschichte beeinflussen?«

Ich sah Simara an und ließ in Gedanken gerade meine Worte Revue passieren. Das hörte sich jetzt gerade so an, als ob es eine Leistung von uns gewesen wäre, dass die fast Menschheits-Ausrottung früher geschehen würde.

Aber das hatte mit meinem aktuellen Gedankengang eigentlich nichts zu tun daher erläuterte ich ihn. »Bis zum nächsten Treffen wären noch einige Generationen geboren worden, die nun nicht mehr existieren werden. Nachkommen von denen, die dann den tatsächlich geplanten weltweiten Genozid der Aquanten überlebt hätten, werden nun nicht mehr da sein. Was wenn, in weiterer Folge, dabei der eine zukünftige Mensch entstanden wäre der Krebs hätte heilen könnte oder den einen oder anderen Kriegstreiber verhindert hätte?«

Simara sah mich erst halb belustigt, meiner komplizierten Überlegungen wegen, an, dachte dann aber schließlich doch ernst und lange nach. »Was wenn dabei der zukünftige Mensch entstanden wäre der eine weltweite Seuche, die Ausrottung der Menschheit, in unserer Zeit oder früher oder später, verursacht hätte. Wenn ein noch schlimmerer Kriegstreiber oder überhaupt erst ein uns schon bekannter daraus entstanden wäre. Vielleicht haben wir die uns bekannte Welt vernichtet oder verschlechtert, vielleicht aber auch gerettet oder verbessert, wer kann das schon sagen, noch dazu über einen so langen Zeitraum. Falls wir heimkommen und es gravierende Unterschiede gibt, werden wir es wissen. Was wenn die Weltkriege nun nie stattgefunden haben?« Sie lächelte bei dem Gedanken und wollte eines draufsetzen. »Da könnten viele Leute überlebt haben, was anderes geworden sein oder getan haben.« Dann verging ihr das Lächeln und fuhr langsam stockend fort. »Unsere Eltern oder Großeltern könnten was anderes getan haben oder auch gar nicht erst geboren worden sein – wir könnten gar nicht erst geboren worden sein!«

Wir sahen uns still betroffen an. Spannen jeder für sich die Gedanken weiter.

»Ach was!«, sagte ich, »Vielleicht hat alles was wir getan haben genau zu dem geführt, wie es schon immer war, weil es schon immer so geschehen ist.«

»Ja, das ist der bessere Gedanke. Wenn wir zu viel über die ›was-wäre-wenn‹ Alternativen nachdenken muss sich ja unser Gehirn aufhängen und ich denke nicht, dass man es dann so einfach wieder neustarten könnte. Wir können es nicht ändern also müssen wir es akzeptieren.«

»Genau!«, erwiderte ich bekräftigend.

Ich merkte deutlich, dass sie, so wie ich auch, trotzdem weiter daran dachte und sie beunruhigte. Nach einer Weile ertappte ich mich bei einem anderen Gedanken und den wollte ich loswerden. »Was wenn diese Zivilisation hier gar nicht die ist mit der die unsere Angefangen hat? Wir wissen ja gar nicht wie weit wir in der Vergangenheit sind und wie alt Puma Punku tatsächlich ist.«

Jetzt kam als Antwort nur noch ein »Hä?«, und sie sah mich schräg an wobei sie den hochgezogenen Mundwinkel vom ›Hä‹ noch länger oben hielt.

»Na wie lange gibt es unsere Zivilisation schon? Fünftausend Jahre? Zehntausend? Oder generell den Menschen, also unseren Menschen? Fünfzigtausend Jahre? Zweihunderttausend Jahre? Kommt wahrscheinlich auch darauf an, inwieweit man da den Entwicklungsstand, also ab wann er als unser Vorfahre gerechnet wird, mit bewertet. Sollen es ein paar hunderttausend Jahre sein. Wie alt ist die Erde? Vor uns könnte es doch schon einige Male so eine Entstehungsgeschichte mit anschließender Vernichtung oder auch Auswanderung gegeben haben. Die Dinosaurier sind vor fünfundsechzig Millionen Jahren ausgestorben. Da passen doch ein paar solcher Geschichten rein. Hast du den vermutlich mehrere Millionen Jahre alten, in Gestein eingebetteten London-Hammer gesehen?«

Ich strahlte sie, aufgeputscht von den Gedankenspielen, begeistert an. Sie ließ den Mundwinkel wieder runter, schaute entgeistert zur Seite und dann wieder zu mir.

Es ging ihr deutlich sichtbar zu weit, aber sie überlegte mit mir. »Da müssten doch Spuren davon gefunden worden sein. Dinosaurierknochen sind auch gefunden worden.«

»Sind doch Spuren da«, antwortet ich rebellisch, »Pyramiden, Puma Punku und wer weiß, was noch alles wo einfach nur das Alter nicht stimmt. Davon abgesehen waren die gefundenen Dino-Knochen vergraben, ihre Häuser hat keiner gefunden.« Dann lächelte ich sie verschmilzt an.

Sie schubste mich leicht gegen die Schulter und schnaubte gespielt erbost. »Ja schon klar. Du willst mich vom ›wir sind nach der Rückkehr nicht geboren‹ Gedanken ablenken, aber so wie es aussieht kommen wir eh nicht Heim und müssen erst einmal eine Möglichkeit finden hier rauszukommen.«

Wir saßen eine Weile still da, hielten Händchen und sahen uns an, dann verdrehte ich meine Augen nach oben, während ich den Mund verzog. Schließlich sah ich sie mit zusammen gepressten Lippen bewegungslos an. Ich wollte nichts sagen, aber ihr gleichzeitig deutlichmachen das ich es unbedingt erzählen musste.

Simara tat erst als wäre nichts, fragte aber dann doch resignierend:»Was ist dir jetzt wieder für eine konfuse Idee gekommen?« Sie konnte sich nicht recht entscheiden, ob sie ernst blicken, oder lachen sollte.

»Nun ja«, sagte ich langezogen.»In einem Multiversum wäre alles möglich.«

»Echt jetzt?!«, sagte sie merklich genervt aber mit einem Hauch von gefallen am Gedanken.»Multiversum? So was wo sich bei jeder Entscheidung, die ein jeder trifft, der Weg zweigt und quasi eine neue parallele Welt entsteht?«

»Ja genau – ist doch interessant der Gedanke.« Ich nickte ihr zu und hoffte uns damit auf fröhlichere, hoffnungsvolle Gedanken zu bringen.»Aber ich denke nicht, dass es bei jeder banalen Entscheidung eine neue parallele Linie gibt. Ob ich jetzt morgens die braunen oder die schwarzen Schuhe anziehe, dürfte sich verlaufen, oder besser gesagt würden sich die Linien gleich wieder zusammenfügen.«

Simara zog listig eine Augenbraue hoch.»Außer die Schnürsenkel bei den schwarzen Schuhen gehen auf, du stolperst und liegst drei Wochen im Krankenhaus.«

Ich starrte sie überrascht aber beeindruckt an.»Ja diese Linien würden weit auseinander gehen. Genauso wie wenn ich mit dem Auto nicht umgedreht hätte, um mir doch deinen Steinhaufen anzusehen und weiter zum See gefahren wäre. Wir hätten uns vielleicht nie wieder gesehen.« Wir lächelten uns an und tauschten ein paar zärtliche Küsschen aus.

Dann schmiegte sie sich katzenartig an mich und sagte: »Mit dieser Simara möchte ich nicht tauschen. Die hat jetzt sicher schmutzige, wunde Hände vom vielen Steine antatschen und sitzt allein in ihrem Hotelzimmer, während wir hier gemeinsam sind«, sie richtete sich auf, schaute sich um und lächelte mich zufrieden an, »selbst wenn wir erst einmal einen Weg hier rausfinden müssen, um dann in einer fast menschenleeren Welt zu leben.«

Ich zog sie wieder zu mir und flüsterte ihr ins Ohr: »Mit dir lebe ich überall mit und ohne andere Menschen.«

»Wir müssen ja auch gar nicht hierbleiben. Die Atlantenen haben bei den Plejaden genügend Planeten zur Auswahl. Bei Sanias Freunden im Maia-System zum Beispiel, sie wird uns dort sicher was empfehlen können, oder in ihrem eigenen Herkunftssystem Atlas.«

»Ja, wenn ich an diese Möglichkeiten denke, unglaublich. Aymans Alnitak-System kommt mir unheimlich vertraut vor, in Gedanken zumindest. Wenn ich daran denke, wie oft ich mir die Orion-Gürtelsterne schon angesehen habe, und jetzt könnten wir einfach hinfliegen.«

»Ja, unglaublich trifft es«, wiederholte sie nachdenklich, »und ich möchte das alles auch unbedingt sehen, aber leben will ich trotzdem lieber hier, bei uns, auf unserer guten alten Erde«, und fügte dann noch lächelnd hinzu, »die halt nun etwas jünger ist.«

»Was! Hierbleiben? Wir könnten unseren eigenen Mond haben und dort leben – unseren eigenen Mond!«, rief ich in tiefem theatralischem Ton und machte mit dem Arm eine in Richtung Sterne ausschweifende Geste. Damit spielte ich, wenn auch ein wenig abgeändert, auf eine Szene aus einer Science-Fiction Serie an, die mir gerade einfiel. Ihrer überraschten Mimik zufolge kannte sie die leider nicht also erzählte ich ihr davon.

Die Träumereien waren schön, doch jetzt versuchte ich wieder realistisch zu werden. »Nun, erst muss die Idee mit den Fluganzügen funktionieren. Dann können wir uns zu Sania und den anderen Atlantenen auf dem südlichen Kontinent in Sicherheit bringen, wo wir gemeinsam die Sintflut und damit die fast Ausrottung unserer eigenen Art aussitzen müssen – dürfen.«

Simara schaute, als ob ihr was schwer im Magen lag. So klar ausgesprochen war es schon hart. »Das wird sicher nicht leicht, aber besser unter dem Eis in Sicherheit als mit der Masse untergehen. Oder was willst du sonst machen?«

»Ich weiß, keine Chance und für uns eigentlich schon passiert – Geschichte«, erwiderte ich deprimiert und lehnte meinen Kopf an den ihren. »Was meinst du mit ›unter dem Eis‹?«

»Na in der Antarktis eben. Wenn ihr Stützpunkt am südlichen Kontinent ist, kann das nur unter dem Eis der Antarktis sein.«

Ich hob meinen Kopf wieder und setzte mich aufrecht hin. »Aber beim Herfliegen habe ich da kein Eis gesehen, auch nicht als ich mit dem Anzug nach Atlan flog und mir lange die wunderschöne Erde vom All aus angesehen habe.«

Sie zuckte mit den Schultern. »Na dann ist halt noch kein Eis da, wir sind ja in der Vergangenheit. Ich kann mich auch noch an eine Sendung erinnern, wo von ganz alten Karten gesprochen wurde, auf denen Berge und Flüsse sowie die korrekte Küstenlinie Antarktikas eingezeichnet waren.«

»Dann muss das ganze Eis am Südpol bei dieser Sintflut entstanden sein. Was wir hier alles lernen.« Ich lehnte mich wieder an.

»Hoffentlich hab die den Polsprung auch eingerechnet«, setzte Simara ihre Überlegungen fort. »Sania sagte ja das

Kraftfeld am Hauptstützpunkt ist stark genug, aber hoffentlich auch bei einem Polsprung.«

»Du meinst, weil die ja nicht wissen, was wir wissen und wir wissen, dass dort alles zu Eis wird und damit das ganze Wasser zu Eis werden kann, muss die Erde einen Polsprung machen, der den Südpol in die Antarktis verschiebt und damit vielleicht auch ihr Energiesystem verändert.« Ich schaute sie an und ging meine Worte in Gedanken noch einmal durch, die klangen laut ausgesprochen doch verwirrend. »Aber wer sagt das das ausgerechnet jetzt geschehen wird? Denkst du die Einschläge und die Flut können sowas auslösen?«

»Naja«, erwiderte sie nachdenklich, »was sollte denn sonst sowas auslösen. Vielleicht gibts da auf einer Seite mehr Wasser oder Einschläge oder was weiß denn ich was dazu führen kann, dass so ein Pol verrutscht oder besser gesagt zwei Pole, kann ja der eine nicht ohne den anderen Gegenpol wandern.«

Simara wirkte etwas genervt von den Überlegungen und das hörte man genauso wie man es an ihren wild gestikulierenden Händen sah. Mir ging es nicht anders und ich versuchte an was anderes zu denken, aber trotzdem ging es mir nicht aus dem Kopf.

Meine Gedanken kreisten. Pol, Gegenpol, Südpol, Nordpol, Batterie, Plus und Minus. Ich sprang auf und überlegte laut weiter. »Hast du schon einmal die elektrischen Anschlüsse bei einem Drehstrommotor vertauscht damit der sich dann in die andere Richtung dreht?«

Sie schaute mich überrascht an. »Äh, nein!«

»Wenn du die Drehrichtung ändern willst, musst du nur die Anschlüsse tauschen. Die Pole umkehren.« In mir keimte eine Idee und mit breitem Grinsen sah ich sie dabei verheißungsvoll an.

Nun auch aufgestanden schaute sie mich neugierig an.

»Kann es so einfach sein?«, fragte ich mich laut selbst, während ich nachdenklich hin und her ging, stehenblieb hin und her blickte und wieder weiterging.

Simara ging ein paar Mal neben mir mit und nickte freudig abwartend, während sie mich anlächelte. Dann blieb sie stehen und wurde ernst. »Sag endlich von was du redest? Was ist einfach?« Sie nahm mich energisch am Arm damit ich auch stehenblieb.

»Ich glaube ich habe die Lösung, aber die ist so einfach, dass ich sie nicht glauben kann.« Ich strahlte sie an.

Sie sah mich streng an.

Damit ich jetzt keine aufs Auge bekam redete ich schnell weiter. »Überleg mal, wir haben uns vorhin genauso hingestellt, wie wir hergekommen sind.« Dabei fuhr ich mit den Händen in Richtung Ponce. »Sogar die Reihenfolge der Berührungen haben wir nachgemacht. Wäre es nicht logisch, dass wenn wir ›zurück‹ wollen …« Ich fuhr mit den Händen nun in die andere Richtung.

»Das wir uns andersherum hinstellen!«, vervollständigte sie laut ausrufend und nun auch strahlend meinen Satz.

Wir standen kurze Zeit da und starrten uns lächelnd und hoffnungsvoll an. Dann, wie auf Kommando schnappten wir uns die Rucksäcke. Wir gingen an unsere Positionen, nur dieses Mal schauten wir in die entgegengesetzte Richtung.

»Oh, oh, vergiss bloß nicht den Stecken dort wegzunehmen!«, erinnerte sie mich aufgeregt an unsere Vereinbarung mit Sania.

Ich verstaute rasch mein Souvenir und stellte mich wieder an meine Stelle. Wir nahmen uns bei den Händen, sahen uns zuversichtlich an und drückten auf unsere Steine. Und tatsächlich wurde es dunkel, mit Lichtpunkdrehern wie beim Herreisen, aber dieses Mal konnte ich die ganze Zeit Simaras

Hand spüren. Gemeinsam standen wir auf festem Boden während sich rundherum alles drehte, selbst den Stein spürte ich noch. Als alles wieder klarer wurde, standen wir gemeinsam händehaltend im Durchgang. Jubelnd sprang sie mich an, zog dabei die Füße hoch und wir drehten uns mehrere Küsschen gebend im Kreis. Es war Nacht, aber der Mond schien hell.

»Hatten wir beim Abreisen auch Vollmond?« Ich hörte auf uns zu drehen. Sie stutze, streckte die Beine wieder aus, löste die Umklammerung und stellte sich schnell und nüchtern blickend hin.

Der Gedanke jetzt nicht in unserer, sondern einer anderen Zeit gelandet zu sein war ja nicht unbegründet. «Ja, ich denke schon«, antwortete sie zögerlich.

Wir sahen Richtung versunkenen Hof, er sah eindeutig nicht mehr neu aus. Auf der anderen Seite stand der Ponce-Monolith und sah im Mondlicht sehr mystisch aus.

Ich ging ein paar Schritte auf ihn zu. »Wenn der Mond auf ihn scheint, ist auf alle Fälle kein Dach mehr da und er glänzt auch nicht mehr«, sagte ich zu Simara die mir nachgegangen war.

Wir gingen gemeinsam weiter und dort, wo uns das Kraftfeld eingeschlossen hatte, blieben wir stehen. Dann sahen wir uns spannungsgeladen an und machten einen Schritt – ohne gegen feste Luft zu laufen. Freudig hüpften wir weiter, hielten kurz inne und sahen zurück, nun konnten wir dieses nichtssagende Tor wieder von außen sehen. Ich ging weiter und stolperte. Obwohl es ein schmerzhafter Sturz war, lachte ich darüber und auch Simara konnte sich ein schadenfroh angehauchtes kurzes Kichern nicht verkneifen. Ich hatte das blaue Seil übersehen, ein Zeichen in der richtigen Zeit zu sein, zumindest plus oder minus ein paar Jahrzehnte. Wir gingen weiter bis zum Ponce und betrachteten ihn erneut.

»Ich bin froh das der kleine Junge überlebt hat«, sagte ich.

Sie sah mich an und fragte: »Wie kommst du darauf?«

»Na was hatte er den gesehen? Mich mit einem Stock, der wie ein Golfschläger aussieht in der einen Hand und dich in meinem anderen Arm. Ich weiß zwar nicht, warum er daraus zwei Schläger in einer Tasche machte und dich so verkleinerte, dass ich dich in der Hand halten kann, aber die Puppe da in der rechten Hand vom Ponce bist doch eindeutig du mit deinen Zöpfen. Den kleinen Hut hätte er sich sparen können, der steht dir nicht.«

Sie schaute ihn sich nochmal an und erinnerte sich lächelnd an unser Gespräch als wir uns hier wieder begegnet waren. »Ja, wie gesagt, mit viel Fantasie kommt das hin, aber nur mit viel Fantasie.«

»Willst du damit sagen unser kleiner Ausflug hat deine Vorstellungskraft nicht gesteigert mein Püppchen?«, fragte ich übermütig und zog sie neckisch an einem Zopf.

Gespielt erbost fing sie an mir nachzulaufen und ich natürlich davonzulaufen. »Na warte, ich bin nicht dein Püppchen.«

Einige Male rief ich sie noch Püppchen, bis ich mich von ihr fangen ließ.

Sie schnappte mich mit beiden Händen am Kragen und sah mich streng an. Dann hoben sich ihre Mundwinkel, sie gab mir einen Kuss und hauchte mir ins Ohr: »Ich bin gerne dein Püppchen.«

Danach gingen wir Arm in Arm noch etwas herum, ließen Revue passieren was an diesem Ort geschah, wie alles aussah, die fröhlich singenden Einheimischen, das Treffen in dem Inos Geschichte offenbart wurde und der unsympathische

Costo in der Holokugel. Es war einfach tröstlich anzunehmen, dass der kleine Junge auch nach der Zerstörung hier noch die Geschichte von seiner Begegnung mit den Göttern zum Besten geben konnte und sie, wie es damals üblich war, bildlich festzuhalten.

Ich sah zur Pyramide rüber. »Ob da immer noch ein Wächter ist? Per Kraftfeld vor unseren Augen verborgen?

Simara antwortet nachdenklich. »Ich denke die sind in der Antarktis geblieben und mischen sich nicht mehr so offensichtlich ein.«

Wir blickten weiter hinauf in den Nachthimmel. Der wolkenartige Nebel aus Atlans Bruchstücken hatte sich wie erwartet aufgelöst, aber dafür gab ein Lichtpunkt nun ein rötliches Schimmern wieder.

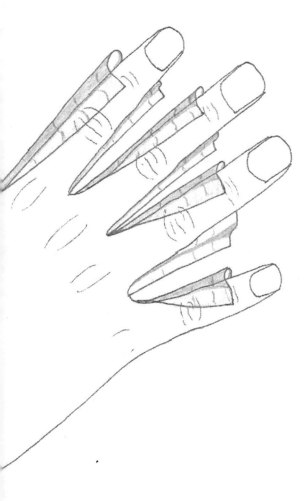